微观天下事
不负案头书

做一个平凡的人
心怀天下

梁晓声 著

中国出版集团
中国民主法制出版社
全国百佳图书出版单位

图书在版编目（CIP）数据

微观天下事，不负案头书 / 梁晓声著 . —北京 : 中国民主法制出版社，2018.8

（家·国·天下）

ISBN 978-7-5162-1877-8

Ⅰ . ①微…　Ⅱ . ①梁…　Ⅲ . ①杂文集—中国—当代 Ⅳ . ① I267.1

中国版本图书馆 CIP 数据核字（2018）第 183081 号

图书出品人 / 刘海涛
出版统筹 / 乔先彪
责任编辑 / 梁　惠　庞贺鑫

书名 / 微观天下事，不负案头书
作者 / 梁晓声　著

出版·发行 / 中国民主法制出版社
地址 / 北京市丰台区右安门外玉林里 7 号（100069）
电话 /（010）63292534　63057714（营销中心）　63055259（总编室）
传真 /（010）63055259
http: //www.npcpub.com
E-mail: mzfz@npcpub.com
经销 / 新华书店
开本 / 16 开　710 毫米 ×1000 毫米
印张 / 18.5
字数 / 229 千字
版本 / 2018 年 9 月第 1 版　　2018 年 9 月第 1 次印刷
印刷 / 北京天宇万达印刷有限公司

书号 / ISBN 978-7-5162-1877-8
定价 / 48.00 元

自序

文字的两种意态

文字是人们纸上表达的工具。

文字的表达意态多种多样。

在我这儿，文字的意态大体可分为两类：一类是纯文学的，如小说、散文、电影电视剧创作等；一类是非文学的，如时事评论、杂感等。

后一类，有的可以归为杂文，那么它们其实也属文学的种类。有的连常见的杂文也靠不上，简直可以说是不伦不类。

自二十世纪八十年代末开始，我写了不少那类“东西”。

这乃因为，从我少年时起，对作家的认识就已定型。

受鲁迅、蒲松龄的影响，我认为作家不仅仅是“讲故事的人”，也是对社会发表态度的率先者、省思者。而率先，起码是及时的。若小说做不到及时，那么非小说形态的表态，绝不意味作家的不务正业。

鲁迅写下的大量杂文，所持的肯定便是这种“作家观”。

而蒲松龄之所以在他的《聊斋志异》中的大多数故事的后边写一段“异史氏曰”，想法亦然。若无“异史氏曰”，《聊斋志异》的故事意义不大了，蒲松龄也不是我们今天所认识的蒲松龄了。

当然如外国作家托尔斯泰、雨果、车尔尼雪夫斯基等；如诗人拜伦、海涅、雪莱等；如戏剧家萧伯纳等，都是文学的“动物”，也是社会表态的率先者、省思者。更遑论卢梭、伏尔泰、王尔德们了。

不管后世的人们对他们的评价如何，我都将永远承认——确乎，他们对我的“作家观”影响深矣。

现在的我，更是不想改变我的“作家观”了，可谓初心固化。

人生都快到头了，又非恶习，为什么要改变呢？

至于我的这类文字是否会速朽，我是毫不在乎的。

鲁迅都一点不在乎，何况我这等平庸的作家。

再者说了，世上又真有什么是会永远不朽的吗？

在未朽之时，出版社又出版之，我觉幸甚，感激之至！

梁晓声

2018 年 8 月 17 日

北京

目录 CONTENTS

楔子

沉默的墙

在一切沉默之物中，墙与人的关系最为特殊。

无墙，则无家。

建一个家，首先砌的是墙。为了使墙牢固，需打地基。因为屋顶要搭盖在墙垛上。那样的墙，叫“承重墙”。

承重之墙，是轻易动不得的。对它的任何不慎重的改变，比如在其上随便开一扇门，或一扇窗，都会导致某一天房倒突然屋塌的严重后果。而若拆一堵承重墙，几乎等于是在自毁家宅。人难以忍受居室四壁的腌臜。那样的人家，即使窗明几净也还是不洁的。人尤其忧患于承重墙上的裂缝，更对它的倾斜极为恐慌。倘承重墙出现了以上状况，人便处于坐卧不安之境。因为它时刻会对人的生命构成威胁。

在墙没有存在以前，人可以任意在图纸上设计它的高度、长度、宽度，和它在未来的一个家中的结构方向。也可以任意在图纸上改变那一切。

然而墙，尤其承重墙，它一旦存在了，就同时宣告着一种独立性了。这时在墙的面前，人的意愿只能徒唤奈何。人还能做的事几乎只有一件，那就是美观它，或加固它。任何相反的事，往往都会动摇它。动摇一堵承重墙，是多么的不明智不言而喻。

人靠了集体的力量和智慧足以移山填海。人靠了个人的恒心和志气也足以做到似乎只有集体才做得到的事情。于是人成了人的榜样，甚至被视为英雄。一个再平凡不过的人，在自己的家里，在家扩大了一点儿的范围内，比如院子里，又简直便是上帝了。他的意愿，也仿佛上帝的意愿。他可以随时移动他一切的家具，一再改变它们的位置。他可以把一盆花从这一个花盆里挖出来，栽到另一个花盆里。他也可以把院里的一棵树从这儿挖出来，栽到那儿。他甚至可以爬上房顶，将瓦顶换成铁皮顶。倘他家的地底下有水层，只要他想，简直又可以在他家的地中央弄出一口井来。无论他可以怎样，有一件事他是不可以的，那就是取消他家的一堵承重墙。而且，在这件事上，越是明智的人，越知道不可以。

只要是一堵承重之墙，便只能美观它，加固它，而不可以取消它。无论它是一堵穷人的宅墙，还是一堵富人的宅墙。即使是皇帝住的宫殿的墙，只要它当初建在承重的方向上，它就断不可以被拆除。当然，非要拆除也不是绝对不可以，那就要在拆除它之前，预先以钢铁框架或石木之柱顶替它的作用。

承重墙纵然被取消了，承重之墙的承重作用，也还是变相地存在着。

人类的智慧和力量使人类能上天了，使人类能蹈海了，使人类能入地了，使人类能摆脱地球的巨大吸引力穿过大气层飞入太空登上月球了；但是，面对任何一堵既成事实的承重墙，无论是雄心大志的个人还是众志成城的集体，在科学高度发达的今天，还是和数千年前的古人一样，仍只有三种选择——要么重视它既成事实了的存在；要么谨慎周密地以另外一种形式取代它的承重作用；要么一举推倒它炸毁它，而那同时等于干脆“取消”一幢住宅，或一座厂房，或高楼大厦。

墙，它一旦被人建成，即意味着是人自己给自己砌起的“对立面”。

而承重墙，它乃是古今中外普遍的建筑学上的一个先决条件。是砌起在基础之上的基础。它不但是人自己砌起的“对立面”，并且是人自己设计的、自己“制造”的、坚固的现实之物。它的存在具有人不得不重视它的禁忌性。它意味着是一种立体的眼可看得见手可摸得到的实感的“原理”。它沉默地立在那儿就代表着那一“原理”。人摧毁了它也还是摧毁不了那一“原理”。别物取代了它的承重作用恰证明那一“原理”之绝对不容怀疑。

而“原理”的意思也可以从文字上理解为那样的一种道理——一种原始的道理。一种先于人类存在于地球上的道理。因为它比人类古老，因为它与地球同生同灭，所以它是左右人类的地球上的一种魔力。是地球本身赋予的力。谁尊重它，它服务于谁；谁违背它，它惩罚谁。古今中外，地球上无一人违背了它而又未自食恶果的。

墙是人在地球上占有一定空间的标志。承重墙天长地久地巩固这一标志。

墙是比床，比椅，比餐桌和办公桌与人的关系更为密切的东西。因为人每天只有数小时在床上。因为人并不整天坐在椅上。也不整天不停地吃着或伏案。但人眼只要睁着，只要是在室内，几乎每时每刻看到的都首先是墙。即使人半夜突然醒来，他面对的也很可能首先是墙。墙对于人，真是低头不见抬头便见。

所以人美化居住环境或办公环境，第一件要做的事便是美化墙壁。为此人们专门调配粉刷墙壁的灰粉，制造专门裱糊墙壁的壁纸。壁纸在从前的年代只不过是印有图案的花纸，近代则生产出了具有化纤成分的壁膜和不怕水湿的高级涂料。富有的人家甚至不惜将绸缎包在板块上镶贴于墙。人为了墙往往煞费苦心。

然而墙却永远地沉默着。永远的无动于衷。永远的宠辱不惊。不像床、椅和桌子，旧了便发出响声。而墙，凿它，钻它，钉它，任人怎样，它还是一堵沉默的墙。

我童年的家，是一间半很低很破的小房子。它的墙壁是根本没法粉刷的，也没法裱糊，再说买不起墙纸。只有过春节的时候，用一两幅年画美观一下墙。春节一过，便揭下卷起，放入旧箱子，留待来年春节再贴。穷人家的墙像穷人家的孩子，年画像穷人家的墙的一件新衣，是舍不得始终让它“穿在身上的”。

后来我家动迁了一次。我们的家终于有了四面算得上墙的墙。那一年我小学五年级。从那一年起，我开始学着刷墙。刷墙啊！多么幸福多么快乐的事啊！那年代石灰是稀有之物。为了刷一遍墙，我常常预先满城市寻找，看哪儿在施工。如果发现了哪儿堆放着石灰，半夜里去偷一盆。有时在冬天，端着走很远的路，偷回来时双手都冻僵了。刷墙前还要仔细抹平墙上的裂纹。我将石灰用筛子筛过，掺进黄泥里，合成自造的水泥。几次后我刷墙不但刷出了经验，而且显示出了天分。往石灰浆里兑些蓝墨水，墙就可以刷成我们现在叫作“冷色”的浅蓝色；兑些红墨水，墙就可以刷成我们现在叫作“暖色”的浅红色。但对于那个年代的小百姓人家来说，墨水是很贵的。舍不得再用墨水，改用母亲染衣服的蓝的或红的染料。那便宜多了，一包才一角钱，足够用十几次。我上中学后，已能在墙上喷花。将硬纸板刻出图案，按在墙上；一柄旧的硬毛刷沾了灰浆，手指反复刮刷毛，灰点一番番浅在墙上，不厌其烦，待纸板周围遍布了浆点，一移开，图案就印在墙上了。还有另一种办法，也能使刷过的墙上出现“印象派”的图案。那就是将抹布像扭麻花似的对扭一下，沾了灰浆在墙上滚。于是滚出了一排排浪；滚出了一朵朵云；滚出了不可言状的奇异的美丽。是少年的我，刷墙刷得上瘾，往往一年刷三次。开春一次，秋末一次，春节前一次。为的是在家里能面对自己刷得好看的墙，于是能以较好的心情度过夏季、“十·一”和春节。因而，居民委员会检查卫生，我家每得红旗。因而，我在全院，在那一条小街名声大噪。别人家常求我去刷墙，酬谢是一张澡票，或电影票……

后来我下乡了，我的弟弟们也被我带出徒了。

住在北影一间筒子楼的10年，我家的墙一次也没刷过。因为我成了作家，不大顾得上刷墙了。

搬到童影已十余年，我家的墙也一次没刷过。因为搬来前，墙上有壁膜。其实刷也是刷过的。当然不是用灰浆，而是用刷子沾了肥皂水刷刷干净。四五次刷下来，墙膜起先的黄色都变浅了……

现在，墙上的壁膜早已多处破了，我也懒得刷它了，更懒得装修，怕搭赔上时间心里会烦，亦怕扰邻。但我另有美观墙的办法。哪儿脏得破得看不过眼去，挂画框什么的挡住就是。于是来客每说："看你家墙，旧是太旧了，不过被你弄的还挺美观的。"

现在，我家一面主墙的正上方，是方形的特别普通的电池表。大约是1983年，一份叫《丑小鸭》的文学杂志发给我的奖品，时价七八十元。表的下方，书本那么大的小相框里，镶着性感的玛丽莲·梦露的照片。我这个男人并不是对玛丽莲·梦露多么着迷。壁膜那儿只破了一个小洞，只需要那么小的一个相框，就能把小洞挡住，也只有挂那么小的一个相框才形成不对称的美。正巧逛早市时发现摊上在卖，于是以10元钱买下。满墙数镶着玛丽莲·梦露照片的相框最小，也着实有点儿委屈梦露了。"她"的旁边，是比"她"的框子大出一倍多的黑框的俄罗斯铜版画，其上是庄严宏伟的玛丽亚大教堂。是在俄罗斯留学学过俄罗斯文学史，确实沾亲的一位表妹送给我的。玛丽莲·梦露的下方，框子里镶的是一位青年画家几年前送给我的小幅海天景色的油画。另外墙上同样大小的框子里还镶着他送给我的两幅风景油画。都是印刷品。再下方的竖框里，是芦苇丛中一对相亲相爱的天鹅的摄影。是《大自然》杂志的彩页，我由于喜欢就剪下来镶墙上了。一对天鹅的左边，四根半圆木段卡成的较大的框子里，镶着列维斯坦的一幅风景画：静谧的河湾，水中的小船，岸上的树丛，令人看了心往神驰。此外墙上另一幅黑相框里，镶着金箔银箔交相辉映的耶稣布道全身像。还有两幅是童影举行电影活动的纪念品，一幅直接在木板上镶着苗族少女的头像，一幅镶着艺术化了的牛头，那一年是牛年。那一幅上边是《最后的晚餐》，直接压印在薄板上，无框。墙上还有两具瓷的羊头，一模一样；一具牛头，一具全牛，我花一百元从摊上买的。还有别人送我的由一小段一小段树枝组成的带框工艺品；还有两名音乐青年送给我的他们自己拍的敖包摄影；还有湖南某乡女中学生送给我的她们自己粘贴的布画；是扎着帕子的少女在喂鸡。连框子也是她们自己做的，它是我最珍视的。因为少女们的心意实在太虔诚。还有一串用布缝制的五彩六色的十二生肖，我花 10 元钱在早市上买的，还有如意结，如意包，小灯笼什么的，都是早市上二三元钱买的……

以上一切，挡住了我家墙上的破处，脏处，并美观了墙。

我这么详尽地介绍我家一面主墙上的东西，其实是想要总结我对墙的一种感想——墙啊，墙啊，永远沉默着的墙啊，你有着多么厚道的一种性格啊！谁要往你身上敲钉子，那么敲吧，你默默地把钉子咬住了。谁要往你身上挂什么，那么挂吧，管它是些什么，美观也罢，相反也罢，你都默默地认可了。墙啊，墙啊，你具有着的，是一种怎样的包容性啊！

尽管，人可以在墙上想写什么就写什么，想画什么就画什么，想挂什么就挂什么，想把墙刷成什么颜色就刷成什么颜色——然而，无论多么高级的墙漆，都难以持久，都将随着岁月的流逝渐渐褪色，剥落；自欺欺人或被他人所骗往墙上刷质量低劣的墙漆，那么受害的必是人自己。水泥和砖构成的墙，却是不会因而被毁到什么程度的。

时过境迁，写在墙上的标语早已成为历史的痕迹，写的人早已死去，而墙仍沉默地直立着；画在墙上的画早已模糊不清，画的人早已死去，而墙仍沉默地直立着；挂在墙上的东西早已几易其主，由宝贵而一钱不值，或由一钱不值而身价百倍，而墙仍沉默地直立着；战争早已成为遥远的大事件，墙上弹洞累累，而墙沉默地、直立着……

墙什么都看见过，什么都听到过，什么都经历过，但它永远地沉默地直立着。墙似乎明白，人绝不会将它的沉默当成它的一种罪过。每一样事物都有它存在着的一份天职。墙明白它的天职不是别的，而是直立。墙明白它一旦发出声响，它的直立就开始了动摇。墙即使累了，老了，就要倒下了，它也会以它特有的方式向人报警，比如倾斜，比如出现裂缝……

人知道有些墙是不可以倒下的，因而人时常观察它们的状况，时常修缮它们。人需要它们直立在某处，不仅为了标记过去，也是为了标志未来。

比如法国的巴黎公社墙。

人知道有些墙是不可以不推倒它的。比如隔开爱的墙；比如强制地将一个国家和一个民族一分为二的墙……

比如含有种族歧视的无形的墙；比如德国的柏林墙。

人从火山灰下，沙漠之下，发掘出古代城邦，那些重见天日的不倒的墙，无不是承重之墙啊！它们沉默地直立着，哪怕在火山灰下，哪怕在沙漠之下，哪怕在地震和飓风之后。

像墙的人是不可爱的。像墙的人将没有爱人，也会使亲人远离。

墙的直立意象，高过于任何个人的形象。

宏伟的墙所代表的乃是大意象，只有民族、国家这样庄严的概念可与之互喻。

一个时代又一个时代过去了，像新的墙漆覆盖旧的墙漆；一批风云际会的人物融入历史了又一批风云际会的人物也融入历史了，像挂在墙上的东西换了又换；战争过去了，灾难过去了，动荡不安过去了，连辉煌和伟业也将过去，像家具一些日子挪靠于这一面墙一些日子挪靠于另一面墙……

而墙，始终是墙。沉默地直立着。

而承重墙，以它之不可轻视告诉人：人可以做许多事，但人不可以做一切事；人可以有野心，但人不可以没有禁忌，哪怕是面对一堵墙……

微观天下事　不负案头书

世态万象

论民间

民间乃莫衷一是之概念。模糊。

我所谓的民间，是将伟人、达官、名流、富商巨贾们划入另册，所剩的那一部分人间。

在古代，曰“苍生”的那一部分人间。

我发誓，绝无挑拨的居心。

古今中外，以上两种人，从不生活在同样的人间，一向也不一起玩儿。所以，我的分法，并不等于离间。

当今提倡和谐。

挑拨离间者可恶。我不是那么坏的人。

在神话中，神们犯了天条，每每被逐往人间。

对于高高在上的神们，人间之人，皆凡夫俗子。人间曰“下界”，低等级之界也。

而在人间，公子王孙也罢，将相诸侯也罢，一旦获罪，半轻不重的惩罚，便是贬至民间。

贬至民间，又叫“沦落”。

而富商巨贾们若财大气粗不起来了，叫“落魄”。钱财乃富人之“魄”，落魄的富人，其命便也如“芸芸”者流了。

“芸芸”者，平民阶层加草根阶层也。因数量众多，其社会形态如江河湖海。

平民阶层与草根阶层的关系是唇齿关系，是手心和手背的关系。“草根”减少，平民渐多，乃民间幸事。反之，那民间，定是悲苦之民间。

故民间最愚蠢的现象，则是“草根”们危害平民，平民们厌恶“草根”。

果而如此，民间就几近于不可救药了。

一个社会好不好，或有没有希望，有多大希望，不仅看官员们是些怎样的官员，富人们是些怎样的富人，各类精英是些怎样的精英，也还要看民间是怎样的民间。

依我的眼睛看来，“五四”至今，不那么令人心冷的中国的民间，正是当下之民间。固然，当下之民间，还有不少令人泄气的方面。但，比起鲁迅所形容的“铁屋子”，比起萧红笔下那“大水坑”，比起闻一多笔下的“死水”，毕竟是相当不同了。

故，套用一句流行语，现在的我，是很“看好”民间的。

民间的生气，是我这个置身于民间边缘的很多余的社会人，越来越呼吸得到的。我感觉民间的生气含氧量渐多，而氧是我的大脑所需要的。民间的生气含氧量高了，民间本身自然也便耳聪目明了。

不可否认，民间还将产生牛二、阿Q、郑老栓、德纳迪埃和太太、无赖、痞子、流氓、刁民；人性之种种卑污邪狞，睁只眼闭只眼的，皆可从民间看到。以后的民间，也还会有。

但今日之民间，总算开始觉醒了一件事：民间原本是比别的社会层面更多温暖的一大部分人间，是最能自然地体现人性的一大部分人间；种种不堪回首之事大规模地发生于民间，实在是因为被肮脏严重地污染了。

民间终于觉悟了这一件事，民间就能找回自己的良心了。

民间之良心开始复苏，种种被遮蔽、掩盖、歪曲、随心所欲涂改之历史真相，也便会一桩桩一件件地昭然于天下了。

当历史在民间得以澄清，民间便获得主持正义的权力。而一向自以为能够玩弄民间于股掌之上的人，便也不敢对民间颐指气使了。因为转眼也会被夹在历史中；而民间将长存。

理性的民间乃是这样的民间——除非它自己想要运动一下，否则任何披着华丽外衣的人，皆难以轻而易举地将它运动起来；它一定要运动一下的时候，并不是情绪的宣泄，而是具有充分理由的，即使理由充分，也仍理性。

是的，我以我眼看到，一个这样的民间，正在中国成熟着。

理性的民间，才是有真力量的民间。

伸张正义的民间，才是受尊重的民间。

也只有这样的民间，才能被当成回事儿来对待，才能自己理直气壮地喊出“民乃国之根”，而不需要一味靠别人们的嘴来说。

这样的民间，才配是“国之根”。

是的，我分明地看到了中国民间的这一前途……

贵贱论

人类社会一向需要法的禁束，权的治理。既有权的现象存在，便有权贵者存在，古今中外，一向如此。权大于法，权贵者超于法外，成为人上人。凌驾于权贵者之上的，曰帝，曰皇，曰王。中国古代，将他们比作“真龙天子”。既是“龙”，下代则属“龙子龙孙”。“龙子龙孙”们，受庇于帝者、皇者、王者的福荫，也是超于法外的人上人。既曰“天子”，出言即法，无敢违者，无敢抗者。违乃罪，抗乃逆，逆尤大罪。不仅中国古代如此，外国亦如此。法在人类社会逐渐形成以后相当漫长的一个历史时期内，仍然如此。中国古代的法曾明文规定“刑不上大夫”。刑不上大夫不是说法不惩处他们，而是强调不必用刑杖拷问。毕竟，这是中国的古法对知识分子最开恩的一面。外国的古法中明文规定过贵族可以不缴一切税，贵族可以合理合法地掳了穷人的妻女去抵穷人欠他们的债，占有之也是天经地义的。

但是自从人类社会发展到文明的近现代，权大于法的现象渐趋式微，法高于权的理念越来越成为共识。法律面前人人平等。于是权贵者之贵不似以往。将高官乃至将首相、总统推上被告席，早已是司空见惯之事，仅一九九九年不是就发生过好几桩吗？法律的权威性，使权贵一词与从前相比有了很大变化。人可因权而尊贵，比如可以入住豪宅，可以拥有专机、卫队，但却不能因权而特殊。他们比一般人更须时时提醒自己——千万别触犯法律。

法保护权者尊贵，限制权者特殊。

所以美国总统们的就职演说，千言万语总是化作一句话，那就是——承蒙信赖，我将竭诚为美国效劳！而为国效劳，其实也就是“为人民服务”的意思。所以日本的前首相铃木善幸就任前回答记者提问时道：“我的感觉仿佛是应征入伍。”

因权而特殊，将被视为文明倒退的现象，在当代法治和民主程度越来越高的国家里已经不太可能。因权而尊贵，也要付出相应的代价，其中一项就是几乎没有隐私可言。其实，向权力代理人提供优厚的生活待遇，也体现着一个国家和它的人民对于所信托的某一权力本身的重视程度，并体现着人民对某一权力本身的评估意识，故每每以法案的方式加以确定。其确定往往证明这样的意义——某一权力的重要性，值得它的代理人获得相应的待遇，只要它的代理人确乎是值得信赖的。

林肯坚决反对因权而特殊。在他就任总统后，时常生气地拒绝各种特殊的待遇。他去了解民情和讲演时，甚至不愿带警卫，结果他不幸被他的政敌们所雇的杀手暗杀。甘地在被拥戴为印度人民的领袖以后，仍居草屋，并在草屋里办公，接待外宾。他是人类现代史上太特殊的一例。他是一位理想的权力圣洁主义者，一位心甘情愿的权力殉道主义者。像他那么意识高尚的人也难免有敌人，他同样死在敌人的子弹之下。他死后被泰戈尔称颂为“圣雄甘地”。

无论因权而尊贵者，还是掌权而放弃特殊待遇者，只要他是竭诚为人民服务的，人民都将爱戴他。但，他们的因权而贵，是不可以贵到人民允许以外去的，更是不可以贵及家人及亲属的。因为后者并非人民的权力信托人。

因贫而“贱”是人类最无奈的现象。但也有某些人断不该因贫而被视为“贱”类，尽管他们从前确曾被权贵者富贵者们蔑称为“贱民”。我们现在所论的，非他们的人格，而是他们的生存状态。如果他们缺衣少食，如果他们居住环境肮脏，如果他们的子女因穷困而不能受到正常的教育，如果他们生了病而不能得到医疗，如果他们想有一份工作却差不多是妄想，那么，他们的生存状况，确乎便是“贱”的了。我们这样说，仅取“贱”字“低等”的含义。

处在低等生活状态中的民众，他们作为人的尊严却断不可以一概被论为低等。恰恰相反，比如雨果笔下的冉·阿让，他的心灵，比权贵者高贵，比富贵者高贵。

权贵者富贵者与“贱民”们遭遇的“情节”，历史上曾多次发生过。那是人类社会黑暗时期的黑暗现象，“朱门酒肉臭，路有冻死骨”便是生动的写照。

限制权贵是比较容易的，人类社会在这方面已经做得卓有成效。消除穷困却要困难得多，中国在这方面任重而道远。

约翰逊说：“所有证明穷困并非罪恶的理由，恰恰明显地表明穷困是一种罪恶。”

穷困是国家的溃疡。有能力的人们，该为消除中国的穷困现象而努力呀！

富贵是幸运。富者并非皆不仁。因富而善，因善而仁，因仁而德的贵者不乏其人。他们中有人已被著书而传，或已被立碑而纪念。那是他们理应获得的敬意。

相反的现象也不应回避——富贵者或由于贪婪，或因急于跻身权贵者行列，于是以富媚权，傍权不仁，傍权丧德。此时富贵者反而最卑贱。比如《金瓶梅》中的西门庆，去贿相府时就一反富贵者常态，很卑贱。同样，受贿的权贵斯时嘴脸也难免卑贱。

全部人类道德的最高标准非他，而是人道。凡在人道方面堪称榜样的人，都是高贵的人。故我认为，辛德勒是高贵的。不管他是否真的曾是什么间谍，他已然高贵无疑了。舍一己之生命而拯救众人的人，是高贵的。抗洪抢险的中国士兵，是高贵的。英国王妃戴安娜安抚非洲灾民，以自己的足去步雷区，表明她反战立场的行为，是高贵的。南丁格尔也是高贵的。马丁·路德·金为了他的主张所进行的政治实践，同样是高贵的。废除黑奴制的林肯当然有一颗高贵的心。中国教育事业的开拓者陶行知也有一颗高贵的心。人类历史中、文化中有许多高贵的人。高贵的人不必是圣人。不是圣人一点儿也不影响他们是高贵的人。有一个误区由来已久，那就是以权、以富、以出身和门第论高贵。

文明的社会不是导引人人都成为圣人的社会。恰恰相反，文明的社会是尽量成全人人都活得自然而又自由的社会。文明的社会也是人心低贱现象很少的社会。人心只有保持对于高贵的崇敬，才能自觉地防止它因趋利而鄙而劣，一言以蔽之，而低贱。我们的心保持对于高贵的永远的崇敬，并不会使我们活得不自然而又不自由。事实上，人心欣赏高贵恰是自然的。反之是不自然的，病态的。事实上，活得自由的人首先是心情愉快的人。

《悲惨世界》中的沙威是活得不自然的人，也是活得不自由的人。他在人性方面不自然，在人道方面不自由，故他无愉快之时。他的脸和目光总是阴沉的。他是被高贵比死的。是的，没人逼他，他只不过是被高贵比死的。

贵与“贱”在社会表征上相对立，在文明理念上相平等。在某些时候，在某些情况下，两者恰恰相反。那是在贵者徒有其表而经不起检验的时候和情况下，在“贱”者有机会证明自己心灵本色的时候和情况下。权贵对于贫“贱”应贵在责任和使命，富贵相对于贫“贱”应贵在同情和仁爱。贫“贱”的现象相对于卑贱的行为是不应受歧视的。卑贱相对于高贵的身份更显其卑贱。

有资格尊贵的人在权贵和富贵者面前倘巴结逢迎不择手段不遗余力，那就是低贱了。低贱并非源于自卑。因为自卑者其实本能地回避权贵者和富贵者，甚至也回避尊贵者。自卑者唯独不避高贵。因为高贵不是存在于外表和服装后面的。高贵是朴素的，平易的，甚至是以极普通的方式存在的。比如《悲惨世界》中“掩护”了冉·阿让的那位慈祥的老神父。自卑者的心相当敏感，他们靠自己的敏感嗅辨高贵。当然自卑而极端也会在人心中生出邪恶，那时连对善意地帮助自己的人也会嫉恨。那时善不得善报。低贱是拿自尊去换取利益和实惠时的行为表现。低贱者不以为耻反以为荣，那就是下贱了。

贫“贱”是存在于大地上的问题，所以在大地上就可以逐步解决。

卑贱、低贱、下贱之贱都是不必用引号的，因为都是真贱。真贱是存在于人心里的问题，所以是只能靠自己去解决的问题。

我祈祝在下一个百年里，穷困将从中国的大地上得以消除……

论大学

大学是人类之一概文明的“反应堆”。

举凡人类文明的所有现象，无一不是在大学里有所反映并进行反应的。

这里所言之“文明”一词，还包含人类未文明时期的地球现象以及宇宙现象；当然，也就同时包含对人类、对地球、对宇宙之未来现象的预测。

故大学里，“文明”一词与在词典中的解释是有区别的，也是应该有区别的。后者是一个有限含义的词汇，而前者的含义几乎是无限的。此结论意味着人类文明的现实能力所能达到的非凡超现实程度。而如此这般的非凡的超现实程度的能力，只不过是人类文明的现实能力之一种。

这里所言之“反应”一词，也远比词典中的解释要多义。它是排斥被动作为的。在这里，或曰在大学里，“反应”的词义一向体现为积极的、主动而且特别生动特别能动的意思。人类之一概文明，都会在大学这个“反应堆”上，被分门别类，被梳理总结，被分析研究，被鉴别，被扬弃，被继承，被传播，被发展……

故，大学最是一个重视稳定的价值取向的地方。

故，稳定的价值取向之相对于大学，犹如地基之相对于大厦。

稳定的科学知识和丰富的科技成果，乃是自然科学发展的基础；稳定的人文理念和价值观，乃是社会科学发展的前提。

相对于自然科学，价值取向或曰价值观的体现，通常是隐性的。但隐性的，却绝不等于可以没有。倘居然没有，即使自然科学，亦必走向歧途。

例如化学本身并不直接体现什么价值观，但化学人才既可以应用化学知识制药，也可以制毒品，还可以来制生化武器。

于是，化学之隐性的科学价值观，在具体的化学人才身上，体现为显性的人文价值观之结果。

制假药往往不需要什么特别高级的化学专业能力，但那也还是必然由多少具有一些化学知识的人所为的勾当。而那是为具有稳定的人文价值观的人所耻为的。故稳定的价值观，在大学里，绝不可以被认为是只有社会学科的学子们才应具有的。

故我认为，大学绝不仅仅是一个传授知识和教会技能的地方，还必须是一个培养具有稳定的价值观念的人才的地方。

考察一个国家的发展和它的大学的关系，是具有决定性的一点。

首先，大学教师们自身应该是具有稳定价值观念的人。对于从事文科教学的大学教师们，自身是否具有稳定的价值观，决定着一所大学的文科教学的品质。

因为在大学里，再也没有别的什么学科，能像文科教学一样每天将面对各种各样的价值观问题。有时体现于学子们的困惑和提问中，有时是五花八门的社会现象和社会问题反映到、影响到了大学校园里。

为了达到一己之名利的目的而不择手段是理所当然的人生经验吗？

大学文科师生每每会在课堂上共同遭遇这样的问题。

大学教师本身倘无稳定的做人的价值观念，恐怕也不能给出对学子们有益的回答吧！

倘名利就在眼前；倘某些手段在犯法的底线，但大学生却纷纷四处打听那些手段（那样的手段真是千般百种、五花八门、层出不穷，在有的人们那儿运用自如，不以为耻反觉得意）；倘虽损着别人的利益却又令别人只有吞食苦水的份儿——这种事竟也是做不得的吗？

窃以为，这样的“问题”成为问题本身便是一个问题。

然而，无论在社会上还是在大学里，其成为“问题”已多年矣。

幸而在大学里有一位前辈给出了自己的明确的回答——他说：“我不是一个坏人，我在顾及个人利益的同时，也很习惯地替他人的利益着想。”

不少人都知道的，此前辈便是北大的季羡林先生。

倘无几条终生恪守的德律，一个人是不会这么主张的。

倘无论在社会上还是在大学里，不这么主张的人远远多于这么主张的人，那么“他人皆地狱”这一句话，真的就接近“真理”了。那么，人类到世上，人生由如此这般的“真理”所规定，热爱生活也就无从谈起了。

但我也听到过截然相反的主张。而且不是在社会上而是在大学里。而且是由教师来对学生们说的。

其逻辑是——根本不替他人的利益着想是无可厚非的。因为任何一个“我”，都根本没有责任在顾及自己的利益的同时也替他人的利益着想。他人也是一个“我”，那个“我”的一概利益，当然只能由那个“我”自己去负责。导致人人在一己利益方面弱肉强食也没什么不好。因而强者更强，弱者要么被淘汰，要么也强起来，于是社会也得以长足进步……

这种主张，有时反而比季老先生的主张似乎更能深入人心。因为听来似乎更为见解“深刻”，并且还暗合着人人都希望自己成为强者的极端渴望。

大学是百家争鸣的地方。但大学似乎同时也应该是固守人文理念的地方。

所谓人文理念，其实说到底，是与动物界之弱肉强食法则相对立的一种理念。在动物界，大蛇吞小蛇，强壮的狼吃掉病老的狼，是根本没有不忍一说的。而人类之所以为人类，乃因人性中会生出种种不忍来。这无论如何不应该被视为人比动物还低级的方面。将弱肉强食的自然界的生存法则移用到人类的社会中来，叫“泛达尔文主义”。“泛达尔文主义”其实和法西斯主义有神似之处。它不能使人类更进化是显然的。因而相对于人类，它是反“进化论”的。

陈晓明是北大中文系教授，对解构主义研究深透。

据我所知，他在课堂上讲解构主义时，最后总是要强调——有些事情，无论在文学作品中还是在社会现实中，都是不能一解了之的。归根到底，解构主义是一种研究方法，非是终极目的。比如正义、平等、人道原则、和平愿望、仁爱情怀……总而言之，奠定人类数千年文明的那些基石性的人文原则，它们是不可用解构主义来进行瓦解的，也是任何其他的主义所瓦解不了的。像“进化论”一样，当谁企图以解构主义将人类社会的人文基石砸个稀巴烂，那么解构主义连一种学理研究的方法也就都不是了，那个人自己也就同时什么都不是了……

像季羡林先生一样，我所了解的陈晓明教授，也是一个不但有做人德律，而且主张人作为人理应有做人德律的人。

我由而是极敬他的。

我想，解构主义在他那儿，才是一门值得认真来听的课程。

又据我所知，解构主义在有的人士那儿，仿佛是一把邪恶有力的锤。举凡人类社会普适的德律，在其锤下一概粉碎，于是痛快。于是以其痛快，使学子痛快。但恰恰相反，丑陋邪恶在这样的人士那儿却是不进行解构的。因为人类的社会，在他看来，仅剩下了丑陋邪恶那么一点点“绝对真实”，而解构主义不解构“绝对真实”，只解构“一概的虚伪”。

我以为虚伪肯定是举不胜举的，也当然是令我们嫌恶的。但若世界的真相成了这么一种情况——在“绝对的真实”和“一概的虚伪”之间，屹立着那么几个“东方不败”的坚定不移的解构主义者的话，岂不是太不客观了吗？

当下传媒，竭尽插科打诨之能事，以媚大众，以愚大众。仿佛此种公器之功用，乃传媒之第一功用似的。于是，据我所知，“花边绯闻”之炒作技巧，也堂而皇之地成了大学新闻课的内容。

报刊这一种传媒载体，出现在人类社会少说已有三百年历史；广播已有百余年历史；电视的出现已近半个世纪了——一个事实乃是，人类近二三百年的文明步伐，是数千年文明进程中最快速的；而另一个事实乃是，传媒对于这一种快速迈进的文明步伐，起到过和依然起着功不可没的推动作用。故以上传媒既为社会公器，其对社会时事公开、公正、及时的报道功用以及监督和评论责任；其恢复历史事件真相的功用以及通过那些事件引发警世思考的使命，当是大学新闻专业不应避而不谈的课程。至于其娱乐公众的功用，虽然与其始俱，但只不过是其兼有的一种功用，并不是它的主要功用。而“花边绯闻”之炒作技巧，不在大学课堂上津津乐道，对于新闻专业的学子们也未必便是什么学业损失。因为那等技巧，真好学的人，在大学校门以外反而比在大学里学会得还快，还全面。在大学课堂上津津乐道，即使不是取悦学子，也分明是本末倒置。传媒专业与人文宗旨的关系比文学艺术更加紧密；法乎其上，仅得其中；法乎其中，仅得其下；若法乎其下，得什么也就可想而知了。播龙种而收获跳蚤，自然是悲哀的。但若有意无意地播着蚤卵，日后跳蚤大行其道岂不必然？

大学讲虚无主义，倘老师在台上讲得天花乱坠，满教室学子听得全神贯注——一个学期结束了，师生比赛似的以虚无的眼来看世界，以虚无的心来寻思人间，那么就太对不起含辛茹苦地挣钱供子女上大学的父母们了！

大学里讲暴力美学，倘讲来讲去，却没使学子明白——暴力就是暴力，无论如何非是具有美感的现象；当文学艺术作为反映客体，为了削减其血腥残忍的程度，才不得不以普遍的人们易于接受的方式进行艺术方法的再处理——倘这么简单的道理都讲不明白，那还莫如干脆别讲。

将“暴力美学”讲成“暴力之美”，并似乎还要从“学问”的高度来培养专门欣赏“暴力之美”的眼和心，我以为其几近于是罪恶的事。

大学里讲文学作品中人物的心理复杂性，比如讲《巴黎圣母院》中的弗罗洛神父吧——倘讲来讲去，结论都是弗罗洛的行径只不过是做了这世界上所有男人都想做的事而又没做成，仿佛他的“不幸”比艾丝美达拉之不幸更值得后世同情，那么雨果地下有灵的话，他该对我们现代人作何感想呢？而世界上的男人，并非个个都像弗罗洛吧？同样是雨果的作品，《悲惨世界》中的米里哀主教和冉·阿让，不就是和弗罗洛不一样的另一种男人吗？

大学是一种永远的悖论。

因为在大学里，质疑是最应该被允许的。但同时也不能忘记，肯定同样是大学之所以受到尊敬的学府特征。人类数千年文明进程所积累的宝贵知识和宝贵思想，首先是在大学里经历肯定、否定、否定之否定，于是再次被肯定的过程。但是如果人类的知识和思想，在大学里否定的比肯定的更多，颠覆的比继承的更多，贬低的比提升的更多，使人越学越迷惘的比使人学了才明白点儿的更多，颓废有理、自私自利有理、不择手段有理的比稳定的价值观念和普适的人文准则更多，那么人类还办大学干什么呢？

以我的眼看大学，我看到的情况似乎是——稳定的价值观念和普适的人文准则若有若无。

但是我又认为，据此点而责怪大学本身以及从教者们，那是极不公正的。因为某些做人的基本道理，乃是在人的学龄前阶段就该由家长、家庭和人文化背景之正面影响来通力合作已完成的。要求大学来补上非属大学的教育义务是荒唐的。我以上所举的例子毕竟是极个别的例子，为的是强调这样一种感想，即大学所面对的为数不少的学子，他们在进入大学之前所受的普适而又必需的人文教育的关怀是有缺陷的，因而大学教育者对自己的学理素养应有更高的人文标准。

我也认为，责怪我们的孩子们在成为大学生以后似乎仍都那么的“自我中心”而又“中心空洞”同样是不够仁慈的。事实上我们的孩子们都太过可怜——他们小小年纪就被逼上了高考之路，又都是独生子女，肩负着家长甚至家族的种种期望和寄托，孤独而又苦闷，压力之大令人心疼。毕业之后择业迷惘，四处碰壁，不但令人心疼而且想帮都帮不上，何忍苛求？

大学也罢，学子也罢，大学从教者也罢，其实都共同面对着一个各种社会矛盾、社会问题重叠堆砌的倦怠时代。这一种时代的特征就是——不仅普遍的人们身心疲惫，连时代本身也显出难以隐藏的病状。

那么，对于大学，仅仅传授知识似乎已经不够。为国家计，为学子们长久的人生计，传授知识的同时，也应责无旁贷地培养学子们成为不但知识化了而且坚卓毅忍的人，岂非使命？

那种在大学里用政治思想取代人文思想，以为进行了政治思想灌输就等于充实了下一代人之“中心空洞”的完事大吉的“既定方针”，我觉得是十分堪忧的……

关于好人、坏人

同学们：

前周课上，我们也讨论到了这一话题。下面我谈谈我的看法。讨论是由易中天先生的一段话引起的，我先将他的话抄在黑板上：

“我们中国的道德评价有个很坏的东西，就是一定要把人分成好人与坏人、善与恶。其实君子与小人，都处在中间地带。两端是什么呢？是圣人，圣人的等级比君子高。最低的那一端，是恶人。大量的是中间地带的普通人、寻常人。”

有一位解正中先生，在《书屋》杂志发表文章，指出易中天先生的话是自相矛盾的——圣人即好人中最好的人，恶人即坏人中最坏的人，这应该是没有什么歧义的。认为有圣人和恶人存在，却不承认有好人与坏人之分，于是不能自圆其说。

我们读了解正中先生的文章的主要段落。首先我要称赞，他的文章文风很好。尽管是反驳文章，但并不尖酸刻薄、咄咄逼人，反而态度温良，词句厚道谦和，所谓“君子文风”是也。这一点，不但我要学习，同学们也要学习。抓住一点，不计其余，极尽羞辱攻讦之能事，仿佛只有这样才算高明，此等文风大不可取。切记！

解正中进一步认为——好坏善良之分，是一种对人的评价，外国也是如此的，不唯中国文化仅有，因而可以说是普世的。如果说这样的评价区分是“很坏”的，那么就等于说全世界的文化在此点上都“很坏”了。

解文以上的两个观点，我是完全同意的。

按照易中天先生的分法，我和同学们，都是处于中间地带的人，即普通人、寻常人。如果在我们看来，两端的人其实无所谓好坏，圣人非好，恶人不坏，那我们大多数人，还配叫作人吗？易先生所谓的君子和圣人，还值得为一个好坏善恶不分的人类社会而君子而圣人吗？

如此说来，易中天先生岂不是说了段该遭到千夫所指的话了吗？我觉得，也不是的。

如果我们不仅仅是从字面上，而是从本意上去理解易中天先生的话，那么我认为他的话是有一定道理的。

我理解的他的话的本意应该是——历史中和现实生活中有不少的人，是难以简单地以好坏善恶来分类的。而在文学、戏剧、电影中的某些人物，尤其难以简单地以好坏善恶来区分。

比如曹操，他在判断力混乱的情况之下，误杀了吕伯奢的家人；还一不做二不休，连沽酒归来的吕伯奢老汉也杀了。这是很罪过的行径，但又不能简单地便认定曹操是一个坏人、恶人，因为他的杀念，委实并非起于他内心里一贯的“坏”。同样是这一个曹操，大军进发，马踏禾田时，他不是也体恤到了农民的辛苦，命将士绕路而行吗？

《红与黑》中的于连，好人乎？坏人乎？

《九三年》中的朗德纳克，法国大革命时期保王党阵营的统帅，一个“有着利嘴和爪子”的人物。他镇压起革命者及其家属来，冷酷如杀人机器，但是，他却又不顾个人安危，重返埋伏圈内，为的是救三个被困在火屋中的流浪孩子，结果被公社的联军士兵们俘虏……

他是好人呢，还是坏人呢？

公社的联军司令官叫郭文，他认为他不能下令枪决一个刚刚救了三个流浪儿的命的人，尽管对方是公社的头号死敌。他放走了朗德纳克，结果自己被公社的军事法庭判处死刑……

他的做法是对呢，还是错呢？

看，我们有时不但难以简单地用好坏善恶来将人归类，而且连他们的行为的对错都难下结论了。

易中天先生的话，还启发我们进一步思考以下几点：

一、人的一生是一个几十年的过程，因而每一个人都是一个极大可能变化的个体。穷的有可能变富，富的有可能变穷，普通的有可能变得不普通，不普通的有可能变得普通；同样，曾经的好人有可能因一念之差而犯了十恶不赦的罪行；曾经的坏人忽人性转变，放下屠刀立地成佛的例子也不少。

所以中国有一句话是“盖棺定论”。

而这一句话恰恰证明，在对人做道德评价这方面，中国文化中有很好的东西。

故连陶渊明都叹：“千秋万岁后，谁知荣与辱。”

意思是，虽棺已盖，却还无定论。

二、人类以往的历史，惊心动魄，铁血惊心的时候多，中国的历史，尤其如此。至中华人民共和国成立前，几无好年头。在那一种情况之下，霸业的、家国的、阶级的、政治集团的、个人追求与主张的，林林总总的外因往往推动、影响乃至迫使人做出这样那样非主观意愿的抉择，因而若简单地以好坏善恶来将人归类，便很容易犯低级的错误。比如从前，将人分为“红五类”和“黑五类”，便是很坏的做法。而“黑五类”中，便有“坏分子”一类。“文化大革命”后绝大多数获得平反，他们即使算不上是好人，也根本不是什么坏人。

三、时代毕竟不同了，但正因为时代不同了，好人坏人也更容易区分了。一个良好的时代，绝不是一个不分好人坏人的时代，而是一个对坏人的界定更严格的时代。比如在从前的中国，一个人若被判了刑，那么从那一天始，便无疑是一个坏人了。现在我们还这样认为自然就不对了。因为一个人被判了刑，只证明他犯了法，他仍还有悔过自新的机会。

但恶人确乎还是存在的，比如解正中在文中所举的那类人——土匪、海盗、毒枭、黑恶势力头子、流氓团伙打手、谋财害命者、杀人放火者等，即使他们也有悔过自新的可能，但在此之前，视其为坏人，绝不等于是中了中国文化中“很坏的东西”的毒……

但是比较一下中西文化，也确有这么一种现象，即西方人一般很少直接用“坏”这个字来评价人。对于西方人，更经常的说法是：“那家伙是人渣。”“那人是伪君子。”“凶恶透顶。”“危险。”“一个需要提防的人。”“一个仇恨社会的人。”“一个不惜用别人的生命换一听饮料来饮的人。”……

他们为什么很少直接用“坏”这个字呢？

表意思维的习惯区别而已。

“坏”是不具体的，因而不明确。仿佛把话说到家了，听来却等于什么也没说。

通常情况之下，西方人的表意习惯更求明确性，如此而已。

故绝不可理解成，西方的社会是一个没有好人坏人之分的社会。

那样的一个国家，古往今来，在世界上是不曾有过的……

问官，问法

——兼替农民马随意说话

先介绍一下马随意——陕西咸阳地区的农民，当过兵，在部队是名优秀的战士。复员二十余年来，在一条河上驾舟打渔为生，先后救起过二三十名落水之人，且从不张扬，一向认为自己做的是理所应当的事。

再介绍一些官。些个绿豆粒大的官，包括镇长、书记在内的些个官。

马随意将他们告了——两级法院皆判马随意败诉。第二次宣判的是咸阳市中级人民法院，很具有执法的权威性。于是马随意自认输到底了。

马随意为什么要告那些个官呢？

是由这样的事引起的：河上翻了船，落水者众。参与营救者亦众，逾百人。

不再仅仅围观了，这是多好的现象，证明了见义勇为已成当地民众普遍的人道精神。马随意斯时正驾舟于河，自然也一如既往地参与了营救。他立身于船，靠渔网机智而成功地救起最后两名落水者……

镇里的那些个干部，要开表彰大会，在会上给表现突出的营救者们发荣誉证书，发奖金。他们要通过此举，使见义勇为之精神在民众中更加得以弘扬。

这显然也是必要之举。尤是良好的愿望。

于是他们限定了表彰人数——五名。

还规定了表彰前提——跃入水中进行营救的。

于是他们实行了一个看起来很民主的程序——先由群众推选，再由他们圈定。

马随意那个村里的人们，虽然明知他并未跃入水中而是站在船上进行营救的，但毕竟救起了两条人命，所以仍一致推选了他。二十余年间已先后救过二三十人的马随意，倍觉欣慰。那是他一生将要受到的唯一一次表彰啊。而且他当之无愧啊。

然而镇里的干部在进行最后圈定时，将他的名字从受表彰者名单上勾掉了。

既然他们已经拟了“原则”，照章而为就是；既然马随意没有跃入水中进行营救，当然不在公开表彰之列。何况，他们中，已有人陪着获救者家属，登门向马随意当面感谢过了。他们认为他们已经做得很周到了。

但是没有谁预先通告马随意——其实他不在受表彰之列，连村里的任何一个人也不知道。

结果尴尬就发生了——表彰会前，马随意被村民们簇拥到了第一排就座。第一排算他共六人。眼看着其他五人披红戴花，接受荣誉证书和奖金，唯独自己被冷落一旁，他当时的心情可想而知。

他的尴尬仅止于此，还则罢了。

紧接着更令他感到尴尬的事发生——要给五名受表彰者合影了，一名镇干部呵斥他：“又没你的份儿，你坐这儿干什么？闪一边去！”

于是马随意反而成了哄笑的对象。

这农民的自尊心严重受伤了。他还从没逢过如此尴尬之事。

我想，我们不应责怪这农民太小心眼吧？凡是个人，都有点儿自尊心的吧？

一名普通农民的自尊心，谁会去重视它的受伤与否呢？

于是马随意进而成了村民嘲笑的一个人。

老实的农民，决定要自己讨回点儿自尊心了。

这也是很正常的吧？

他要讨回自尊心的方式，无非就是去找镇干部，希望对他和另外五人一视同仁，补给他一份荣誉证书，使他得以挽回一点儿面子。

这过分么？

但是多么的难啊！

第一次没结果，当然就觉得更没面子了，当然就必得去第二次了。

直至十一个月以后，他才终于讨到了一份荣誉证书。

这简直成了一个农民为了维护自尊心的一场战役！

正当他的心理平衡了一点儿的时候，有一种说法从镇上的干部们口中传出来了："他那个证书是不算数的，只不过为了安定才……"

倒似乎马随意是一个"不安定"分子了。

于是农民马随意感到最终还是受了愚弄。是不是真的对他一视同仁了呢？我看也根本不是。否则会拖到十一个月以后么？否则镇里的工作人员会对他嚷："就轻蔑你了！你能怎么着吧？"——这种话么？

于是马随意将他们告了。

一审，马随意败诉。

法庭认为——对于见义勇为者的表彰，法律尚无明确的条文规定。因而马随意的要求没有法律依据，不予支持……

马随意不服，二审依然败诉。

法官们的认为如上。而且看去一个个还都振振有词，都一副副"依法办事"的面孔。

这便是中央电视台 5 月 24 日晚一栏节目的内容。

节目主持人最后评论道："这本来是不该发生的事……"

却没有进一步分析为什么"不该发生的故事"居然发生了——分明是时间的原因。

我已久不写此类文章了。

我也久不动气了。

然而我当时又一次感到气愤，竟至于坐立不安，一边来回踱步一边看电视。

我至少十次劝自己打消写这篇文章的念头，但是我不写就如鲠在喉啊！胸膛发堵啊！

联想以前从电视中看到的诸事，气愤更是强烈。

我恨不得在这篇文章里骂娘。

但骂娘总是不文明的。那就忍住不骂了罢！

然而我替农民马随意抱不平。

让我先来质问那些镇里的官：

凭什么你们拟定了只能表彰五人，就一定得按你们的“既定方针”办，多一个马随意就当然不行？

难道他救起来的就不是两条人命？

难道你们不是在做要使见义勇为之精神发扬光大的事，而是在赐给什么享受终生特殊待遇的“高级职称”？难道是在增补镇领导班子成员？难道多一个马随意反而将肯定的不利于见义勇为之精神的发扬光大么？

不就是再多颁发一份荣誉证书，再补给马随意三百元钱么？那不就是你们一顿公饭的钱么？兴许你们一顿公饭排场起来还远远不止三百元。何况马随意还只要证书也就是只要一种你们的承认不要钱！就凭他此前已救过二三十人这一点，即使那一次并没赶上也用他的方式救了两条人命，一并予以表彰应该不应该？表彰了他是不是比将他摈除在名单以外更有利于见义勇为之精神的群众教育？难道不是连群众都认为他实在很配受到表彰么？

凭什么你们一旦拟定了只有“跃入水中营救”才是表彰前提，用别的方法营救就“不算数”了呢？

这是什么逻辑？

这是从什么混账的头脑里产生出来的鬼名堂？！

以此表彰“原则”进行群众性的见义勇为之精神的教育，可笑不可笑？荒唐不荒唐？自以为是不自以为是？见义勇为断不该是一种过程的表演而最终乃是为了营救性命不是么？为了倡导此精神以任何方式营救不都是可赞的么？在来得及的情况之下充分利用器物而且事实上也达到了救命目的，不正是可予以表彰的么？难道营救火海中人倘靠了云梯由窗口接应便不够“勇为”？

如果事实上连跃入水中救起二人者，排不上表彰名单的也还多多，那么马随意被摈除在名单之外自然毫不奇怪。

但这样的人不是算上马随意总共才六名么？

如果预先不了解马随意二十余年间已救起过二三十人，那么马随意前去请求补发给自己一份证书后，对其稍加一点调查了解是不难的吧？派个办事员到他村里去打听打听不就清楚了么？

如果事情这样去做：了解之后，鉴于马随意二十年间救起过二三十人的一贯事迹；鉴于他在“那一次”毕竟也救起了二人这一事实，派个人再到村上去补发给他一份证书，不是更加证明自己们倡导见义勇为的真诚么？不是很给自己们的干部形象添分么？

然而竟不。

为什么？

还不是官本位的思想在头脑中作祟？

我们拟定了五人就五人！

我们说了“只有跃入水中”营救才配表彰，那就是金口玉言的“圣旨”！

但我倒要再问了：倘马随意本人即你们镇干部中的一位，或与什么高高在你们之上的大干部有着亲密的关系，他还会落到既救了人又遭讥笑的尴尬之境么？

但我倒要再问了：倘有一位比你们大的官，哪怕官职比你们只高半级，哪怕是以商量的态度向你们建议——对于这个马随意，还是给以表彰的好，你们仍会固执己见么？

但我倒要再问了：你们主持的若是别的大会，若有一位高于你们的干部该在名单上而没被宣报其名，该被请上台而竟被冷落台下，并且陷于了大的窘况，你们将会如何？再三再四地检讨赔礼道歉唯恐不及吧？

而一个普通农民，伤了他的自尊又怎样？哼！

这是否便是你们的心理？

我们是镇里的官，既然我们已经定了大会只表彰五人，改成六人也不是不行——但要看谁要求我们改，为什么人改——马随意，一个普通的农民，拉他的倒吧！谁管他以前救过多少人！

我们是镇里的官，既然我们已经“统一了意见”了——“跃入水中营救的才算数”，那也要看为谁修正这一前提——马随意，一个普通的农民，他有什么资格！那我们官的话还有斤两么？那我们定了的“原则”还是“原则”么？谁管他表彰会上出丑没出丑！

这难道不是你们冰冷的理念么？

你们在事后，即马随意成为败诉的原告的一年多之后么？

明明早就能意识到但自己们的面子才更重要！哪怕换一种做法一点儿也不损害你们的面子反而会使你们形象可爱些！表面上看，马随意败诉了，但你们就因而光彩了么？工作方法被裁决在“并不犯法”的界线，如此之低的水平有什么光彩的？

我还要质问一审二审法院：法律上没有条文可依，法律之外是否还有情理？法官都是只懂法理不懂情理之人么？法庭是那种只讲法理根本无视情理的地方么？

果而如此，法律上还制定了庭上调解庭外调解两条干什么？

我很奇怪两级法院为什么在此事上都不进行调解？

站在情理的正确立场上，切身想象一下一个救过那么多人的农民的感受，劝镇里的干部们做得像点儿干部的样子——这么调解是否竟有损了法律的权威呢？

当然，这就需要将一个农民和一些镇干部，看成同样有尊严同样在乎面子的人……

却分明的没有这样做。

于是—— 一个一向以救人为天经地义之事，一向救人并不图名图利，并且在一次落水事件中救起了两个人，并且在自尊心受了严重伤害的情况之下一如既往地还救起过人的——普普通通的农民，被中国的两级法院宣判败诉——他仅想讨回一点点自尊心的要求，是法律不予支持的！

而这一切竟是由倡导见义勇为的一次表彰大会引发的！

是否太具讽刺意味了？是否太黑色幽默了？

而我不禁联想到另外一些事，都是从电视里看到的真实的事：

交通警察以维护交通规则为由，阻拦一辆马车的通行，不顾车上躺着呻吟不止的孕妇，结果造成人命死亡……

门卫以正在执勤站岗为由，对发生在面前的光天化日之下的强奸暴行熟视无睹……

传达室工作人员以“内部电话不外借”的“规定”为由，拒绝危难者的哀求……

港口官员同样以“上边有规定，先交钱后出船”为由，面对跪于眼前的渔民家属们冷若冰霜，结果渔民们只有在风暴中葬身大海……

医院为了实行救死扶伤，在从血站取不到血浆的紧急情况之下，向武警部队求援，抽取四十余名武警战士的鲜血使孕妇母子的生命得以双全，但却要受通报处分，因为违反了有关方面的规定……

什么规则、规章、规定，难道不都是人定的而不是“上帝”定的么？难道不是人为了人才定的么？但在某些中国人那儿，尤其在某些中国的大官小官那儿，却仅仅成了“权”意识的一部分。成了冰冷的东西。

冰冷到什么程度？——冰冷到仿佛高居于人性和人道原则之上！

有时甚至连绿豆粒大的几个官甚或仅仅一个官的一句话，也似乎足以具有“铁律”的意味儿。在它面前，某些事变得极为荒唐了；在它面前，情理常被颠倒了；在它面前，普通人蒙受了天大的委屈而无处可诉；在它面前，有时连人命也仿佛不算什么了！

这些中国人，这些官们，多像俄国作家们笔下沙皇时代那些丑陋而又愚蠢的冷酷的人物和握权小吏！

我们什么时候可以使他们明白？——在这个世界上，不该有什么另外的东西是高于人道和人性原则之上的；为了使人道和人性原则居于神圣，现存的一切规则、规章、规定，其实都是完全可以也完全应该灵活的事情……

或许，我不值得又激动起来？

叩问社会的良知

一个仅仅三岁的男孩被他的亲父遗弃在一所“国立”医院里——因为那男孩患了白血病，而他的亲人们首先是对他负有抚养之法律责任的父亲，再也没有经济能力为他提供医疗费用了。按照院方的说法，要维持那孩子的生命，每天至少需要三百元的医疗费。而要保住那孩子的生命，则必须进行骨髓移植，那又至少需要三十万元。

孩子的父亲是一个农民。我们都知道的——在中国，一户普通农民家庭是决然承担不起那么昂贵的医疗费的。除非那孩子有十个身强体健的亲人，每个亲人都甘愿为他每月卖一次血，那么十年以后，才能够攒足三十万元。但是，十年中每天三百多元的医疗费又从何而来呢？那得需要一个农户人家的孩子有多少甘愿为他轮番献血的亲人呢？

事实也确乎是，那父亲已然倾家荡产束手无策了，连负责寻找到他的调查人员，都不禁地对着电视摄像机说：“虽然他的做法是应该受到谴责的，但面对他的家庭的实际情况，我却开始有些同情他了。”

见诸媒体的类似的事情，在中国已经发生得不少了，可以预见，以后还会渐多起来。

我认为，此类事情首先并不仅仅是什么亲情伦理性质的现象，而更是明明白白的社会问题，所以，仅仅做出亲情伦理方面的谴责是不够的。

电视台还在报道中采访了一位院方的代言人，一个表情严肃得接近严峻的男人。如果我没记错的话，似乎是一位团委书记。

他口中说出了这样的话："这算什么事？难道要通过这种方法来要挟社会吗？"

我极不赞成他的看法。

我真是忍不住要坦率说出我对他的话的看法，那就是——我很反感有人居然如此这般看待类似的事情。

明明只不过是一个父亲要救自己儿子的命却又凭自己的经济能力救不成了，明明是一种贫困现象，明明是一种需要全社会都来关注的社会问题，为什么非要把它说成是什么"要挟社会"的性质呢？

"要挟社会"——此言重矣！

这么看待事情，岂不是将社会问题属性的现象直接上升为政治问题属性的现象了吗？

"要挟社会"——这等于在说同类事情皆属对社会采取恐怖行径了啊！

幸而只不过是团委书记的一家之言，若是职位很高的人头脑中居然有这样的思想，那才更是对构建和谐社会有害无益的思想啊！

当然，我也绝不支持那位当父亲的做法。

不是事情一经报道，不久便有善良的人们为其捐赠了三十余万吗？这再一次说明，在我们的社会中，尤其在民间，在千千万万普通民众中，互助的意识不但没有完全丧失，而且有时做出的反应是那么迅速，所体现的热忱是那么可贵，因而也动人。

我想，此事给一切遭遇不幸并且无力自救的人们的启示当是：倘若不知该求助于何方，那么就赶快先求助于传媒吧！遗弃肯定不是理性的做法，更不是唯一选择。

而此事给予传媒的启示当是：传媒并不仅仅是客观之事的载体，有时候还应该是而且简直必须是主观之事的载体。唯其主观，所以便更加能动。也就是说，传媒当是有人性之社会公器，否则传媒承担社会良知的义务就没有了自信自觉的前提。在中国，由传媒而替弱势群体的走投无路之境况不遗余力、义不容辞地大声疾呼，乃是传媒报道价值的最大意义之一，绝非最小意义。传媒做这样的事情，比特别主观地热忱饱满地为这个星那个星的知名度而不遗余力，而似乎义不容辞的宣传，意义要巨大得多，传媒担此义务方显可贵。在对于此事的报道中，我以为有关传媒已做得相当之好，并未一味仅加痛斥，所以那报道是较为人性化的报道，而唯有人性化的报道，才更有利于唤起民间的互助心肠。

此事给医院的启示当是：我前边提到这一所医院时，用了“国立”二字，乃是相对于“私立”而言的一种姑且的说法。我认为，学校、医院是特殊之单位，倘具有公共产业的性质，便也同时具有了“国立”之品格。而“国立”医院之品格当是什么呢？永远奉行人道主义的原则为第一原则而已，而公众则以此原则来对国家精神进行理所当然的评估。大也罢，小也罢，省市一级的也罢，乡镇一级的也罢，凡属“国立”，皆与国家精神相联系耳。也就是说，倘一所私立医院面对伤病之人居然奉行金钱第一的原则，公众鄙视和诅咒的是它的经营者；而一所国立医院若也那样，大受其损的必是国家形象无疑。在此事中，院方的反应和表现是良好的，医护人员的反应和表现也是良好的。医院并没有因为一个患白血病的儿童显然被遗弃在医院里了，显然没有人替他负担医疗费了，而就根本不对他进行必要的医治。正因为一所“国立”医院在奉行人道主义是第一原则方面已做得相当周到，无可指责，社会公众的救助之心才体现得那么及时、那么踊跃，于是国家精神与公众意识达成了一次良好的呼应。

近年来，某些医院，虽属国立，其做法却每令公众瞠目结舌，除了愤慨，就不可能被激发起任何良好的思想感情，更别说行动了。那些医院的主管者遇到同类事情的第一反应和表现是——我这所医院怎么这么倒霉？没钱还想看病，世上哪有此理？人命宝贵是生病的人个人的事！医院若因收治了这等病人而亏损了一笔钱是我的责任！谁为我的责任负责任？由于他们的第一反应和表现完全背离医院的人道主义原则，那么他们除了将急需救治的病人抬出医院抛在什么地方了事，自然不可能再有任何一点儿善良的行动可言。据报道，去年年底医院通知殡仪馆将活人拉去火葬的恶劣事件，正是以上极端不人道的恶劣心理导致的。这样的"国立"医院的如此这般的恶劣行径，将使公众对国家精神大为质疑，国家形象严重受损几成必然之事。而此无形之大损失，往往非是金钱所能弥补的。

此事给国家亦即政府的启示当是：任何一所医院，哪怕它的规模再大，都根本不可能一厢情愿地替国家一揽子承担起免费拯救弱势公民生命的大善事。中国有十三亿多人口，弱势群体数以万计，一烛数烛之光，岂能照明百千人家？医疗保险虽为良策，但既已不幸沦为弱势，那笔保险费肯定是上不起的了。何况，遥见帆影之舟，哪里又救得活眼前沉没之人呢？民政部门来关爱吗？我们都知道的——在中国，它只具有促进赈灾活动的职能，国家每年并未拨给它数目可观的救助款。中华慈善总会吗？我们也知道的，它虽是有一笔苦心募集来的款项的，但相对于中国弱势群体的庞大基数，实在也是杯水车薪。何况，它的分支机构，也只不过设到了省一级。

那么，就真的没有什么办法了吗？

办法当然是有的。

而且只能由国家来决定那么做不那么做。即鼓励有经济能力的公有的或私有的企业，按其总的应纳税额的一定比例，抽取百分之一至百分之五，成立公司或企业名下的慈善基金，这一笔基金当然应是免税的。千条江河归大海，也就是说——慈善之心只能以捐款方式汇总到一处实行"计划经济""统购统销"的策略，早已被证明根本不适应弱势群体越来越看不起病、就不起医的严峻情况了。慈善之事，乃全社会之事，为什么不欢迎全社会来做呢？

至于顾虑有人打着慈善的幌子"合理合法"地避税逃税，我以为实在是因噎废食了。中国有能力管理那么多"中国特色"的复杂之事，难道还管理不了区区小事？责成各级民政部门检察名曰慈善基金是否每年用于慈善救助了，民政部的职能不是也被更切实地调动了吗？

还有两点乃是极具经验性的社会学真相，那就是一方面，文明社会的文明的企业和有文明素养的企业家，它们和他们是愿意亲自来做被社会认为高尚的事情的，慈善事业即是。仅仅将它们和他们视为慈善捐款的大户，采取你出钱我收钱的简单办法，是有悖于企业人性化、人性高尚化的社会发展规律的。长此以往，此规律受到漠然对待，企业便不再真的向往人性化，人性便不再追求高尚化。和我一样愿意思考慈善问题的人们，请读读报吧——在某些大饭店里，一万九千八百元一桌的酒席业已预售一空，是不是很引人深省呢？而另一方面，以为只要传媒善做悲情报道，平民百姓之善良心肠是很容易随时被调动起来的——这一种认识观是完全错误的。

不，社会的真相并非如此，慈善之事也绝不仅仅应该是平民百姓的事。百姓之人道精神需要国家之人道精神来引领，百姓之悲悯情怀需要国家之悲悯情怀来衬托。

贫富论

苏格拉底、亚里士多德、黑格尔、奥古斯丁、莎士比亚、培根、爱迪生、林肯、萧伯纳、卢梭、马克思、罗斯金、罗素、梭罗……古今中外，几乎一切思想者都思想过贫与富的问题，以上所列是外国的。至于吾国，不但更多，而且最能概括他们立场和观点的某些言论，千百年来，早已为国人所熟知，不提也罢。

都是受命于人类的愿望进行思想的。

从前思虑，乃因构成世界上的财富的东西种类欠丰，数量也不充足，必然产生分配和占有的矛盾；现在思虑，乃因贫富问题，依然是世界上最敏感的问题——尽管财富的种类空前丰富了，数量空前充足了……

这世界上政治的、经济的、军事的、外交的，以及改朝换代的大事件，一半左右与贫富问题相关，有时表面看来无关，归根结底还是有关。那些大事件皆由背景因素酝酿，阶级与阶级、国与国、民族与民族之间的贫富问题常是幕后锣鼓、事件主题。

贫富悬殊是造成年代动荡不安的飓风。

不平等的经济现象是形成那飓风的气候。

从前那飓风往往掀起暴乱和革命，就像灾难席卷之后发生瘟疫一样自然而然。

从前处于贫穷之境无望无助的一部分人，需要比克服灾难和瘟疫大得多的理性，才能克制揭竿而起的冲动。

从前“调查”贫富悬殊的是仇恨，现在是经济水平。

在动荡不安的年代连宗教也无法保持其只负责人类灵魂问题的立场，或成为可利用的旗帜，或成为被利用的旗帜，比如太平军起义，比如十字军“东征”。

一个阶层富到了它认为可以的程度，几乎必然产生由其代表人物主宰一个国家长久命运的野心。

那野心是它的放心。

一个国家富到了它认为可以的程度，几乎必然产生由其元首主宰世界长久命运的野心。

那野心也是它的放心。

符合着这样的一种逻辑——能做的，则敢做。

第一次世界大战以前的世界史满是如此这般的血腥的章节。

第一次世界大战的结束其实不是由胜败来决定的，是由卷入大战之诸国的经济问题决定的。诸国严重的经济虚症频频报警，结束大战对诸国都是明智的。

第二次世界大战的起因尤其是由世界性的贫富问题引起的，这一点德日两国体现的最为典型，英美当时的富强使它们既羡慕又自卑。对于德日两国，在最短的时间内最快地富强起来的“方式”，在它们想来只有一种，那是一种凶恶的“方式”，它们凶恶地选择了。

希特勒信誓旦旦地向德国保证，几年内使每户德国人家至少拥有一辆小汽车；东条英机则以中国东北广袤肥沃的土地、无边无际的森林以及丰富的地下资源诱惑日本的父母，为了日本将自己的儿子送往军队……

海湾战争是贫富之战，占世界最大份额的石油蕴藏量在科威特的领土之下，在伊拉克看来是不公平的……

巴以战争说到底也是民族与民族的贫富之战。对巴勒斯坦而言，没有一个像样的国都便没有民族富强的出头之日；对以色列而言，耶路撒冷既是精神财富，也是将不断升值的有形财富……

柏林墙的倒塌，韩朝的握手，不仅证明着统一的人类愿望毕竟强烈于分裂的歧见，而且证明着希望富强的无可比拟的说服力……

台湾不再敢言“反攻大陆”，乃因大陆日渐昌盛，“反攻”只能被当成痴人说梦……

克林顿的支持率始终不减，乃因他的经济政策使美国经济增长指数连年平稳上升……

欧盟之所以一直存在，并且活动频频，还发行了统一的欧元，乃因它们认为——在胜者通吃的世界经济新态势前，要在贫富这个国际天平上保持住第二等级国的往昔地位，只有联盟起来才能给自己的信心充气……

阿尔诺德曾说过这样的话：“几乎没有人像现在大多数英国人持有这么坚定的信念，即我们的国家以其充足的财富证明了她的伟大和她的福利精神。”

但狄更斯这位英国作家和萧伯纳这位英国戏剧家笔下的英国可不像阿尔诺德说的那样。

历史告诉我们，“日不落帝国”曾经的富强，与它武力的殖民扩张有直接的因果关系。

阿尔诺德所说的那一种“坚定的信念”，似乎更成了美国人的美国信念而不是英国人的英国信念。美国今日的富强是一枚由投机和荣耀组合成的徽章，从前它靠的是军火，后来它靠的是科技。

一个国家在它的内部相对公平地解决了或解决着贫富问题，它就会日益在国际上显示出它的富强。哪怕它的先天资源不足以使其富，但是它起码不会因此而继续贫穷下去。

中国便是这样的一个例子。

中国改革开放的一大成果，不是终于也和别国一样产生了多少富豪，而是各个城市里都在大面积地拆除溃疡一般的贫民区。

中国只不过是一个正在解决着贫穷人口问题的国家，正如一位子女众多的母亲，如果仅仅给其中的一两个穿上漂亮衣裳而炫示于人，那么其虚荣是可笑的。

贫富的问题一旦从国际谈到国家内部，先哲们不但态度和观点相左，有时甚至水火不相融。

耶稣对一位富人说："你若愿意做仁德之人，可去变卖你所有的财富分给穷人。"

否则呢，耶稣又说："骆驼穿过针眼，比财主进上帝的国门还容易呢。"

耶稣虽不是普通人，但是他的话代表着古代的人对贫富问题的一种愿望。比之一部分人后来的"革命"思想，那是一个温和的愿望。比之一部分人后来在发展生产力以消除贫穷现象方面的成就，那是一个简单又懒惰的愿望。

人类的贫穷是天然而古老的问题，因为人类走出森林住进山洞的时候，一点儿也不比其他动物富有。

一部分人的富有靠的是总体生产力的提高。

全人类解决贫穷现象还要靠此点，靠富人的仁德解决不了这一点。

苏格拉底是多么伟大的思想家啊！

可是他告诉他的学生阿德曼托斯：当一个工匠富了以后，他的技艺必大大退化，他并以此说明富人多了对人类社会发展的危害。

他的学生当时没有完全接受他的思想，然而也没有反对。

但事实是，一个工匠富了以后，可以开办技艺学校、技艺工厂，生产出更多更好的产品。那些产品吸引人们去消费，提升了人们的消费水平，甚至可引领消费时尚。人们为了买得起那些产品，必得在自己的行业中加倍工作……

人类社会基本上是按这一经济的规律发展的。

因而我们有根据认为苏格拉底错了……

经院哲学的集大成者阿奎纳不但赞成苏格拉底，而且比苏氏的看法更激烈。

他说：“追求财富的欲望是全部罪恶的总根源。”

如果人类的大多数至今还这么认为，那么比尔·盖茨当被烧死一百次了。

但是财富和权力一样，当被某一个人几乎无限地垄断时，即使那人对财富所持的思想无可指责，其合法性也还是会引起普遍的不安，深受怀疑。

普通的美国人自然不可能同意阿奎纳的神学布道，但是连明智的美国也要限制“微软”的发展。幸而美国对此早有预见，美国法律已为限制留下了依据。

比尔·盖茨其实是无辜的，“微软”其实也没有什么“罪恶”，是合法的“游戏规则”导演了罕见的经济奇迹，而那奇迹有可能反过来破坏“游戏规则”。

美国限制的是美国式的奇迹本身，凡奇迹都有非正常性。

一个国家成熟的理性正体现在这里。

培根不是神学权威，但睿智的培根在财富问题上却与阿奎纳“英雄所见略同”，连他也说：“致富之术很多，其中大多数是卑污的。”

他的话使我们联想到马克思的另一句话——（在资本主义制度之下）资本所积累的每一枚钱币，无不沾染着血和肮脏的东西。

按照培根的话，比尔·盖茨是卑污的。

但全世界都不得不承认他并不卑污。

按照马克思的话，美元该是世界上最肮脏的东西了，但是连我们中国人，也开始用美元来计算国家财政的多寡了。而且，一个中国富豪积累人民币的过程，就今天看来，其正派的程度，肯定比一个美国人积累美元的过程可疑得多，因为一个中国富豪积累人民币的过程，太容易是与中国的某些当权者的“合作”过程了。

担任过美国总统的约翰逊说：“所有证明贫困并非罪恶的理由，恰恰明显地表明贫困是一种罪恶。”

萧伯纳在他的《巴巴拉少校》的序中则这样说："穷对一个人意味着什么呢？意味着让他虚弱，让他无知，让他成为疾病的中心，让他成为丑陋的展品、肮脏的典型，让他们的住所使城市到处是贫民窟，让他们的女儿把花柳病传染给健康的小伙子，让他们的儿子使国家的男子汉变得有瘰症而无尊严，变得胆怯、虚伪、愚昧、残酷，具有一切因压抑和营养不良所生的后果……不论其他任何现象都可以得到上帝的宽容，但人类的贫穷现象是不能被宽容的。"

而黑格尔的一番话也等于是萧伯纳的话的注脚，他说："当广大群众的生活低到一定水平——作为社会成员必须的自然而然得到调整的水平之下，从而丧失了自食其力这种正常和自尊的感情时，就会产生贱民，而贱民之产生同时使不平均的财富更容易集中在少数人手中……"

他还说："贫困自身并不使人必然地成为贱民。贱民只是决定于与贫困为伍的情绪，即决定于对富人，对社会、对政府等的内心反抗。此外，与这种情绪相联系的是，由于依赖偶然性，人变得轻佻放浪、嫌恶劳动。这样一来，在他们中便产生了恶习，不以自食其力为荣，而以恳求乞讨为生并作为自己的'特权'。没有一个人能对自然界主张权利，但在社会状态中，怎样解决贫困问题，当然是贫困人群有理由对国家和政府主张的权利……"

怎样回答他们呢？

林肯 1864 年在《答美国纽约工人联合会》时说："一些人注定的富有将表明其他人也可能富有，这种个人希望过好生活的愿望，在合法的前提之下，必对我们的事业产生巨大的推动力。"

在一切不合法的致富方式和谋略中，赎买权力或与权力相勾结对社会所产生的坏影响是最恶劣的。这种坏影响虽然在中国正遭到打击，但仍表现为相当泛滥的现象。它使我想到，若林肯是今天的中国总统，究竟有多少贫穷的中国人会相信他那番话？

我个人的贫富观点是这样的——我承认财富可以使人生变得舒服，但绝不认为财富可以使人生变得优良。一个瘦小的秃顶的老头儿或一个其貌不扬的男人娶了一位如花似玉的娇妻，那必在很大程度上是财富“做媒”。他内心里是否真的确信自己所拥有的幸福，八成是值得怀疑的，对她亦如此。财富可以帮助人实现许多愿望，却难以保证每一种实现了的愿望的质量。

当然，我也绝非那种持轻蔑财富的观点的人。

我一向冷静地分析轻蔑一切关于贫穷的“好处”的言论。

威廉·詹姆士说：“赞美贫穷的歌应该再度大胆地唱起来。我们真的越发地害怕贫穷了，我们蔑视那些选择贫穷来净化和挽救其内心世界的人。然而他们是高尚的，我们是低贱的。”

我觉得他的话既是真诚的也是虚假的。

我不认为他所推崇的那些个人士全都是高尚的，不太相信贫穷是他们情愿选择的，尤其是，不能同意贫穷有助于人“净化和挽救其内心世界”的观点。我对世界的看法是，与富足相比，贫穷更容易使人性情恶劣，更容易使人的内心世界变得黑暗，而且充满沮丧和憎恨。

我这么认为一点儿也不觉得我精神上低贱。

中国从古至今便有不少鼓吹贫穷的“好”处的“文化”，最虚假可笑的一则“故事”大约是汉朝末年，讲管宁和华歆同窗时，某日锄地，挖出了一块金子，管宁视之与瓦砾无异，锄地依旧，而华歆却捡起来端详一番后，才随手扔掉……

这则“故事”的褒贬是分明的。中国文人文化的一种病态传统，便是传播着对金钱的病态的态度。但是我们又知道，中国之文人，一向对于自身清贫的自哀自怜也最多。倘居然还未大获同情和敬意，便美化甚至诗化清贫以自恋。

而我，则一定要学那个遭贬的端详金子的人。倘我的黄金拥有量业已多到了无处放的程度，起码可以送给梦想拥有一块黄金的人，一块金子足可使一户人家度日数年啊！

何况，古文人的“唯有读书高”，最终还不是为了仕途吗?

所谓仕途人生，还不是向往着服官装、住豪宅、出马入轿、唤奴使婢、享受俸禄吗？俸禄又是什么呢，金银而已。

我更喜欢《聊斋志异》里那一则关于金子的故事，讲的也是书生夜读，有鬼女以色挑之，书生识破其伎俩，厉言斥去；鬼女遂以大锭之金诱之，掷于窗外……

明智的人总不能拿身家性命换一夜之欢、一金之财啊。但若非是鬼女，或虽是，信其意善，则另当别论了。比如我，便人也要，金也要。

还是不觉得自己低贱。

但我对财富的愿望是实际的。

我希望我的收入永远比我的支出高一些，而我的支出与我的消费欲成正比，而我的消费欲与时尚、虚荣、奢靡不发生关系。

不知从哪个年代开始，我们中国人，惯以饮食的标准来衡量生活水平的高低，仿佛嘴上不亏，便是人生的大福。

我认为对于一个民族，这是很令人高兴不起来的标准。

我觉得就人而言，居住条件才是首要的生活标准。因为贪馋口福，只不过使人脑满肠肥，血压高，脂肪肝，肥胖。看看我们周围吧，年轻的胖子不是太多了吗?

而居住条件的宽敞明亮或拥挤、低矮、阴暗潮湿，却直接关系到人的精神状态的好坏。

我曾经对儿子说——普通人的生活值得热爱。也许人生最细致的那些幸福，往往体现在普通人的生活情节里。

一对年轻人大学毕业了，不久相爱结婚了。以他们共同的收入，贷款买下七十平方米居住面积的商品房并非天方夜谭，以后十年内他们还清贷款也并非白日做梦。之后他们有剩余的钱为自己和儿女买各种保险，再之后他们退休了，有一笔积蓄，不但够他们养老，还可每年旅游一次。再再以后，他们双双进入养老院，并且骄傲于非是靠慈善机构的资助……

这便是我所言的普通人的人生。

我知道，在中国，这种“普通人”的人生对百分之九十的当代青年还是可望而不可即的事，但毕竟，对百分之十左右的青年，已非梦想。

什么时候百分之十的当代青年已实现了的生活，变成百分之九十的当代青年可以实现的生活，中国就算真的富强了。

贫富也就是多余的话题了……

论恐怖及恐怖主义

恐怖是一种情形；一种状况；一种令人触目惊心乃至魂飞魄散的结局。

恐怖是一种狰狞的结局。

恐怖的结局是一种大悲惨。

倘恐怖结局是由自然破坏力造成的，如地震、飓风、海啸、火山喷发，人心的感受只有恐惧而已，没有憎恨。因为自然的“行径”无论恶到怎样的地步，却从来不能说是蓄意的。

倘恐怖结局是由人的失误或失职造成的，如空难、海难、火灾、交通事故，人心的感受便相对复杂。除了恐惧，还会唤起吸取教训的自觉，和主张惩办责任者的要求。

倘恐怖结局由人周密策划，丧心病狂地加以实行，则直接或间接受害的人们，除了恐惧，必有憎恨。痛定思痛，其恨由悲而生，每超过悲。“化悲痛为力量”一句话，用在这儿谁都明白意味什么。倘受害一方势弱，倘其恨意不能由法代之平息和化解，那么报复的隐念往往生根发芽。最文明的说法是“君子报仇，十年不晚”。报复的方式，往往是又一桩恐怖的行径。倘受害一方强大，其恨便不仅由悲而生，还由尊而生。强者尊者，是最难容忍遭到恐怖袭击之事的。王若遇刺，纵使未遂，那也是要大肆逮捕，刑讯，甚而屈打成招，滥杀无辜的。从前的世界，到处上演类似的剧目。由尊而生之恨，乃是一种强大之恨。它压倒悲痛。它每嬗变成规模铺展的报复的部署。

一人对一人的报复，血溅数尺，以取命为快。不成，同归于尽，亦快。

一群人对一群人的报复，常见于黑社会间的砍杀。在中国的武侠小说和港台暴力电影中，不乏惨烈之渲染。

一族人对一族人的报复，则每导致灭族之灾。某些动物的绝种是人干的。某些古代氏族部落乃至城邦的匪夷所思的消亡，与人类间的种族报复不无关系。

一国人对一国人的报复，乃人类历史上最恐怖之事。它带给人类的创伤，远比一切自然破坏力造成的创伤更持久。比如南京大屠杀。已经占领了别国的首都，为什么还要大开杀戒屠城呢？因为受到了顽强的抵抗，于是恼羞成怒，于是报复。比如美国投在广岛和长崎的两颗原子弹，全世界都明白，那也是为了报日军偷袭珍珠港的一箭之仇。因为加速了第二次世界大战的结束，所以全世界都认同了其合理性。否则日本也断不会像现在这么乖，虽然其越来越对美国一国善扮乖相，而对别国连侵略罪恶都要加以抵赖了。看来，原子弹毕竟是有威力的。

纵观人类史，举凡战争，一半是由于疆土，一半是由于随之而起的相向的报复的延续。目前世界上的军事冲突，仍是。

恐惧乃是从紧张的关系弦上发出的心理颤音。哪里有紧张，哪里就有恐惧。或彼此，或一方对另一方。通常恐惧心理产生于势弱一方。但恐惧也可以变成勇敢，也可以变成疯狂，从恐惧的壳里孵出的无畏，那就不知什么叫害怕了。此时证明无畏的，往往是，也几乎只能是恐怖的方式。恐惧有时也产生于势强的一方。比如侵华日军的“三光政策”，即抢光、烧光、杀光——包含有对中国人民反侵略行动的深层恐惧心理。美国大片《现代启示录》，对侵越美军的此种恐惧心理表现得相当经典。倘恐惧同时作用于双方心理，必是势均力敌的双方。如前苏联和美国。军备竞赛，核竞赛，都是各自为了消除对方造成的恐惧。

与恐惧如此这般地产生，相向的示威不可避免，相向的危害不可避免，相向的报复不可避免，恐怖的事件也几乎不可避免。两个人如此，两个民族如此，两个国家如此，许多国家形成的两个国际阵营亦如此。冷战时期的所谓“社会主义阵营”和“资本主义阵营”，曾几番剑拔弩张，险酿大战。而今往事成史，“社会主义阵营”烟消云散。它非是被“资本主义阵营”摧毁的。正如前苏联的解体不是被另一个超级大国——美国颠覆的。理念改变世界之格局，比用战争改变自然得多，代价也小得多。倒是朝战和越战，成了美国人心口永远的痛。何时想起来何时后悔。

成为世界头号强国是荣耀的。保此荣耀非易事。美国之历届总统们，无论从哪一政党诞生的，无论鸽派还是鹰派，一旦入主白宫，对美国压倒一切的责任便是——维护头号强国的世界地位。

这一地位不仅要由经济基础来决定，也不仅要由军事实力来显示，更要由国际威望来支持。少了后一种支持，像一个人的品格没有行为的见证一样。

美国已然事实上充当着国际警察的角色了。对于我们这个至今并不太平的世界，有一名国际警察总比没有的好。由世界头号强国充当总比由一个弱小的国家充当更像那么回子事。但前提乃是——美国须深谙一名国际警察的权力分寸。否则，国际警察便等同于国际教父了。而除了像日本那样欺软怕硬的国家，世界上恐怕难找出第二个国家，愿高举起自己的手奴颜婢膝地表示乐于得宠于一位国际教父。我想，我们中国是断不可能那样子的。美国若真打算与中国保持良好的外交关系，起码应明白中国人这一点。

充当国际警察的角色，乃是我们这个世界上需要最高艺术性的一件难事。冷战后的美国历届总统，在这一件事上皆有不同的败笔，也皆有不俗的表现。他们一忽儿使全世界大多数国家庆幸——多亏还有美国这样一名敢作敢为的国际警察；一忽儿使全世界几乎一致地紧张——谁来限制这一名国际警察的权力？如果它由傲慢与偏见而走向极端，谁来制约它？谁敢保证它本身不成为一种威胁世界安全的恐怖因素？如果任其霸权欲日愈膨胀，自恃享有特权和豁免权，因而睥睨众国，称霸于世，世界真的竟不紧张了么？是否世界的太平，理应以一切国家臣服于美国为条件？

美国总统小布什先生上台伊始，给世界许多国家（包括中国）的印象是颇为张狂霸道的。对弱小国家显然是气使颐指旁若无人的。似乎，他并不甘于在联合国的监控之下做一名自知分寸的国际警察。分明的，他视联合国如庸人俱乐部。一心要使美国之国际警察的角色凌驾于联合国之上。变联合国为服务于美国的“美字”国家机器的组成部分；否则，相鄙如粪土，这乃是美国不少政客的夙愿……

他专执一念推行不止的所谓“导弹防御系统”，说穿了就是要实现这么一个目的——你打我打不着，我要打你，指哪儿打哪儿，弹无虚发。

这不禁使我们联想到我们已经淡忘了的一些词，诸如“核霸权”“核威胁”“核讹诈”。

使别国惴惴不安进而感到惧怕，于是正中了自己的下怀，这其实也是一种恐怖主义的国际姿态。与袭击了美国世贸大厦的恐怖主义，并没什么骨子里的两样。区别是，仅仅是——一个那样干了；一个时时暗示全世界：只要我想干……

没有人能在恐吓他人时自己竟得以保持心理的平静。

一个国家也是这样。

目前的美国若也体会到了不安，也要从自己身上找找原因。

如果全世界不强烈地一致地谴责发生在美国的恐怖主义事件，那么这个世界太冷漠了，太令人沮丧和失望了。

但如果美国这一事实上已然充当着国际警察角色的国家，在国际作用中，不是艺术性更高地更善于削减世界紧张因素，而是自恃强大满不在乎地激化世界矛盾，那么美国将要对付的也就不只是一个本·拉登了；那么世人对于发生在美国的沉痛惨剧，除了相陪以悲，相慰以哀，也就没什么别的话好说了……

小布什先生，请引导美国走好！

美国，请为世界，也为自己收敛点儿霸气！

微观天下事　不负案头书

灵魂的至交

论雨果

——夹在铁钳齿口的作家

《九三年》是雨果的最后一部长篇小说。它在一八七三年出版时，雨果已经七十一岁了。

十二年后的五月十八日，雨果患肺炎，身体开始虚弱。

他在病中说："欢迎死神来临！"

五月二十二日，雨果从昏迷中醒来，又说："大幕降落，我看见了黑色的光明……"

只有他的孙儿和孙女听到了此话，那是他留给世界的最后一句话。

生前，他在遗嘱中添加了如下内容：

> 将五万法郎送给穷苦人，希望躺在他们的柩车里去墓地……
>
> 拒绝任何教堂的祈愿，而要求为所有的灵魂祷告……
>
> 我相信上帝。

雨果一生和宗教的关系怨怨和和。

在他还是一个青年的时候，他的第一部长篇小说《巴黎圣母院》，便使他成为令宗教界人士咬牙切齿的文化敌人。

在他中年的时候，他却又用他的笔塑造了一位与《巴黎圣母院》中虚伪丑恶至极的教士弗罗洛截然相反的教会人物——《悲惨世界》中的米里哀主教，其无私和仁慈几近完美，简直就如同上帝本人的人间化身。米里哀主教是欧洲文学史上最高尚的教会人物。

“我相信上帝”一句话中的“上帝”，对于雨果这一位全欧洲最具有哲学家和思想家气质的诗人、作家，究竟意味着什么呢？他所言的“上帝”是一位神，抑或是一条“真理”？除了他自己，没有人清楚。

雨果和宗教的关系，与薄伽丘和宗教的关系相似。后者在四十岁那年完成了《十日谈》，于是受到宗教审判。其晚年不但皈依上帝，而且干脆想去做一名教士。

在欧洲，像雨果和薄伽丘一样，与宗教发生怨怨和和之关系的文化人物不在少数。他们与宗教的关系最终皆以和而告终——这是特别耐人寻味的西方文化现象……

雨果终生不悔的，乃是他与法兰西共和国那一种唇亡齿寒、一荣俱荣、一毁俱毁的关系；是与他的《人权宣言》休戚与共的关系；是与底层民众同呼吸共命运的关系。

正是这一种关系，令他的人生起伏跌宕。他曾在共和国的普选中成为得票率第二多的国民公会的议员；也曾被复辟了的波拿巴王朝驱逐出境，度过了近二十年的流亡岁月。当局还下达过对他的通缉令，宣布：“捉住或打死雨果的人，可获两万五千法郎赏金。”

雨果曾满怀深情地在日记中写道：“我之所以没有被逮捕，也没有被枪杀，而能活到今天，全凭了朱丽叶·德鲁埃夫人。是她冒着失去个人自由乃至生命的危险，为我排除一个个陷阱，丝毫不松懈地保护我，为我不断寻找安全的避难所。”

朱丽叶——雨果终生的“红颜知己”。

雨果对流亡的回答是——拒绝一切赦免。

他在拒绝书上写道:“如果只剩下十个人(不忏悔者),我将是那第十名。如果唯余最后一人,那就是我。”

雨果在流亡时期依然是坚定不移地反对封建王朝的战士。他写下了《侏儒拿破仑》《惩罚集》《静观集》等一系列讨伐共和国“共和”原则之敌的战斗檄文……

雨果是一个满怀政治正义感的激情和深情的爱国者。

古今中外名垂史册的诗人们和作家们几乎都是如此这般的爱国者。

但雨果的不同在于,从法兰西诞生了共和国那一天起,他所爱的便只有以《人权宣言》为国家信条的法国了。

从此他不能再爱另一种法国。

也不能认为,法国再变成一个什么样的国家,跟他是毫无关系的事情。

于是一切企图背叛《人权宣言》的人,也都必然成为他的敌人。

一个事实乃是,在他和他的敌人之间,他从未妥协过。复辟势力获胜以后,路易·波拿巴在登基典礼刚一结束时便迫不及待地单独召见雨果,希望雨果能转变立场成为他的支持者。而雨果即使在王权主动向自己示好的情况之下,也并没有受宠若惊。他当面坚持他的共和思想。他在日记中记述那一次谈话时,曾用“愚蠢透顶”来形容新的国王……

正因为雨果是这样的,所以在他逝世以后,法国政府决定将他的遗体停放在巴黎凯旋门供民众瞻仰,然后举行国葬。

当时还是记者的罗曼·罗兰这样描写那些民众夜里守灵时的情景:“在协和广场,在法国的所有城市,人们都在哀悼……在一束束鲜花、一堆堆花圈中,显现穷人的黑色柩车,上面只放着两个玫瑰花环。那是最后的一次对照了。二百万人跟随着灵车,从星形广场将诗翁穷酸的棺材送进了先贤祠……”

此种宏大场面使维持治安的骑警们深感震撼。

法国是全世界的第一革命摇篮。

在一七八九年，欧洲发生了一桩大事件——

巴黎的起义人民攻占了象征封建专制王朝最后堡垒的巴士底狱，随后法国又制定了《人权宣言》。

《人权宣言》的意义在于宣传了自由、平等、博爱的精神。

没有确凿的根据可以证明——没有法国的革命，就一定没有后来俄国的革命，就一定没有后来中国的革命，就一定没有后来发生在许多国家里的无产阶级革命……

没有确凿的根据可以证明——没有《人权宣言》，就没有后来的《共产党宣言》……

但有确凿的根据可以证明——没有巴黎公社，就没有后来在世界各地不胫而走的一个惊心动魄的词汇——“革命”……

但有确凿的根据可以证明——伏尔泰、卢梭、孟德斯鸠、罗伯斯庇尔、马拉、巴贝夫这样一些法国知识分子，与“革命”有着生死与共的关系。在伏尔泰、卢梭之前，人类历史上没有什么“革命”，只有起义、造反、暴动而已。在孟德斯鸠之前，王权即国家。在罗伯斯庇尔、马拉、巴贝夫之前，世上没有“革命者”……

雨果是他们的信徒。是诗人和作家的雨果，也具有绘画的天分，他曾创作过两幅油画——《风暴中的大树》和《我的命运》。

在《九三年》中，雨果通过郭文这一共和国联军司令官之口，说出了他对“革命”的感受——病朽的大树将在风暴中倒下，长青之树将在风暴中生长。新世界诞生以前，清扫是必要的。这是一种要靠流血和牺牲来进行的“工作”，一种伟大的“工作”……

而《我的命运》，画的是一只被海浪拱起的帆船；看起来，它随时都可能会“粉身碎骨”。

雨果是早有准备接受更凶险的命运的……

“革命”是有潜伏期的；法国大革命之前的欧洲动荡不安……

闵采尔在德国领导了农民起义，因此遭受酷刑之后被砍头……

相应的，革命国人民斩下了路易十六的头……

而美国独立了。

《独立宣言》的基本思想，其实便是伏尔泰和卢梭“天赋人权”的思想……正是——我家长花他家开。

这对于饱受封建专制之苦的法国人，是一种刺激……

于是——

一七八九年七月十四日，法国巴黎的起义人民推翻了王权的专制统治。但大资产阶级和自由派贵族们仍暗中庇护着国王……

一七九二年八月九日，巴黎民众又举行了起义，掠走了国王路易十六，并将其囚禁……

九月二十一日，由普选产生的国民公会开幕，通过了废除君主立宪制的议案，宣布法西兰第一共和国成立……

其后，国王路易十六和他的王后被推上了断头台……

先后被断头台斩下头颅的还有王室的其他成员，以及企图营救国王和王后的保王党勇士。是的，那些明知山有虎，偏向虎山行的保王党分子，他们也是完全当得起“勇士”二字的。他们站立在断头台上视死如归，一齐高呼“国王万岁”……

根据《法国革命史》一书的记载，成千上万围观的民众霎时肃静。

勇敢是不分阶级的，每一个阶级都有自己的勇士。

第一共和国将国王和王后斩首的做法，使整个欧洲震惊。这反而激怒了保王党残余势力，在英国等外国干涉军的支持之下，各地保王党纠集残军，发动暴乱，对革命实行血腥报复。并且，他们决定攻占巴黎。而共和国的军队中，也一再有高级将领叛变或预谋叛变。在巴黎，执政的一派叫“吉伦特派”，他们多由资产阶级人士和贵族民主人士组成。他们对于激进的革命开始心生厌烦，打算里应外合。于是巴黎民众发动了第三次起义，推翻了“吉伦特派”，将自己更信任的“雅各宾派”选举为“领导核心”。这是由平民知识分子组成的政治派别，他们倒是对民众的一次次暴力色彩的起义习以为常了。

雅各宾派临危受命号召人民，任派将领，指挥军队，击退敌人，肃清内奸，挽救和保卫共和国……

这就是法国的一七九三年。

这就是雨果的《九三年》的大背景。

《九三年》中的三个主要人物是两个相互仇恨的阵营的代表，而且是那两个阵营的高级代表人物。故他们更具有代表性。两个阵营之间的深仇大恨，被他们“代表”得淋漓尽致。

一方的口号是“国王万岁！”

另一方的口号是“共和国万岁！”

双方都不乏喊着口号的英雄，喊着口号慷慨就义的“勇士”——或者，用鲁迅的说法——“猛人”。

一方要恢复一种国家秩序。那种秩序将人分成高低贵贱的等级，靠“法”来实行所谓“高贵”的人对“低贱”的人的专制。其专制权力的象征是国王。这一种专制已经持续了千百年，这本身似乎便意味着是一种理所当然的理由。“钟表匠的儿子做议员，贵族的看门人居然成了将军”——这样的事发生了，在他们看来是一个国家的奇耻大辱……

另一方用猛烈的暴力摧毁了以上一种国家秩序。他们认为那是他们的权力，是“天赋”之“人权”，是绝对正当的。他们有自己的思想家，便是伏尔泰和卢梭。伏尔泰告诉他们——反对平等就是反对道德；只有高贵的心灵，没有高贵的阶级。而卢梭告诉他们，国家必须体现人民的意志，政治的职责仅仅是执行“公意”，只有人民才是人民的主人。如果政府无视人民的“公意”，人民则有权力推翻它……

保卫共和国的阵营说：“一个也不宽大！”

要复辟王权的阵营说："一个也不饶恕！"

前一个阵营提醒自己："不睡觉，也不怜悯。"

后一个阵营勉励自己："利用一切，提防一切，拼命杀人。"

前一个阵营意识到，自己必须流更多的血，牺牲更多的生命。必须在所不惜。

后一个阵营意识到，他们"需要一个领袖和火药"。而那个领袖，"只要有利嘴和爪子就行"。——总而言之，需要"一个铁腕人物，一个掌刀的，真正的刽子手"！——电影《列宁在十月》中资产阶级政客们的话语。

前一个阵营说：如果共和国不存在了，我们的命运又将如何？

后一个阵营说：弑君者们斩下了路易十六的头，我们要把弑君的人肢解。

……

雨果在《九三年》中，通过人物的对话，将阶级与阶级，"豺狼与豺狼"之间不可调和的，你死我活的仇恨，呈现得令读者不寒而栗。

如果一个人不但是一个坚决拥护共和制度的人，而且还是一个不折不扣的人道主义至上的人，那么他将拿自己怎么办呢？

偏偏，雨果正是这样的一个人。

共和制度——雨果所要也。

人道主义——雨果所要也。

于是，雨果便被钳在一把巨钳的齿口间了。他在忍着他所感受到的思想疼痛的同时，仍带着呻吟般的声调高喊着他自己的口号："在绝对正确的革命之上，是绝对正确的人道主义！"

因为他认为革命是"绝对正确的"，所以也不可能不是保王党阵营的敌人。

因为他居然认为人道主义原则高于革命原则，后来的革命家们一致将他视为一个仅仅同情革命的同路人而已。

朗德纳克——一个保王党阵营所需要的，"有着利嘴和爪子"的人物；一个本身即是亲王的人物；一个身负使命并且极具使命感的人物；一个十分明白自己在干什么的人。为了完成自己的使命他一往无前，可以做到不动声色地杀死任何一个人，以及成千上万的人；可以做到连正在哺乳着的母亲也不放过。当然，他不需要亲自动手。他只下达命令。在他的命令下，敌人不但应被杀死，而且任由部下去肢解。他冷静、果敢、意志坚定，自己也可以做到从容赴死。

最重要的是，他有他的一套关于国家的理念。

他认为："假使伏尔泰被吊死，卢梭被送去当苦工囚犯，这一切（革命）就不至于发生了！有思想的人是怎样的灾祸啊！一切都是那些烂文人和坏诗人引起的！还有百科全书！狄德罗！达郎拜尔！这些可恶的无赖！我们这一帮人都是执法者。你可以看见这里（牢狱）墙上分尸轮的痕迹。我们并不开玩笑，我们不要舞文弄墨的人！只要有烂文人在东涂西抹，就会产生颠覆秩序的人！只要有墨水，就永远有污点。只要有人拿着笔，那些毫无价值的言论就会变成造反的暴行！书籍传播罪恶！人权！人民的权力！都是十分空洞、可笑、虚妄而该死的胡扯！……"

倘秦始皇地下有灵，肯定也会为朗德纳克大鼓其掌。因为后者替他"焚书坑儒"的暴行做了"精彩绝伦"的辩护。

一个在东方，一个在西方，相隔一千几百年，理念却是那么一致。由此可见，只要一个社会是害怕和仇恨思想的，它骨子里就必是迷恋封建专制的。

正是一个这样的朗德纳克，居然在从共和国联队的包围圈中逃脱以后，为了救出三个陷于火海中的穷人的孩子，竟又自投罗网地回到了包围圈里……

他是比沙威"高级"得多的沙威。

于是，他的人性的"复归"，也似乎比沙威"高级"得多。

雨果塑造了一个他希望看到的人。

因为他在现实中所见的那样的人太少了。尤其是在两个阵营你死我活地进行搏斗的情况之下，那样的人更少。

理想主义者有时难免像一厢情愿的好孩子。

郭文——他既是共和国联军的总司令官，也是一个有贵族血统的人。他是卓越的年轻将军，是共和国的忠诚保卫者。他的使命就是捉到朗德纳克，审判后者，绞死后者。消灭了朗德纳克，共和国就多了一分安全。他捉住了敌方阵营的最高将领，却又放了。因为，将一个不惜牺牲自己生命而拯救三个穷人的孩子的生命的人送上断头台，那是他根本做不到的。同样的事朗德纳克做起来却会毫不犹豫。怎样对待三个孩子和怎样对待死敌，在朗德纳克的头脑中是两码事。在郭文看来却是同样的事——都是人应该怎样对待人的问题……

郭文明知自己将会因此而被共和国的军事法庭处死。事实上也是那么一种结果。但是他无怨无悔。他不但从容镇定，而且几乎是心甘情愿地充满快意地赴死。他认为——革命所实现了的共和国，其实并不是他最终想要的共和国。他想要的共和国是更理想的一种共和国。那样的共和国不是把人变为它的“兵蚁”，而是要把人变成公民，使每一个人都变成有思想的人，仁慈的人……

在《九三年》中，人物之间精彩的对话比比皆是。而郭文与西穆尔登的对话之精彩，在我看来简直是无出其右的。这是一位革命的现实主义思想家和一位革命的理想主义思想家之间的“高峰辩论”。

西穆尔登曾是郭文的思想导师。他们之间曾有思想上的父子般的亲情。但是西穆尔登作为共和国的一位最高执法者，必须依照共和国的军事法律判处郭文死刑。

西穆尔登是共和国的缔造者之一，是共和国的思想之父。他确信，在社会的结构里，只有用极端的办法才能巩固政权。仅就此点而言，朗德纳克要巩固的政权和他所要的巩固政权是不一样的政权。

西穆尔登确信必须而且只能用同一种方法来巩固不一样的政权。他为共和国而实行恐怖统治。“他享有冷酷无情的人的权威。他是一个自认为不会犯错误无懈可击的人。他是社会法则的化身。是不能近的，冰冷的，是一个可怕的正直的人。”

他是共和国阵营中的朗德纳克。

他的思想“像箭一样直射目标”。

而雨果的结论是——在社会发展中，“直线是可怕的”。

而郭文在思想上背叛了西穆尔登。

正如亚里士多德后来在哲学上否定自己的老师柏拉图。

郭文的头被斩下来了。

西穆尔登在那同时也开枪自杀了。

因为经由与郭文的一番思想辩论，他不得不承认——他的学生，他的思想的儿子，“走到他前边去了”。甚至简直也可以说，他的思想的儿子，反过来变成他的思想之父了。

但导致他自杀的绝不是嫉妒，而是悲哀。他因为自己的处境而悲哀。

一个思想者，他的眼一旦看清了将来必是怎样的，他的理智就难以面对现实了。将来要引导他成为仁者，现在却要求他继续杀人。他、郭文和雨果一样，都被夹在巨钳的齿口了。他或者成为一对钳柄中的一柄，或者在巨钳的齿口被夹碎。

郭文选择了被杀。

西穆尔登选择了自杀。

雨果是幸运的——因为他既不是共和国的联军总司令官，也不是共和国的最高法官。

所以实际上被夹住的只不过是他的思想……

革命是血流成河尸横遍野的事。

所以它既是某些知识分子的正义感所预言、所同情甚至声援的事，也往往是令他们双手遮眼的事。

知识分子要成为彻底的革命家，仅仅自己不怕死是不够的，还必须成为习惯于看到别人身首异处的人。

许多知识分子都过不了这一关。

革命家便讥嘲他们天生怯懦。

其实，大多数的他们，只不过是心软。

所以，后来的列宁教诲高尔基："把怜悯丢掉吧，高尔基同志！……"

在我读过的小说中，如果由我指出哪一部的对话和议论是最棒的，那么当然是《九三年》。

在这一部长篇小说中，连普通士兵们、水手和流浪汉的话语，都是值得人咀嚼再三的。

至于那些议论，许多早已成为格言。

《九三年》——它既是一部小说，也是一部文学化了的世界近代史。其后在俄国，在中国，在许多国家爆发的革命，都上演过法国的《九三年》的那一种血雨腥风，都产生过西穆尔登或朗德纳克式的人物……

偶尔，也产生郭文式的悲剧……

即使到了今天，在世界的某些地方，某些国家，仍有他们的幽灵在呼风唤雨。

在中国还有没有，我就委实说不准了……

沉思闻一多

多么异常呵，想到一位写了那么多好诗的诗人，首先想到的竟不是他的诗，而是他的死！

他那些如丝一样缠绵，如泉一样明澈，如花一样美丽，如火一样热烈，如瀑布一样激情悬泻，如儿童的哭诉一样打动人心的诗呵——在诗人死后72年的这一个夏季，在一个安静的中午，我首先想到的竟不是他的诗，而是他鲜血溅流的死！

斯时亮丽的阳光，洒在他的诗集和他厚厚的年谱上。

而诗人的死，竟是因为——他不但爱诗，并且，像爱诗一样爱我们的国！

多么压抑呵，想到闻一多，首先想到的竟不是他的才华，不是他的学者气质，教授风范，甚至也不是他那为我们后人所极为熟悉的，嘴角叼着烟斗忧郁地思考着的样子，而是他付出了生命代价的拍案而起！

就因为他的拍案而起，他就成了敌人——成了他所处的时代的特务们的敌人！成了特务们背后的戴笠们的敌人！成了戴笠们背后的蒋介石们的敌人！进而成了整个独裁统治机器的敌人！

而诗人竟也就索性倔然傲然地，以自己是一个敌人的姿态，挺立在他的立场上无所畏惧地挑战了：

“今天，这里有没有特务！你站出来，是好汉的站出来！你出来讲！凭什么要杀死李先生！……”

“前脚跨出大门，后脚就不准备再跨进大门！”

而诗人原本是那么的善良，那么的主张平和，那么的对世界充满了理想主义的憧憬；连是诗人，也曾是一位打算一生“为艺术而艺术”的“新月派”的诗人；即使面对专制得特别黑暗的现实，也不过仅仅将他的一腔腔悲愤揉入他的诗句里……

这样的一位近代诗人惨遭杀害，那么古代的诗人杜甫也就该当被砍头了！

然而杜甫却并非死于非命。

然而闻一多却被子弹像射击敌人一样地杀害了，而且是卑鄙的背后射击。

想来，那样的一种时代，它确乎的已走到了尽头。

想来，那样的一种独裁统治，它确乎的已该灭亡。

想来，一种连抒情诗人也被逼得变成了斗士的时代和政治，肯定是一种坏到了极点的时代和坏到了极点的政治。虽然它本身坏到了那样一种程度，是由于诸多内外矛盾的冲撞导致的结果。虽然在那样一种情况之下，连诗人也变成了斗士，往往意味着是历史的决定。正如普罗米修斯的盗火，是由于听到了人间的呼救之声。

想来，一种好的时代和政治，它似乎应该是没有什么斗士的时代。那时诗人只爱诗不再是逃避现实的选择。那时诗人只爱诗也即意味着爱国。那时诗即诗人的国。而且不被误解。

那时如闻一多一样的诗人，将以另外的一颗心灵感觉着《红烛》；将以另外的一双眼睛注视着他的《发现》。

想来，尽管我们后人将诗人之死祭在肃然起敬的坛上；尽管诗人当得起我们后人永远的缅怀和纪念；尽管我们永远称颂诗人的无所畏惧——但是一想到诗人被特务的子弹所射杀这一种事情，我们还是会不禁地一阵阵心疼啊！正如闻一多是那样地心痛李公朴的死。正如李公朴们是那样地心疼万千底层百姓的挣扎着的生存……

多么自然呵，在首先想到诗人的死之后，我更感动于他的《红烛》了；更理解他的《发现》了；更能体会到他面对《死水》的喟叹了；更能以珍惜的心情看待他那些极浪漫极抒情的诗篇了。由那么纯粹的浪漫和抒情到《发现》的如梦初醒到面对《死水》的嫌恶，该是何等痛苦的一个过程啊！如果这过程反过来，无论对诗人还是对一个国家，该是多么值得庆幸的事啊！中国为此，成了世界近代史上付出生命代价最最巨大的一个国家。而尤以诗人闻一多的死，在当时最为震骇的了。

因为诗人只不过对暗杀的行径，表达了他作为一个国人终于难以遏制的愤慨。

红烛啊！
这样红的烛！
诗人啊！
吐出你的心来比比，
可是一般颜色？

写出这样的诗句的诗人，仿佛早已预示下了，他将为他爱诗般爱着的国，溅淌出比红烛的颜色更红的鲜血……

我来了，我喊一声，迸着血泪，
“这不是我的中华，不对，不对！”
我来了，因为我听见你叫我；
鞭着时间的罡风，擎一把火，
我来了，不知道是一场空喜。
……
那不是你，那不是我的心爱！

我追问青天，逼迫八面的风，
我问，拳头擂着大地的赤胸，
总问不出消息；我哭着叫你，
呕出一颗心来，——在我心里！

写出这样的诗句的诗人，分明地已在宣告着，他为着他的国，是肯于连地狱也下的。

一切诗人之所以是诗人，皆发乎于对诗的爱。

却并非所有爱诗的诗人都同时爱国。

有的诗人仅仅爱诗而已，通过爱诗这一件事而更充分地爱自己；或兼及而爱自然，而爱女人，而爱美酒……

这样的诗人，永远都是任何一个时代所不伤害的，甚至是恩宠有加的。

这样的诗人的命况永远是比较安全的。即使沦落，也起码是安全的。

有的诗人，却被时代所选择了去用诗唤醒大众和民族。他们之成为斗士，乃是不由自主的责任。因为他们之作为诗人，几乎天生的已有别于别的诗人。当他们感觉他们的诗已缺乏摧枯拉朽的斗士力量，他们就只有以诗人之躯，拼着搭赔上他们的鲜血和生命了。

相对于一个国家，如爱诗爱自然爱女人一般爱国的诗人，都有着诗人的大诗心。

相对于我们的世界，如爱诗爱自然爱女人一般用诗鼓呼和平的诗人，都是更值得世界心怀敬意的。在他们的诗面前，在他们那样的诗人面前。

台湾有一位诗人叫羊令野，他写过一首咏叹红叶的诗：

我是裸着脉络来的，
唱着最后一首秋歌的，
捧着一掌血的落叶啊！

我将归向，我最初萌芽的土地……

闻一多，1946年的中国之一片“捧着一掌血的落叶”！一直迎着罡风奋不顾身地点燃了自己于是骤然熄灭的红烛！

他原本是“裸着脉络”为诗而来到世界上的；却为他的国的民主和伸张政治之正义，而淌着自己的血归于他“最初萌芽的土地。”那土地——1946年的那土地尽管千疮百孔。

在世界的近代史上，他是一位被子弹从背后卑鄙地射杀的诗人。

虽然我们想到他时，首先想到的是他的死，其后才是他的诗——却也正因为这样，他的诗浸着和红烛一样红的血色，渲透了文学的史，染红了叫作“中华人民共和国”的一个新国家之诞生的生命史。……

闻一多这个名字因而本身具有了高于一切诗的诗性……

思考鲁迅

在阴霾的天穹上，凝聚着一团大而湿重的积雨云——我常想，这是否可比作鲁迅和他所处的时代的关系呢？

那是腐朽到了糜烂程度而又极其动荡不安的时代。

鲁迅企盼着有什么力量能一举劈开那阴霾，带给他自己也带给世人，尤其中国底层民众，又尤其许许多多迷惘、彷徨，被人生的无助和民族的不振所困扰，连呐喊几声都将招致凶视的青年以光明和希望。然而他敏锐的，善于深刻洞察的眼所见，除了腐朽和动荡不安，还是腐朽和动荡不安。更不可救药的腐朽和更鸡飞狗跳的动荡不安。

他环顾天穹，深觉自己是一团积雨云的孤独。

他是他所处的时代特别嫌恶然而又必然产生的一个人物。正如他嫌恶着它一样。

于是他唯有以他自身所蕴含的电荷，与那仿佛密不可破的阴霾，亦即那混沌污浊的时代磨擦、冲撞。中外历史上，较少有一位文化人物，自身凝聚过那么强大的能量。然而相对于他所处的时代，那也只不过是一种凄厉的文化的声音而已。他在阴霾的天穹上奔突着，疾驰着，迫切地寻找着或能撕碎它的缝隙。他发出闪电和雷鸣，即使那时代的神经紧张，也义无反顾地消耗着自己。既然不能撕碎那阴霾，他有时便恨不得撕碎自己，但求化作多团的积雨云，通过积雨云与积雨云，也就是自身与自身的磨擦、冲撞，击出更长的闪电和更响的雷鸣……

这，是否便是中国近代文化史上的鲁迅呢?

鲁迅当然是文学的。

文学的鲁迅所留下给我们的文本，不是多得足以“合并同类项”的文本中的一种；而是分明地区别于同时代任何文本的一种。

鲁迅的文学文本，是迄今为止最具个性的文本之标本。

它使我们明白，文学的“个性化”意味着什么。

鲁迅尤其是文化的。

文化包含着文学。

所以鲁迅是很“大”的。

倘仅以文学的尺丈量鲁迅，在某些人看来，也许鲁迅是不伦不类的；而我想，也许所用之尺小了点儿。

仅仅鲁迅一个人，便几乎构成着中国近代文学和文化史上不容忽视的一页了——那便是文化的良知与一个腐朽到糜烂程度的时代之间难以调和，难以共有的大矛盾。

倘中国近代文学和文化史上无此页，那么我们今人对它的困惑将不是少了，而是多了。

文学体现于个人，有时只需要一张写字桌。

文化体现于个人，有时只需要黑板和讲台。

文学家和文化人，有时只需要阴霾薄处的似有似无的微光的出现；有时仅满足于动荡与动荡之间的虚幻的平安无事。

文学和文化在压迫它的时代，那是也可以像吊兰一样，吊着活的。这其实不必非看成文学和文化的不争，也是可以换一个角度看成文学和文化的韧性的。

然而鲁迅要的不是那个。满足的也不是那个。倘是，中国便不曾有鲁迅了。

鲁迅曾对他那时代的青年说过这样的话：第一是要生存；第二是要温饱；第三是要发展。

其实在某些时代的某些情况之下，一切别的人们，所起码需要的并不有别于青年们。

鲁迅的急戾，乃因他每每的太过沮丧于与他同时代的文化人士，不能一致地、迫切地、义无反顾地想他所想，要他所要。因而他常显得缺乏理解，常以他的“投枪和匕首”伤及原本不愿与他为敌，甚至原本对他怀有敬意的人。

于是使我们今人不得不面对这样一个事实——战斗的鲁迅有时候也是偏激的鲁迅……

在三月的春寒料峭的日子里，在沙尘暴一次次袭扑北京的日子里，在停了暖气家中阴冷的日子里，我又思考着鲁迅了。

事实上，近几年，我一再地思考过鲁迅。

这乃因为，鲁迅在近几年的中国文坛，不知怎么，非但渐成热点话题，而且渐成焦点话题了。

不知怎么？

不对了。

细细想来，对于鲁迅重新进行评说的文化动向的兴起，分明是必然的。有哪一位中国作家，在半个世纪之久的中国，尤其是在 20 世纪 80 年代以前的三十年里，其地位被牢牢地神圣地巩固在文化领域乃至社会思想理论领域甚至政治意识形态领域呢？除了鲁迅，还是鲁迅。在中国，在 20 世纪 80 年代以前的三十年里，在以上三大领域，鲁迅实在是一个仅次于毛泽东的名字。而鲁迅的书，则是仅次于《毛泽东选集》的书。而鲁迅的言论，则是仅次于《毛主席语录》的言论。在“文化大革命”中，鲁迅的言论被正面引用的次数，仅次于《毛主席语录》被引用的次数。《“丧家的”“资本家的乏走狗”》这一篇杂文，曾被同仇敌忾地当成声讨“走资派”的“乏走狗”们的战斗檄文；《论“费厄泼赖”应该缓行》这一篇杂文，曾被红卫兵们视为毛泽东《将革命进行到底》的姊妹篇。不消说，在当年，“将革命进行到底”便是将“文化大革命”进行到底。而确乎的，那时，除了《毛主席语录》，还有另一种同样是红色的“语录”本儿广为流传，即《鲁迅语录》……

我确信，倘鲁迅当年还活在世上，肯定是不情愿的。倘不情愿而又无可奈何，那么他内心里肯定是痛苦的吧？其痛苦肯定大于他感到被曲解、误解、攻击和围剿的痛苦吧？在人类的历史长河中，某些著名的人物，生前或死后被当成别人们的盾别人们的矛的事是常有的。鲁迅也被不幸地当成过，不是鲁迅的不好，是时代的浅薄。“文化大革命”不仅是疯狂的时代，而且是理性空前浅薄的时代。那样的一个时代的特征就是特别的需要可披作“虎皮”的大旗，鲁迅在死后而不是生前被当成那样的大旗，又未尝不是他的幸运……

又，鲁迅生前论敌甚多，这乃是由鲁迅生前所惯操的杂文文本决定了的，或曰造成的。杂文是议论文本。既议人，则该当被人所议；既一一议之，则该当被众人所议；纵然论事，也是难免议及于人的。于是每陷于笔战之境，以一当十的时候，便形成被“围剿”的局面。鲁迅的文笔尖刻老辣，每使被议者们感到下笔的“狠”。于是招致以眼还眼，以牙还牙。鲁迅是不惧怕笔战的。甚至也不惧怕孤家寡人独自“作战”，而且具有以一当十百战不殆的“作战”能力，故在当时的中国文坛，形象就很无畏。“东方不败”的一种形象。又因他在当时所主张的是“普罗文化”，亦即“大众文化”，而“大众”在当年又被简单地理解成“无产阶级”，并且他确乎地为他的主张每每剑拔弩张，奋不顾身，所以后来受到毛泽东的高度评价，称颂之为“伟大的无产阶级文化的战士和旗手”。

行人对鲁迅另有一番似乎中性的客观的评价。那就是林语堂。

他曾写道：与其说鲁迅是文人，还莫如说鲁迅是斗士。所说斗士，善斗者也。闲来无事，以石投狗，既中，亦乐。

大致是这么个意思。

林语堂是曾与鲁迅交好过的。后来因一件与鲁迅有关与自己一点儿关系都没有的稿费争端之事，夫妇二人欣然充当斡旋劝和的角色，结果却说出了几句使鲁迅大为反感的话。鲁迅怫然，林语堂亦怫然，悻悻而去。鲁迅在日记中记录当时的情形是“相鄙皆见”四个字。

从某些人士的回忆录中我们知道，鲁迅其后几日心事重重，闷闷不乐。

鲁迅未必不因而失悔。

而林语堂关于“斗士”的文字，发表于鲁迅逝世后，他对鲁迅曾是尊敬的。那件事之后他似乎收回了他的尊敬。而且，二人再也不曾见过。

林语堂不是一位尖刻的文人。然其比喻鲁迅为“斗士”的文字，横看竖看，显然地流露着尖刻。但若仅仅以为是百分之百的尖刻，又未免的太将林语堂看小了。我每品味林氏的文字，总觉也是有几分替鲁迅感到“何必”的意思在内的。而有了这一层意思在内，“斗士”之喻与其说是尖刻，莫如说是叹息了。起码，我们后人可以从文字中看出，在林语堂眼里，当时某些中国文坛上的人，不过是形形色色的“狗”，并不值得鲁迅怎样认真地对待的。如某些专靠辱骂鲁迅而造势出名者。那样的某些人，在世界各国各个时期的文坛上，是都曾反反复复地出现过的。是一点儿也不足为怪的。

鲁迅讨伐式或被迫迎战式的杂文，在其杂文总量中为数不少。比如仅仅与梁实秋之间的八年论战，鲁迅便写下了百余篇长短文。鲁迅与论敌之间论战，有的发端于在当时相当严肃相当重大的文学观的分歧和对立。论战双方，都基于对某种立场的坚持。都显出着各所坚持的文学的，以及由文学而引起的社会学方面的文人的或曰知识分子的责任感。有的摆放在今天的中国文坛上，仍有促使我们后代文学和文化人士继续讨论的现实意义。有的由于时代的演进，自行化解，自行统一，自行达成了共识，已无继续讨论，更无继续论战的现实意义。而有的论战的发端，即使摆放在当时来看，也不过便是文化人和知识分子之间的一项文坛常事。孰胜孰败，是没什么大必要的……

然而1949年以后，鲁迅的名副其实的论敌们，或准论敌们，或不曾打算成为鲁迅的论敌，却被鲁迅蔑斥为“第三种文人”者，都纷纷转移到香港、台湾乃至海外去了。我们今人，谁也说不清他们当时的转移是否是明智的。而没有做那一种选择的，后来的人生遭遇都是那么的令人唏嘘。连曾是鲁迅的“战友”，曾是鲁迅的学生的人们也在劫难逃，更何况鲁迅当年的论敌了。

并且，近当代的中国文学史，曾几乎是以鲁迅为一条“红线”，进行了相当细致的梳理和相当彻底的删除。其结果是，一些与鲁迅同时代的文化人士和文化学者，从近当代的中国文学史上销声匿迹了。他们的书籍只有在极少极少的图书馆里才存有着。寻找到它们，是比敬职的道具员寻找到隔世纪的道具还难之事。有的文学史书虽也记载了当时中国文坛的风云种种，但也只不过是一笔带过的，仿佛铁板钉钉的结论。而且是纯粹政治性的，异化了文学内容的结论。致使我这一代人面对的文学和文化的史，一度是残缺不全不甚完整的。甚至可以说，那是一种史的“半虚无”现象……

然而我确信，鲁迅若活到了1949年以后，他是绝不会主张对他的论敌，准论敌，以及被他蔑斥的“第三种文人”实行一律封杀的。我读鲁迅，觉得他的心还是特别的人文主义的。并且确信，鲁迅是断不至于也将他文坛上的论敌们，视为不共戴天的仇敌，时刻欲置于死地而后快的。他虽写过《论“费厄泼赖”应该缓行》，那也不过是论战白热化时文人惯常的激烈。正如梁实秋当年虽也讽鲁迅为“一匹丧家的‘乏’牛”，但倘自己得势，有人主张千刀万剐该“牛”，甚或怂恿他亲自灭掉，梁实秋也是会感到是侮辱自己的。

我近日所读关于鲁迅的书，便是华龄出版社出版的《鲁迅梁实秋论战实录》。正是这一本书，使我再次沉思鲁迅，并决定写这一篇文字。书中梁实秋夫妇与鲁迅孙子周令飞夫妇的台北合影，皆其乐融融，令人看了大觉欣然。往事作史，尘埃落定，当年的激烈严峻，现今竟都变得轻若绕岭游云了。我想，倘鲁迅泉下有知，必亦大觉欣然吧？

鲁迅的经历，决定了他是一位深深入世，抛尽了一切出世念头，并且坚定不移地确定了自己入世使命的文化知识分子。

鲁迅书中曾有这样的话：

从前好的，自己回去；

将来好的，跟我前去！

那与其说是豪迈的鼓呼，毋宁说更是孤傲的而又略带悲怆意味的个人声明——他与他所处的“现在”，是没什么共同语言的。他对社会、国家和民族的寄托，全在将来！而他的眼已从“现在”的大面积的深而阔的伤口里，看到正悄悄长出的新肌腱的肉芽！

曾有他的“敌人”们这样地公开暗示他的“赤”化：“然而偏偏只遗下了一种主义和一种政党没嘲笑过一个字，不但没有嘲笑，分明的还在从旁支持着它”。

梁实秋在与鲁迅的论战中引用了那很阴险的文章，并在文中最后质问：“这‘一种主义’大概不是三民主义吧？这‘一种政党’大概不是国民党吧？”

这不能不说是比“资本家的‘乏’走狗”更狠的论战之招。因为这等于将鲁迅推到了国民党特务的枪口前示众。文人之间的意气用事，由此可见一斑。这一种文化现象，也是非常“中国特色”的。而且在后来的“文化大革命”中已是登峰造极。此点与西方是不尽相同的。在西方，文人或文化知识分子虽也每每势不两立，但政治的嘴脸一旦介入其间，那是会适得其反的。论战的双方，要么有一方开始缄默，要么双方同时表达对政治干涉的反感。比如第二次世界大战前后的美国，一批知识分子同样被列入了亲苏的政治“黑名单”，但他们的某些文化立场上的“敌人”，也有转而替他们向当局提出抗议的。

今天，我们当代中国之文化人和文化知识分子，与其非要从鲁迅身上看清他原来也不过怎样怎样，还莫如以历史为镜，为鉴，照出我们自己之文化心理上的不那么文化的疤癞。

当然，鲁迅斥梁实秋为“资本家的‘乏’走狗”，也是只图一时骂得痛快，直往墙角逼人。研读梁实秋与鲁迅的论战文字，谁都不难得出一个公正的结论，即梁实秋谈的是纯粹的文学和文化之事。如其在大学讲台上授课。二十四岁的他在美国哈佛大学文学院获得了院士学位归国任教，当年显然是属于这样一类知识分子——只要垫平一张讲课桌由其讲授文学的课程，课堂以外之事是既不愿关心更不愿分心枉为的。当年此类文化知识分子为数是不少的。胡适林语堂徐志摩们皆是。《青春之歌》中的余永泽，身上便有着他们的影子。当然在持革命人生观的当年的青年们看来，那是很不足取的。其实，倘我们今人平静地来思考，却更应该从中发现这样一种人类普遍的生存规律，那就是——只要天下还没有彻底的大乱，甚或，虽则天下业已大乱，但凡还有乱中取静的可能，大多数人总是会一如既往地做他们想做和一向在做的事情的：小贩摆摊、游民流浪、瘾君子吸毒、妓女卖淫、工人上班、农夫下田、歌女卖唱、叫花子行乞。私塾先生教《三字经》《百家姓》《千字文》、大学教授背课授课、学子们孜孜以学……哪怕在集中营里，男人和女人也要用目光传达爱情；哪怕在前线的战壕里，有浪漫情怀的士兵，也会在冲锋号吹响之前默诵他曾喜欢过的某一首诗歌……梁实秋的“悠悠万事，惟文学为大”，正符合着人性的较普遍之规律。但是若换一种宽厚的角度看待之，未尝不也是人性的普遍性的体现。对于梁实秋的“文学经”的种种理论，鲁迅未必能全盘驳倒批臭。因为分明的，仅就文学的理论而言，梁实秋也在不遗余力地传播着他自美国接受的一整套体系，并且认为是他的使命和责任。正如鲁迅认为自己做“普罗文学”的主将和旗手是义不容辞之事。

如果说鲁迅倡导“普罗文学”即“大众文学”，无论当时或现在都有积极的意义，那么他根本否定“第三种文人”也就是根本否定第三种文学和文化，亦即超阶级意识的文学和文化的存在价值，则是大错特错了。在这一点上鲁迅其实是自相矛盾的。因为他甚至连对古代艳情禁毁小说都曾笔下留情，表现包容的一面。在此点上，他使本来尊敬他的某些人，后来也对他敬而远之了。而此点对中华人民共和国成立后的中国文学和文化的负面影响之深远，当然是鲁迅所始料不及的吧？令我们今人重审鲁、梁之间当年的“持久战”，不能不替我们这一代人特别崇敬的鲁迅感到遗憾，甚至感到尴尬。

如果说梁实秋传播经典文学之所以成为经典的某些确是真知灼见的理论，尤其试图引西方的文学理论指导中国的文学实践，此念虔诚，并且是有功之举，那么他当年同时以极为不屑的态度嘲讽“大众文学”的弱苗是在今天也有必要反对的。按他当年的标准，《阿Q正传》《骆驼祥子》《为奴隶的母亲》《八月的乡村》等简直就登不了文学的大雅之堂了。

而可以肯定的是，梁实秋现在会放弃他当年的错误的文学立场的。

他比鲁迅幸运。因为他毕竟有矫正错误的机会。

永远沉默了的鲁迅，却只有沉默地任后人重新评说他当年的深刻所难免的偏激和片面而已。

正应了“文章千古事，落笔细思量”一句话。

想想令我替文人们悲从中来……

一位在自身所处的时代，鱼缸里的鱼似的，游弋在文学的、而且是所谓高雅的那一种文学的理论中；一位在自身所处的时代，倍感周遭伪朽现实的混浊，以及对自己造成的窒息；一位在当年专以文学论文学；一位在当年借杂文而隐论国家，隐论民族。根本是表象上“杀作一团”，实质上是狭路撞着各不礼让的一场论战。是文学和文化在那个时代空前浮躁的一种现象。正如今天的文学和文化也受时代的影响难免浮躁。

俱往矣！

社会之所以不管怎样的病入膏肓，却毕竟的总还活着，乃因有人在不懈地做着对我们和我们的下一代极为必要之事；而时代之所以变革，则乃因有勇猛的摧枯拉朽者。

两者中都有值得我们钦佩的。

鲁迅——旧中国阴霾天穹上，一团直至将自己的电荷耗尽为止的积雨云……

我看知青

此篇，将是我关于知青话题的最后一堆文字，一堆告别式的文字，终结性的自言自语……

一、上山下乡三十周年说知青

今年是虎年，是“上山下乡”运动三十周年，知青话题，又被报刊界出版界重新捡起，颇有纪念一下的意思。

所谓“上山下乡”运动，依我如今想来，其实不过是当年三千万学生的失学“下岗”。这三千万之巨数，接近着如今工人“下岗”的庞大队伍。而“下岗”工人中，又十之六七乃当年的知青。这些当年的知青，命运感慨肯定多多。或者，竟毫无回忆的心情，只不过默默地随时代的巨变沉浮，竭力撑持着自己剩余的人生。

当年的知青，如今年龄最小者，也该在四十五岁以上了；年龄最大者，亦即“老高三”，当是五十余岁的人了。再过七八年，所幸未“下岗”的，也将退休了。正是——“人生寄一世，奄忽若飙尘。”

命达命舛，悟透了，本都没什么可纪念的。

当年的知青们，如今构成着中国城市人口中的主要中年群体，他们和她们，在思想方法、价值判断、生活态度，以及家庭观念、物质消费、流行时尚、人际组合的好恶顺逆方面，仍潜移默化地影响着中国当代城市人口中的中年群体。虽然在数量上并不完全垄断中年群体，但质量上却无疑显示着主要成分。

所以，可以这么认为，中国当代城市中年人们“代”的特征，在诸方面具有知青们或曰“老三届”的总体特征。

二十年以前，亦即知青返城初期，这种总体特征极为明显。基本上可以用怨、悲、豪、义四个字来概括。

疲惫地站在城市的人生起跑线上，青春不再，恍如一梦，十之八九几乎一无所有，几乎一切的生存内容从零开始，甘而不怨的太少太少。

“上山下乡”这一场几乎波及一切城市家庭的运动，乃“文化大革命”中之运动，运动中之运动。否定“文化大革命”，必重新评说“上山下乡”运动。而“上山下乡”运动，其实是经不起直率评说的。因为它的目的，只不过是为了减缓当时城市的就业压力。并且，一令既下，地动山摇。一手既挥，无敢抗者。对于绝大多数城市百姓人家的子女，根本没有第二选择。所谓响应号召没商量。对于被打倒的“走资派”的子女，被贬为“臭老九”的知识分子的子女，政治成分被划入阶级另册的人家的子女，尤其不是“上山”不“上山”、下乡不下乡的问题，而是只配上到哪里下到哪里，没资格问去哪里。比如黑龙江生产建设兵团的第一、二批知青，就需通过所谓“政审”一关。有“政审”不合格的知青，写了血书以表决心才被批准。更有的硬是追随强去，驱而不离，赶而不返。如此一来，倒使黑龙江生产建设兵团当年显得很神秘。于是后来报名者较踊跃，仿佛非是下乡，是变相的参军；非是务农，是变相的当兵。以今天的眼光看来，似乎不无“炒作”的意味。但在当年，哪一个中国人的头脑中其实都没有“炒作”的意识，只不过是本能地遵循“政治第一”的一贯原则，一本正经地煞有介事罢了。

“上山下乡”运动的原始目的一旦被触及，其理想色彩便会彻底剥落，知青们头脑中残存的使命感顿时化为乌有。当明白了自己只不过是解决当年城市就业难题一大举措的牺牲品，明白了是伟大领袖当时希望尽快结束“文化大革命”混乱局面的“一着棋”，便会觉得自己们不但是被“撵”下去的、哄下去的，而且简直是被“诓”下去的，难免悲从中来。怅回首，昨今追求两茫茫。泣忆无数个“客愁西向尽，乡梦北归难”的流放日，“心不怡之长久兮，忧与愁其相接”。那悲中，自然还有着不知究竟该向谁倾诉的怨。何况，当初的理想色彩和使命感，在近十年的艰苦岁月中，在仿佛被抛弃了的日复一日的企盼中，本已从他们的心理上、精神上瓦解得差不多了。如同鱼市收摊前的活鱼，拨一下虽还能在浅水中游动，扔到案上虽还能剧烈扑腾，但已是鳞败鳍残了……

但是，他们当年毕竟都拥有着一种至关重要的资本。那就是年龄。二十六七三十来岁三十多岁的年龄，无论打算对人生做何进取，为时都不太晚。年龄是返城知青当年唯一的资本。令全社会不同程度所同情的整代“遭遇”，具有苦难色彩的同时也便具有了沧桑色彩，具有了坚忍色彩的经历，与上一代人相比磨而未圆似乎仍显得咄咄逼人的棱角，与下一代人并论不卑不亢似乎人生经验极为丰富的成熟，又使知青这唯一的资本成为知青唯一的傲。此傲不无受过严峻洗礼之意味。在返城初期，知青唯靠此傲支撑着其奋斗精神，保持住心理平衡。

此傲是知青的精神味素。

义——这是知青返城之初普遍都愿恪守的做人原则。无论是兵团知青，还是插队知青，返城之前他们都必因同命运而相怜，而相助，而相呵护。因为，对于当地人，知青是外来者，是接受“再教育”的对象。倘当地人欢迎并关怀他们，则他们无物以报，唯有奉还感情奉还以义。倘当地人排斥他们甚而歧视他们孤立他们打击他们，则他们相互之间并无任何财富的团结基础，亦只能靠了感情靠了义而更紧密地凝聚在一起。义是知青近乎发配的命运对他们的启示。他们在很短的时期内便领悟到了这一点。但事实上，当地人排斥歧视甚至孤立打击他们的事件虽有发生，却肯定是极其个别的现象。就普遍情况而言，无论是兵团的老战士，农场的老职工，还是乡村的农民，当年对知青们既是欢迎的，也是尽可能予以照顾和关怀的。个别事件不但存在，还很恶劣。我们于此强调的是普遍情况。故时至今日，许多知青念念不忘常系心头，谈起来动声动色的仍是与当地人那一份情。彼此的情中也确有桩桩件件感人之事。而当年欢迎过后来又依依相送过知青的农民、牧民、山民，忆起从城里来的“学生娃”们，往往也是此情绵绵。他们会牢记着知青教师教过他们的子女，知青医生为他们治过病，或为他们的女人接过生。即使对于当年表现很差甚至极差的知青，他们谈起来时的态度，也如同是在回忆不懂事的孩子的淘气行为或恶作剧，仁义宽厚溢于言表。无论对于当地人还是对于知青，往昔的岁月里，都有着“清晨闻叩门，倒裳往自开。问子为谁欤？田父有好怀”的情义；有着“寒夜客来茶当酒，竹炉汤沸火初红”的温馨；有着“夜雨剪春韭，新炊间黄粱。主称会面难，一举累十觞”的真挚；有着“但令一顾重，不吝百身轻”的古道热肠。我接触过形形色色的当年的南北知青。我有充分的根据说明，知青们最无怨言也最感欣慰的便是，当年毕竟和一部分生活、教育背景迥异的劳动人民休戚与共过。他们是知青们在城市里所接触不到的，完全陌生的。而且，是生活穷苦的，随遇而安的，非常本色的一部分人民。在知青们心目中，在今天，对他们身上美好的方面和惰性的方面了解得一样清楚。

用一位知青的话说——“唯一不后悔的是，曾和那样的一部分人民在一起过。”

返城初期，知青们有一种不习惯。深析之，是一种怕。怕那只无形的，划分城市人命运格局的大手将他们抚散。那只大手是导演城市通俗故事的上帝。它重新定位城市人的命运。它几乎毫无规律地，随心所欲地，完全按照自己好恶地抛撒机遇。它嫌贫爱富极端势利眼。它只关照离它最近的人，对离它远的人的存在几乎不屑一顾。迅速被抚散的知青经常寻找机会靠拢。只要靠拢在一起便不免会彼此谆谆告诫，一定要“相呴以湿，相濡以沫”。仿佛只有这样，才能重新在城市生存下去。仿佛一旦不再是群体，对每一个人来说都是不安全的。他们希望互相拉扯，希望仍如当年那样互相呵护。因为他们几乎都一无所有啊！然而城市对于他们却另有一番教导。那教导现实得近乎冷漠，全部内容差不多便是“相忘于江湖”。

城市喜欢在个人身上实验奇迹。

城市从不情有独钟的青睐一无所有的没落群体。

于是，十年后，亦即一九八七年至一九八八年左右，知青们的群体本能意识被城市格局这柄篦子一遍遍地篦散了。城市也完成了对返城知青们的十年普及性“初级教育”。

怨的情绪在知青们胸中自行地淡化了。而且，他们都明白，怨是最没意义的。掌上厚茧仍在，胸中块垒犹存，只是返城初期幻想青春补偿，总欲引起社会特别关注和特别对待甚至优待的希望，完全而又明智地泯灭了……

悲还多多少少地、时不时地从情绪中流露出来，但已由总体的悲转变为个人的悲了。有人从疲惫中缓过来了，有人仍没缓过来，仍疲惫着，甚至更疲惫了。有人仍沉湎于当年的悲哀往事或个人的悲惨遭遇中不能自拔。那些往事当然确实很悲哀，遭遇也当然确实很悲惨，但虽属知青情结和话语，却似乎已不再能代表总体，而仅仅意味着是个人的了。十年的时间足以消弭许多事物，足以令人忘却许多最初刻骨铭心的记忆。有那种记忆然而境况好了命运之帆重新张扬起来的，渐渐地也就不悲了。有那种记忆然而境况仍糟着人生仍寻找不到港湾的，顾不上悲了。终于明白，归根到底，城市不敬重眼泪。他们或她们，尤其她们，开始学会将自己那一种悲严密地封存在内心里，只在特殊的情况下，特殊的人们面前才偶一流露偶一宣泄。返城后的境况不同，使知青话语开始多样。有时在同一场合，在昔日朝夕相处的人中，某人欢笑着，某人却在暗暗伤感着。甚至还会发生言语冲突、话不投机半句多的现象……

义仿佛变成了空头支票。即使变成了空头支票，相赠予时态度也极为含糊极为犹豫了。因为，在城市里，在实际的迫待解决的问题方面而非感情慰藉方面，互相帮助显得异常的分量沉重了，沉重得使人轻易不敢承诺了。在都是知青的岁月里，我受委屈了受欺辱了你挺身而出替我伸张正义替我打抱不平；你病了我守侍床前体贴如亲兄弟亲姐妹是一回事——而且只要想做到，完全可以做到，几乎人人都能做到。但在城市里，替谁解决工作替谁调动更满意的工作，或帮谁的子女报入重点小学升入重点中学，则非有权力不可。有权力往往也需费些周折甚至费尽周折。无权的权小的更是心有余而力不足。有权的考虑到那许多周折态度含糊暧昧犹豫也在情理之中。而此时此刻，哪怕一方一再地表示并未“相忘于江湖”，另一方肯定也似乎品咂出了一丝分明“相忘于江湖”的苦涩。

在这十年中，认识的或不认识的，哈尔滨的或北京的上海的，亲登家门或写信向我求助的知青为数不少。困扰他们或她们的，无一不是人生的大问题，诸如“正式工作”之“安排”问题、夫妻两地分居问题、子女的户口问题和就学问题……而我当时的表现，每每先安慰，后摇头发愁。既同情对方，也同情自己陷入的尴尬之境。登门者写信者，自然相信会帮助他们的人非我莫属。而且相信，只要我肯帮助，他们的困扰就一定能得到妥善解决。仿佛中国有一个知青问题管理部，我就是该部部长。如果对方们还拎着点儿“意思”，则我尴尬尤甚。我也往往不禁地要说些感情色彩较浓的话语，以图表现并未“相忘于江湖”。但是最终，我所能做的，仅能做的，也无非就是答应替他们给当地的领导写封信，或当即就给我认识过、耳闻过的知青出身的官员写封信。他们有的较为满意，有的很不满意，觉得我不过是在变相应付搪塞，从此认定我最是一个彻底“相忘于江湖”的无情无义的家伙。而我却常因自己的转嫁“义务”而惴惴不安。十年中我开出了不少空头支票，每次都难以预测那些收到的人对我究竟做何想法。居然侥幸起作用的时候也不是没有，但极少极少。既是相求者的侥幸，也是我自己的侥幸。

十年中，当年的知青在北京有过几次规模较大的集聚活动，影响辐射至天津、上海、哈尔滨。影响最广策划最成功的一次，当属在中国革命历史博物馆（现为中国国家博物馆）举办的“黑土地回顾展”。这次活动吸引了许许多多北大荒知青的热忱参与。许许多多的人为此做出了许许多多的努力。那是无报酬的参与，是完全业余的参与，是完全自愿当成自己的事来做的参与。我认为，“回顾展”收集到的林林总总的知青实物，以及知青日记和书信，对于以后仍有兴趣继续研究知青命题的人，颇有参考价值和认识价值。“回顾展”同时也是一次较成功的“知青文物”征集活动。

“回顾展”的绝大部分文字出自我笔下。姜昆们做了局部的删改补充。出自我笔下的文字，总体调子似太沉重和悲怆。姜昆们加入了些轻松和亮色。我认为他们的删改补充是必要的。否则，“回顾展”也许难以成为事实。

这些文字后来被全部收入《黑土地影集》。

“回顾展”之后，出版了两部书，一部是《北大荒风云录》，一部是《北大荒人名录》。我是此两部书的编委之一。但我实际上所尽的编委义务和责任甚少，只看过“风云录”中三十余篇的手稿。此书的编辑原则是——保持原貌，不做任何加工。所改仅仅是错字、白字、病句、不规范的标点应用。

我认为“风云录”是一部从多侧面多角度反映当年北大荒知青生活的难得的纪实书。其纪实性几乎是不容置疑的。其中多数知青都是第一次写关于自己知青经历的回忆文章，甚至是生平第一次写所谓的“文章”，甚至以后再也不会产生写“文章”的念头了。他们和她们，将自己当年的亲身经历、亲身感受、亲身遭遇，真真切切地、虔诚之至地汇入“风云录”中了。

我认为，我迄今为止的一切知青作品的总和，在诸多意义方面，根本抵不上一本“风云录”。

我认为，“风云录”是一本很值得保存的书，相比之下，我的一切知青作品，其实都不值得任何人保存。

我甚至认为，一个人如果了解北大荒知青当年的真实生活的愿望大于读小说的兴趣，那么他或她其实完全不必读我的知青小说，只读“风云录”就够了。

“风云录”中也收入了我的一篇小文。我当时是很不想写的，但编委们非常希望我也写一篇。写完了，我仍不愿被编入，编委们传阅后觉得还可以，恭敬不如从命，我只有依从。

我实心实意地说，我的那一篇小文，是“风云录”中内容苍白空洞的回忆之一。这有两个原因：一、作为一名当年的北大荒知青，虽然别人吃过的苦我都吃过，别人受过的累我都受过，但也仅此而已。由于出身工人家庭的先天优势，并不曾受过格外不堪忍受的政治歧视。所以，我的知青经历中，并没什么特别使人同情的遭遇。对于没“上山下乡”过的人们，我的知青经历似乎新鲜不乏色彩；而相对于知青一代，其实寻常得不能再寻常。二、由于我的职业是写作，此前写了大量知青小说或回忆性“文章”，感受早已耗尽，早已没有什么另外的特别值得一写的“个人事件”，并不特别值得写却为写而写，苍白空洞实属必然。

据我看来，一本“风云录”中，普遍写得好的，恰是那些初写者的“文章”。都写得不怎么样的，是我等所谓“知青名人”，以及职业与写作的关系太密切的人。原因，恐怕也如我所述。

《北大荒人名录》则是一本很特殊的书。在中国，在它出版以前，绝没有过那样一本书。它实际上是一本活人的人名索引。一本不折不扣的通讯录。这一点，书名已体现得很明确。如果不看书名，信手翻来，有人准会以为这是一本电话簿子。它收入了二万八千多人的姓名以及他们和她们当年在黑龙江生产建设兵团原属师、团、营、连、职务，目前的通讯地址、工作单位、身份，家庭和单位的电话。

为什么要出这样一本书呢？

当时的动机何其的良好何其的富有理想色彩啊！

记得在讨论这本书的意义时，我做过这样一段发言——我们北大荒返城知青的最主要的特征是什么？别人可以指出许多，但我认为是群体意识，西方又叫“社团精神”。这是好的特征，应该继承发扬。时代骤变，我们许多北大荒返城知青人生失重，所以需要帮助。而我们之间的相互帮助，目前最是义务和责任，亦最可贵。那么这一本“人名录”，就向愿意相互帮助的，尤其是需要帮助的我们的返城知青伙伴，提供了非常实用的线索。不愿帮助别人的，就不要把自己的名字加上。既加上了，就一定要是真的单位，真的通讯地址，拨通就能找到你的真的电话号码。在这件事上若弄虚作假，既无必要，也很可鄙。

我还说，假如某一天，某一个陌生人叩开了我们在座的谁的家门，他或她手里拿着一本“人名录”，说自己就是通过“人名录”找到你家的，说自己是“人名录”上的哪一个，说自己遇到了什么样的困难，急需什么样的帮助，那么“人名录”的意义也就起到了。自己帮得了的理应热情帮助，自己帮不了的理应替对方联系“人名录”上的别人……

当时有人笑着插问一句：就像旧社会江湖上的人凭“道儿”中的帖子相互关照？

我也笑答：差不多就是这个意思。咱们不是经常自诩都是北大荒“这条道儿”上走过来的吗？姓名上了“录”，相互关照之时，更需各尽所能啊！

于是大家皆笑。

当时，大家的动机，的的确确这么简单，这么现实，又这么天真烂漫。

大家当时还热烈讨论，如何成立一个“北大荒知青基金会”，怎样在北大荒知青中卓有成效地开展扶贫和不幸救助活动等。

应该肯定，这些原始冲动的出发点是良好的，友爱的。

但没有富豪和财团的赞助，仅靠北大荒知青之间凭热忱个人捐款，实在也筹不到多少钱。理想脱离现实，据我所知，“基金会”一事不了了之。也有关注此事的北大荒知青说，后来还是成立了。即使成立了，款项也肯定极其有限，根本不能落实初衷。

两本书发行后一年内，曾有各地到京的知青登我家门。都是我不认识的。光临时都带着“人名录”。有的有困难求助，我也只能照例写封信，“委托”别人关照。多数并没什么困难，无非见见面，彼此认识认识，共同回忆回忆。

某些北大荒知青，主观地以为，我肯定结交着很多很多的人，尤其结交着很多很多名人和官员。对于他们是困难的事，对于我解决起来便是易如反掌，一封信或一个电话就能办妥，仿佛社会只不过是单一成分的“知青码头”，而我是知青“袍哥会”中的“舵把子”人物之一。这说明返城虽然已经十年，极少数知青，似乎只不过由当年“上山下乡”运动中的“插兄”、“插妹”，转而变成了城市中的“插队”者。他们的意识仍停留在昨天，他们在城市中的交往范围仍特别局限。甚至，可能除了当年的知青朋友，仍没有别的朋友。他们还未真正融入城市生活。他们对知青群体以外的人，陌生而又自行地保持着距离。从他们身上看出了这一点，当年常使我替他们感到忧伤。

其实，我自己当年在城市中的交往范围也特别局限。除了电影界、文学界、出版界和少数新闻界的人，我当年也基本不主动与别的方面的人交往。我一向的人生原则是，如果我不求人会少活一两年，那么我宁肯不求人，宁肯干脆少活一两年。当然，如果是少活十年，我也是会四处求助的。但是，我与某些返城知青的命运境况毕竟大为不同。我的工作单位是北京电影制片厂，这在当年是令人很羡慕的单位。我是小有名气的作家，而且是有北京户口的作家，这也令人羡慕。我的工资虽然不高，但是每年都有稿费收入，而且逐年增加。我的人生已经稳定。眼前暂无困境，以后似乎也不潜伏着什么大的危机。总而言之，我尽量不求人，少求人，比较可以做到。而他们是多么令人同情啊！尽管返城已经十年了，他们中有人仍夫妻两地分居着；有人由于返城当时的种种特殊原因，夫妻一方仍留在农村、农场或兵团；有人仍无可称之为自己的“家”的小小居住空间，走时一人，返城三口，不得不寄居于父母或兄弟姐妹的屋檐下，而后者们的城市居住空间同样是极有限的；有的人的子女仍无法在城市中正常就学……

知青返城的前十年，乃中国粉碎“四人帮”后百废待兴千头万绪的十年，中国几乎分不出精力和能力关怀他们。做出允许知青返城的重大决策，已然显示出了超乎寻常的果断与魄力。倘没有许多干部甚至极高级干部的子女，以及高级知识分子高级民主人士的子女当初也被卷离家庭卷离城市，而仅只是老百姓的子女“上山下乡”了，估计决策未必会做得那么干脆果断，也未必会那么快。按照历史的时间概念看，粉碎“四人帮”与知青返城这两大决策几乎可以说是依次做出的。应该承认，在前十年内，中国已尽量做了它力所能及的安置工作。各大城市中适时成立的“知青安置办公室”，皆较为配合地为知青服务着。当然，因为知青们的家庭背景不同，这种服务的区别性必然是相当之大的。对于最广大的老百姓家庭的返城知青，服务的主项也只能是解决工作问题。他们大多数人所面临的选择是建筑行业、环卫行业、低等服务行业和街道手工业作坊式的小工厂。命运迫使他们不得不四处求助。而知青群体是他们在城市里仅有的主要的“社会关系”，他们中的大多数人，只能寄侥幸于这一种仿佛带有血缘色彩的、庞大又单纯的“社会关系”。倘这种侥幸也意味着是一丝希望，那么它是一种不乏热心但是能量有限改变不了什么的希望。在返城前十年，在知青之间，互助的热心的确是一种城市现象。如果谁找到了一份工作，如果那工作单位急需廉价劳动力，那个谁就往往会呼啦一下子引来自己十几个甚至几十个当年的知青伙伴儿。这现象当年在城市里极富人情味儿，无私而又义气，好比如今某些在城市里已经站稳了脚跟的“打工妹”“打工仔”，恨不得热心地将家乡的姐妹们兄弟们都召集在自己身旁……

在知青返城的前十年中，在革命历史博物馆还没举办“黑土地回顾展”时，知青们以新疆、云南、内蒙古、山西、陕西、北大荒等不同的地域为旗号，以大大小小的当年的群体为单位，实际上不断地举行着集会。集会的动力既有保持感情的因素，也有依持互助的心理需要，还有引起社会关注的本能意识。至于在集会时大发“青春无悔”的感慨，抑或“还我青春”的呼喊，倒是根本不值得“友邦惊诧”，更不值得大惊小怪。某些据此所做的，仿佛别人都愚不可及，唯自己好生深刻，反省好生彻底的文章，依我看来，倒是有点儿哗众取宠。因为一旦自己稍稍混好了，无视自己广大同类的生存现状，不从同类心理需要的深层加以体恤和理解，指手画脚地嘲为“愚顽”，实在是很讨厌的。

前十年中，凡邀我参加知青集会，不管所亮是哪一地域的旗号，我都尽量参加。我当然从未企图变成什么知青活动家。仅仅当作家，并且当好，我已力不从心。但是我常想，我毕竟也是十年前的知青中之一名，虽无实力帮助任何人，一份感情的融注还是完全应该的。并且，我觉得我比较能够理解自己同类们希望继续保持群体依持关系希望彼此互助的心理需要。那在当年既十分正常，也十分值得尊重。尽管从长远看，是不甚可取也是容易自误互误的。几个人围拢一只火炉是烤火，几十人围拢一只火炉是取暖，几百人围拢一只火炉则只不过是“扎堆儿”了。那“火炉”是心理需要现象，集会是形式现象。

所以，在我参加过的知青集会中，言“青春不悔”的，我从不与之争执。言“蹉跎岁月”的，我也仅深表同感而已。

最早最热衷于知青集会的，往往是返城后境况不良甚至境况艰难的人。综上所述，这是较符合现象规律的。他们非常希望吸引返城后境况令人羡慕的知青参加，而后者们常常借故回避。后者们当初一心重新开始设计自己的人生，对于知青集会并不感兴趣。于是前者们殷殷地动之以情，执念游说。

后来情况渐渐发生了微妙的变化。前者们失望了，索然了，不再怎么热衷了，终于明白，集会一百次，张三还是张三，李四还是李四。境况好的境况更好，境况不好的依然不好甚至更加不好。于是由积极而消极了，由不倦的发起者而仅仅充当参与者了。后者们则开始有兴趣了，由消极而积极了，由被游说而尽量吸引别人了。这也符合着一种规律，即所谓的“无忧的怀旧”。后者们已不但无忧，而且已具有了不同程度的社会能力，集会由他们发起，比由前者们发起有声有色得多。不必讳言，无论前者还是后者，作为召集者，热忱中既有感情成分，也都有功利成分。只不过体现于前者，功利成分和感情成分不那么分得清分得开，仿佛是水乳相融的。因为那一种功利成分是较单纯单一，完完全全可以直言坦言的——彼此在最基本的生存层面上依持互助。随着时代一年年商业特征逐渐明显，知青集会的功利成分也多了，显明了，为了消弭显明而暧昧了。所谓功利成分，无不或多或少地体现着发起者或个人、几个人或大家受益的功利意识和动机。起码满足的是号召力、凝聚力，证明的是对一种社会群体的调动能力。而后者们实现功利预测之方式方法和效果，也总是比前者们丰富并易于达到，远非前者们所能相比。功利的成分，也往往不那么单纯不那么单一了。有些不便直言坦言了。说道起来不免的有那么点儿闪烁其词讳莫如深遮遮掩掩了。

“黑土地回顾展”是我以比较积极的态度参与的一次返城知青的大型活动。

此后，北京、上海、天津、哈尔滨等城市，以师、团甚至小到以连为群体，组成了为数不少的北大荒知青“联谊会”，也相应地发起过几次活动，但我都没再参加过。据我想来，这些活动还是基本上以联络感情为出发点的，所体现的色彩基本上也只不过还是怀旧，还并未被其他功利目的所左右。

对于返城知青们的怀旧，世人似乎一向颇多讽意。仿佛返城知青们，都非是“向前看”的积极的社会分子，而是不可救药的“向后看”的令人惴惴不安的城市消极成分。这是误解。那颇多的讽意，更显得大可不必的刻薄和少见多怪。

我认为，一切国家、一切时代的临界中年的人们，一般总是有些怀旧的。怀旧乃是人类较普遍的“中年恐惧症”的表现之一种。某些人只知“老年恐惧症”，而不太注意到大多数人临界中年也是会产生不可名状的心理恐惧的。这种恐惧甚至强烈于人对老年的恐惧。所不同的是，“老年恐惧症”的怀旧内容往往跨越时空，直接地回到童年和少年时期。无人与之交流，他们便独自沉浸着，想象自己是儿童和少年时的忧乐种种。有人与之交流，回忆才顺序连上青年和成年时期。

老年人喜欢回忆童年往事；中年人喜欢回忆青年往事；青年人喜欢回忆少年往事。大抵如此，基本成规律。

也许只有少年是不怀旧的。

对于少年，昨天便是童年。昨天离“现在时”太近，近得难以剥隔。仿佛童年仍在延续着，还没完结，还在“现在时”演绎着相似的情节和故事。所以充分地占有着“现在时”，仿佛仍充分地直接地占有着昨天。所以用不着怀旧。

对于少年，明天似乎漫长而遥远，畅想时空广大无边。所以少年不是惯做“昨日梦”的年龄，而是惯做“明日梦”的“季节”。

青年是充满理想、憧憬或欲望、野心的年龄。大多数老年人已完全丧失了对以上诸方面的追求能力和竞争能力。即使仍执迷其中，也毕竟心有余而力不足了。情愿或不情愿地，明智或无奈地进入了人生的“无为”境界。而除了大多数老年人，另外只有大多数儿童类此境界。所以大多数老年人乐于直接地回忆童年和少年，可以叫作“合并人生同类项”。

又，人总喜欢回忆自己颇不寻常的经历。不管那是浪漫的还是苦难的，是人生逆境还是光荣资本。

在知青返城的前十年，他们皆从二十七八岁向三十七八岁匆匆地、毫无驻足稍停之机地疲于奔命地朝身后抛掷着他们的日子，皆不曾从容地消遣过美好的青春。青春对于他们似有若无，青春是他们的昨天，这昨天那么迅速地远离了“现在时”。身在“广阔天地”，他们还不太感觉到那一种迅速，倒是常常觉得度日如年。恰恰是在返城以后，岁月仿佛开始压缩着流逝了。于是大有度年如日之感。几乎皆愕诧于怎么一眨眼就是中年人了。于是“中年恐惧症”，作为中国的一种“代”的特征，从他们身上表现得格外明显。他们的怀旧，也就常以集体的方式，类似的色彩，并不想掩饰地张扬着。

他们怀旧便是缅怀自己的青春。

他们缅怀自己的青春便是回忆“上山下乡”的岁月。

那岁月里有他们的浪漫，也有他们的苦难；是他们的人生逆境，也常被他们自己视为人生资本。

将苦难和逆境中走过来的经历视为人生资本，乃是古今中外人类比较共同的“毛病”，非中国知青一代特有的也不值得投以讽意，更不值得大惊小怪。

但是，虽然返城知青们的怀旧等于缅怀青春等于回忆“上山下乡”的岁月；虽然“上山下乡”乃“文化大革命”运动中之运动——却不等于念念不忘地回忆“文化大革命”岁月更不等于缅怀“文化大革命”。恰恰是在这一点上，中国返城知青们，首先被某些中国人故意地，甚至可以说是不怀好意地歪曲了，也可以说常常遭到不怀好意或别有用心的诬蔑和诽谤。那某些中国人，首先是些舞文弄墨者。诸如某些文人，某些记者——他们中自以为深刻，自以为敏感，又专好靠了这两种“自以为”煞有介事地经常吹出一串串是非泡沫的人。他们或她们像些雌雄螃蟹，吐沫自娱，总是企图引起世人对自己的注意。世上本无事，也没那么多所谓“热点”“焦点”，有时纯粹是他们或她们搬弄起来的。他们和她们还是这样一些人——保全自己达到谨小慎微的程度，在大是非大事件面前却一向畏畏怯怯，噤若寒蝉，这就使自己们的存在根本无法令人重视。但又常常沮丧于此，失意于此。那么只剩下一件事可做，便是搬弄是非借以营造泡沫话题。

在知青返城的前十年中，知青们的集会，往往被他们和她们武断地归结为“红卫兵情绪”。仿佛知青们一集会，“造反”又要开始了，“动乱”又要来了，“文化大革命”又要重演了。由于他们或她们煞有介事的、杞人忧天的、故作深刻和敏感的话语鼓噪，颇影响当局对知青集会现象的判断和看法。当局本是对知青集会现象暗觉不安的，加之他们或她们煞有介事地分析，于是难免地布置防范，以应不测。因而知青们的集会，倘规模大了点儿，几乎必有公安局乃至安全部的便衣工作人员密切予以关注。甚至，连国外媒介亦受其迷惑，对中国返城知青的集会，做过多次离题万里的荒唐的报道。他们或她们中，有人自己也曾是知青，按理说对知青的集会现象，他们或她们是最能正确理解、最能正确加以分析的。但他们或她们往往偏不。偏要煞有介事地、故作深刻和敏感地向世人以及当局做莫须有之暗示。我对他们或她们是很厌恶的。而返城知青们集会前、集会中每每自我宣扬的发扬什么光大什么的“青春无悔”之表现，以我的眼看来，其实也带有故作性、表演性。很大的程度上是持一块盾，既保护自己不受莫须有意味的攻讦，也同时向当局和世人做“平安无事”的回答。后来情况有了好转。因为返城知青的一次次集会，从未给社会造成什么不安定。于是，当局和社会对此现象首先充分理解，他们或她们的暗示自然也就不再被理睬……

“黑土地回顾展”后，我常对《北大荒人名录》心怀几分忧虑。反思我当时支持出版的那番言论，觉得自己理想主义得有点可笑。返城知青显然不能成为永久长存的“城市公社”。一本“人名录”也根本不能成为促进互助的什么“宝典”。社会治安问题日渐严峻，险恶案件多多，倘大量流散世间，落入骗子歹徒手中，会不会被利用了呢？这种警惕性也许同样可笑。但据我想来，有比没有好。因而征求我意见要不要再版加印时，我明确表示了反对意见。

再其后，内蒙古兵团的知青们，出版了一本《草原启示录》。那也是一本很有价值的知青回忆录。

《风云录》和《启示录》，乃关于知青的两本姊妹书。它们的文学性当然会逊于知青小说，但资料价值却远非知青小说可比。

《黑土地回顾展》的举办和《风云录》《启示录》的出版，使返城知青们的集会活动此起彼伏，但都是些小规模小群体的集会。

大约一九九二年春节前，北京又在工人体育场举办了“老三届文艺汇演”。

此次汇演的策划最先由东北农场局宣传队和北京的“北大荒知青联谊会”的知青人士们共同提出，我曾被邀请发表建议。

汇演就要租场地，就要租乐器，就要聘请舞台美工，就要制景，就要提前排练……一句话，要钱。策划者们较为乐观，较为自信，甚至较为兴奋。

他们说北京有多少北大荒知青？至少十万人。半数人看，就是五万。每票百元，便是五百万元。再保守些估计，即使有半数人的半数看，收入也是相当可观的。

商业运作的色彩，随着人们头脑中经济意识的增长，那么便顺理成章地成为许多事情的前提和主导思想了。

这其实无可厚非。今天除了政府部门组织和在经费上支持的种种义演，已再没有任何非商业运作的演出了。

但当时我发表了言辞较激烈甚至可以说情绪有些冲动的反对意见。

我说，卖票我原则上也能接受，但要看谁来演，演些什么，水平如何。靠当年的知青们演，演些知青宣传队当年的节目，水平不难预见。纵然补充新的节目内容，也必是些匆匆编排的节目，水平还是可想而知。水平注定了不高，怎可向当年的知青售票？北京是大城市，数九寒天，又是晚上，返城知青们从四面八方汇集而来，看了一场水平不高的演出，而且还是花了钱买的票，心中会做何想法？我不信他们会带着满足感深更半夜地在寒冷中久候公共汽车回家……

策划者们说少演几场行不？票价低些行不？

我说不是少演几场的问题，据我估计，最多只能演一场。第二场就会来者寥寥。返城已经十几年了，别一相情愿地将知青们集会的心劲儿估计得过高。大家都是四十好几的人了，当年那份儿知青情结即使不泯，也不必非以这一种方式体现。至于票价，除非以相对的收支平衡为原则。如掺杂获利动机，我肯定是不参与的，也不会为此做什么……

我的激烈言辞等于是大泼冷水，气氛为之沉闷起来。

我说完，也不管别人的感觉怎样，起身匆匆而去。

后来，他们放弃了策划。可能我的话起了一定的作用。尽管我的话当时听来逆耳，但是经他们细细一想，也许认为还是有几分道理的。

大约一个星期后，内蒙古兵团的“首席召集人”马小力和一名似乎是当年插队山西的女知青来到我家。小力是《草原启示录》的总编辑。她们出示了一份演出策划书征求我的意见。我大略一看，觉得类似我激烈反对过的那一策划。一问，果然便是。原来那一策划被某文化公司接了过去。北大荒知青既放弃了，他们便找到内蒙古兵团的“首席召集人”马小力。出于拓宽对象范围的考虑，将“北大荒知青”主题改为更宽更大的“老三届”主题。

我坦率地向马小力重申了我的顾虑和不变的态度。

小力沉思良久，也对我直言：第一，此事必做不可，因合同已签，前期经费已投入，有些节目也已开始排练，而且已进行宣传，没了退路。第二，预先没想那么多，但认为我的顾虑不无道理。第三，接受我的建议，摈除一切商业目的，以不售票为大前提。至于资金，她负责“化缘”。有多少钱，做多大事。倘出现超支，亦由她尽量解决。倘经费居然还剩余，则以某种方式慰问某些知青。

她的当场决定甚合我意，也令我大为感动，于是我表示愿意参加，并做我力所能及之事。实际上小力再没为此事“麻烦”过我，我除了对节目单提出某些调整和补充意见，根本没奉献过时间和精力，只不过前去观看了演出。

入场的人比我预料的要多些。演出者们情绪较饱满，观看者们的情绪也较共鸣。谈不上水平，但是台上台下气氛融洽热烈。节目中当然少不了某些“老三届”当年熟悉的知青“革命歌曲”。刻薄之人也当然有理由据此大加嘲讽。但在我看来，那除了是共同的怀旧，娱乐一场，并不能说明别的什么。因为不售票，实际上仅仅意味着一些当年是宣传队员的知青，返城十几年以后，在春节之前，向另一些知青表达一种未相忘的情感。

据我所知，许多在环卫单位和殡仪馆工作的知青以及他们的子女，被特别优待地安排在一等座位。

对于他们，也许只有在这种活动中，才能不花钱而坐一等座位吧？也只有在这种活动中，才能觉得自己和台上的演出者之间有深厚的情感关系吧？

据我所知，最终结算下来，经费还是超支了。所幸超的不是太多。

至于小力是怎么堵上这个窟窿的，我就不得而知了。

难得马小力那一种开弓没有回头箭的精神和“一切包在我身上”的气魄。

那一场义务演出的义务主持人是王刚。

它是我参加的最后一次知青活动。

此后，我有意识地渐渐远离一切所谓的知青话题。北京以及其他各城市的知青，也再没发起过算得上任何社会现象的知青活动。传媒中五花八门的话题层出不穷。“花边儿”炒成大块儿新闻的事例比比皆是。中国已进入空前的泡沫话题泛滥成灾的时代。城市人被此泡沫整日淹没其中，谁都烦得要命但是却无处逃避。我每每暗自庆幸所谓知青话题的归于寂然。心想这对知青们首先是天大的好事。不是明星不是演艺圈内人，终于被整体地忘却了，终于不再被整体地说长论短了，也终于都能够面对身为父母身为中年人的现实而“相忘于江湖”，这比总被整体地当成件似有分量其实已毫无分量不关大多数城里人痛痒之事一再地旧话重提老生常谈要强得多啊！有时候被忘却简直意味着是被仁慈地赦免。

而今年，是“上山下乡”运动三十周年，是知青返城二十周年——会有不甘寂寞的知青发起什么纪念活动吗？

我想，肯定不会的。

我想，我的大多数同代人，经历了十年的农村“再教育”又经历了二十年的城市“再教育”，对于自己远逝了的昨天肯定早已是欲说还休了。这后十年的欲说还休与前十年的欲休还说心理况味大为不同。并且，也该终于省悟，改写了各自命运的那件三十年前的大事，原来从任何方面都是无须以任何形式纪念的。不管是多少周年，其实对自己们的“现在时”，都已经毫无必要毫无意义了。

由别人想着，达到的纯粹是别人的目的。

自己念念不忘，继续蚀损的纯粹是自己的心智。

我想，即使有人又策划什么活动，那人也许反而非是知青。因为若是知青，当能理解知青们甘于消弭掉知青情结甘于寂寞的心。

当然，书还是尽管出，唱片还是尽管制作，专题片访谈录还是尽管拍摄。

因为许多人毕竟还得做自己职业要求做的事情。

这才是从现在至以后知青话题老生常谈的真相。但是谁若企图使知青话题又热起来，恐怕使尽浑身解数也是枉然了。

而我此篇，将是我关于知青话题的最后一堆文字。

一堆告别式的文字。终结性的自言自语……

二、知青与红卫兵

“文化大革命”是知青的“受孕”时辰。

“广阔天地”是孕育知青的“子宫”。

红卫兵是知青的“胎记”。这胎记曾被知青们上几代人和下几代人中的相当一部分视为共和国母亲教育彻底失败的“逆子”。又好比《水浒传》中林冲们、杨志们被发配前烙在脸颊上的“火印”。那是秩序社会的“反叛分子”们永远抹不去的标志。是哪怕改过自新了也还将永远昭告于脸上的污点。中国民间有句俗话——“树活一张皮，人活一张脸。”秩序社会的“火印”烙在“反叛分子”们的脸上，是比发配本身还严厉的惩办。比“黑名单”高明。所以，在古代，一个人脸上若被烙了“火印”，那么就被公认为是社会异类了。连牛二式的泼皮们，也是可以瞪起眼斥之曰“贼配军”的。然古代的“火印”，并不往任何女犯的脸上烙，以此体现着对女性的一点儿宽大。但是中国当代的知青们，由于经历了“文化大革命”，由于在“文化大革命”中十之八九都曾是红卫兵，由于红卫兵当年的种种恶劣行径和后来的声名狼藉，知青们不分男女，凡曾戴过红卫兵袖标的，便似乎都与“十年浩劫”难逃干系，便似乎都应承担着几分历史罪责了。当代的“火印”，虽非烙在他们或她们脸上，只不过烙在他们和她们自己都没法跨越的经历中，却和烙在脸上是差不多的。一看年龄，再了解出身，便可断定他们和她们当年准是红卫兵。于是便使许多中国人不禁地回忆起，自己当年曾如何如何怎样怎样地被红卫兵冷酷无情地迫害过。

所以，知青返城初期，尽管命运悲凉，境况艰难，但城市对他们和她们的态度，是同情与歧视参半的。

“活该！自作自受！”

“没有理由抱怨，只有理由忏悔！”

“大多数应该永远驱逐，不得返城！”

“变相垮掉的一代！”“狼孩儿！整代都是狼孩儿！”

“中国只能将希望的目光从这报废的一代的身上超越过去，直接投注于下一代身上！”

当年我听许多上一代人，包括许多一向心肠宽厚的知识分子和德高望重的革命老人，都曾憾然而耿耿于怀地说过类似的话。

“当年你们为什么要那么凶恶？”

“政治热忱和凶恶行径怎能混为一谈？”

“你们这一代应该被永远牢牢钉在中国历史的耻辱柱上！”

“你们当年的‘革命’方式令人发指！”

当年，我曾听许多上一代人说过类似的话，质问中，谴责与困惑参半。

所以，当年有一首唱出返城知青心理自白的歌——《我是一匹来自荒原的狼》。歌曰：

我是一匹来自荒原的狼，

城市曾是我家，
我的前身是被逐的青年。
我日夜思念我的亲娘，
只有娘对我们怀着温良……

如今，知青与城市，知青与上几代人或下几代人之间的抵牾，似乎早已被后来的岁月消除。隔阂似乎早已消失。政治色彩的代沟似乎早已填平。但是，将绝大多数知青与令人谈虎色变的红卫兵剥离开来，仍是有必要进行的一件事。此事虽然已不再影响知青们的现在，但是对于尽量恢复历史的真实还是应该的。

在一九九四年和一九九六年，我曾两次接受过德国两家电视台采访。后一次的摄像，还是名片《紫色》的一位摄影。地点都在“黑土地”餐厅。采访内容都是关于知青和红卫兵。

第一次，矮而且胖的，几乎秃顶，圆头圆脑的德国人自以为是地，言之凿凿地质问：“你们红卫兵当年杀害了自己的同胞，这是人类近代史上最可耻的一页，而你们从来也没忏悔过，请问你对此……”

在摄像机镜头前，被一个分明怀着政治挑衅心理的德国男人面对面地凝视着，听他以国际法官似的口吻提出审讯般的问题，使我觉得情形不但十分严肃，并且严肃得引起我强烈的反感。尤其是，一想到他来自于一个法西斯主义主宰过的国家，一想到那个自认为是世界上最优等的民族在第二次世界大战时期对犹太人灭绝人性的屠杀，更觉得严肃中包含着荒唐。所以我不客气地打断他的话（实际上是打断了替他充当翻译的中国同胞的话，他看上去是我的同代人），我说：“先生，请你不要一再用‘你们红卫兵’这样的指谓对我提问题！我这个红卫兵当年没有伤害过任何人！恰恰相反，我曾尽量以我所能做到的方式同情过被伤害的人！我很负责任地告诉你，不是所有的红卫兵当年都如你所想象的那样是法西斯分子和盖世太保！绝大多数红卫兵，其实没打过人，没直接凌辱或迫害过人，没抄过家，更不一律是杀人凶手！要说可耻，我们两国历史上都有类似的污点！而你们的污点更大。如果说我们的污点中有大量墨的成分（我认为更多的红卫兵是通过‘大字报’的方式伤害了别人），那么你们的污点百分之百是鲜血凝成的！至于谈到忏悔，你怎么知道当年的红卫兵现在不忏悔？我了解的中国红卫兵，其实几乎百分之百地忏悔过！‘文化大革命’中红卫兵并没伤害到外国去，所以只对中国忏悔，没必要对全世界下跪！尤其不必对你们德国人表示忏悔！……”

我早已看出充当翻译的我的中国同胞，一次次“贪污”了我的话。

于是我指着他说：“你他妈的要照实翻译！不要因为他付你翻译费你就怕得罪他们！如果你不照实翻译，我起身便走！那么最尴尬的是你！”

他翻译后，我缓和了口吻，问他是什么家庭出身。

他低声回答是工人家庭出身。

我说：“那么你当年肯定也是红卫兵无疑。如果你小子当年打过人，那么你自己回答他，你当年打人时心里是怎么想的；如果你当年没打过人，那么你告诉他，没打过人的红卫兵当年确有。在他面前的你我便是！”

他的脸腾地红了。

为什么外国的电视台，采访中国的当代返城知青亦即当年的红卫兵，都偏偏要选择在“黑土地”进行呢？——因为那里四壁贴着毛泽东当年身穿军装，挥起巨手发动“文化大革命”的一幅幅宣传画。

在这样的环境里，他们主观想象“黑土地”是当年希特勒每周一发表政治讲演的诺伊曼咖啡馆。想象在中国，在“文化大革命”结束十七八年后，红卫兵阴魂不散，仍经常以返城知青的身份每晚聚于“黑土地”，一边大快朵颐一边回忆“峥嵘岁月稠”。也许，还进一步想象，秘密策划中国的第二次“文化大革命”……

所以，倒是他们自己的脸上，都有种心照不宣的颇神秘的表情。仿佛他们的摄像机摄下的，可能将是某一天突然变成现实的珍贵的历史资料。

那一天外边下着霏霏细雨。他们甚至可笑地，也有几分难以启齿地请求我再从外往里走一次。我满足了他们这一请求。扛摄影机的德国先生，半蹲着在我前边倒退上楼——我懂电影电视，我知道那是在拍我的腿部……

在中国，在北京，在一个雨夜，一双腿沿着狭窄的楼梯而上——镜头一变，空间豁然宽敞，四壁皆是当年的“文化大革命”宣传画……

倘再配上如此旁白——“当年的中国红卫兵们，今天以返城知青的身份，经常聚集在这个专为他们开的餐厅讨论中国当前政治，总结‘文化大革命’经验……”云云，那一定是非常能蒙他们本国人的。

我满足他们的请求，实在是因为他们的可笑简直使我觉得可以游戏的心情对待他们的采访。

那一天晚上小餐厅无人用餐。大餐厅里只有两桌人。一位老妇人，不是奶奶必是姥姥辈的年龄最长者；六十岁左右的一对夫妇；三十岁左右的儿、媳或女儿和女婿；一个三四岁的男孩儿。分明是一家六口。六十岁左右的父母不可能当过红卫兵；三十岁左右的小两口大约出生于六四年或六五年，那么1977年“文化大革命”结束时才十一二岁，也不可能是红卫兵。显然，这一六口之家的每一成员都不可能有什么“红卫兵情结”。他们到“黑土地”用餐，不外乎两种原因——或是离家近，或是专为吃东北菜而至。

另一桌就是我这个中国人和德国的采访者们。而我们到这里来不是为了用餐。于德国的先生们是“醉翁之意不在酒”，于我，纯粹是出于礼貌，为照顾他们的情绪。

德国的先生们大约感觉到了摄入镜头的气氛不够理想，还去采访那一家人，通过中国翻译尽问傻话。比如：

“你们一家为什么偏偏到这里来吃饭？”

“到这里来吃饭是希望引起特别的回忆吗？”

“那一种回忆对你们很难忘吗？有什么重要的意义吗？”

可他们却遭到了相当冷淡的对待，显然那一家人不高兴他们的用餐受到滋扰。

于是我说："先生们，我知道你们多么想要获得哪一种回答。让我告诉你们，我这个知青和当年的红卫兵，是第二次到这里。第一次是开会在这里用公餐。据我所知，这里并非当年的知青常来的地方，因为北京有许多比这里便宜的餐厅。出差的外地人倒是常来，因为他们吃的大抵是公款。而相对于公款，到这里来又算低消费。至于用图钉按在墙上的知青名片，我第一次来时就有了。此次来并不见知青名片增加了。至于那些'文化大革命'时期的宣传画，依我看纯粹是出于商业经营的目的，与有些餐馆悬挂旧上海的月份牌美女的目的没什么两样。总之先生们最好明白，这里根本不是德国当年的诺伊曼咖啡馆。这里根本不是什么具有政治色彩的地方，其与北京的一切餐馆饭店毫无区别。先生们的想象不但太主观，而且太好奇。在中国，出现毛泽东的画像，哪怕是他"文化大革命"时期的画像，与在德国又出现希特勒的画像是完全不同的事。如果先生们对此并不明白，那么意味着你们对希特勒还缺乏起码的认识，对毛泽东的认识也是极其简单肤浅的……"

我看出，我这个被采访者，不但使他们感到一时难以驾驭，同时也使他们感到极为沮丧。

第二次在"黑土地"接受德国电视台的采访，我预先就通过翻译向采访者们指出了"第三只眼看中国"的误区，而且坦率言明了在同一地方接受第一次采访的感想。我的先发制人打乱了他们的采访计划，他们不再问红卫兵，不再问"文化大革命"，而问中国的"改革"和经济问题了……

从"文化大革命"至今，国外关于中国红卫兵和知青的文章书籍相当不少，似乎具有颇执着的追踪性。只要今天的中国返城知青一有活动，其活动几乎立即就被涂上了政治色彩，而且总是与知青们的前身红卫兵联系在一起加以主观评述。国内这样煞有介事的言论虽已不多见，但也不是完全消亡了。

仿佛，有一根绳子，始终若隐若现地将知青与红卫兵各拴一头儿，所谓

“剪不断，理还乱”。

我认为，红卫兵该当是声名狼藉的称号。如果居然不是这样，那么中国简直不可救药。

我认为，当年很凶恶的红卫兵，只是极少数。大多数红卫兵，只不过是身不由己地被“文化大革命”所卷挟的青少年男女。他们和她们，既不但自己没打过人，没凌辱过人，没抄过别人的家；而且，即使在当年，对于此类“革命行动”也是暗存怀疑的，起码是暗存困惑的。

对于大学里的红卫兵，我们姑且不谈。但有一点值得指出——几乎全国一切大学里的红卫兵，都曾分裂为两派。一曰“造反派”，一曰“保皇派”。“保皇派”一般反对打砸抢，反对武斗，反对“触及皮肉”。“保皇派”们高举的旗号是“十六条”。“十六条”是按毛主席的指示以“党中央”的名义颁布的。但毛主席在“文化大革命”初期实际欣赏的是“造反派”，反而并不太喜欢主张严格遵守“十六条”的红卫兵们。所以，江青才敢在大学的红卫兵代表大会上公然说：“好人打好人误会，好人打坏人活该！”并提出了使“造反派”们欢呼“江青同志万岁”的唯恐天下乱得还不够的口号——“文攻武卫”。而哈尔滨军事工程学院当年最大的“保皇派”红卫兵组织“八八团”，乃是由毛主席亲自下令解散的。以上历史情况起码可以说明，无论在大学里、高中里还是初中里，确曾有一批红卫兵，他们的本愿其实是只想动笔，不愿动手，只想批判别人的思想、路线，不愿逼得别人家破人亡。总而言之，他们希望以较文明的方式表现自己“关心国家大事”。虽然，他们也是被利用的工具，也客观上起到了对“文化大革命”推波助澜的作用，但主观上毕竟与很凶恶的红卫兵有区别。

“老三届”，是指“文化大革命”开始之前，已经读到了初三初二初一、高三高二高一的学生；“新三届”，是指“文化大革命”中由小学升入初中或由初中升入高中的学生。“新三届”中，有相当数量的学生，在红卫兵“造反有理”的两年内是小学生，是“红小兵”。即使也“造反”过，对他人对社会的危害毕竟不那么大。只有极少数“文化大革命”中的初中生后来升入高中。他们升入高中后，“上山下乡”已开始。红卫兵运动的已进入尾声。他们的红卫兵劣迹，是在升入高中以前，亦即在身份是“老三届”的“停课闹革命”的两年里。而他们并未能如愿以偿读完高中，很快也难幸免地“上山下乡”了……

所以，除却大学不作分析，初中高中红卫兵们的劣迹，主要发生在“老三届”中，“新三届”的同代人，显然比较冤枉地受了红卫兵狼藉名声的牵连，其大多数当予以平反。

在“老三届”中，以我的初中母校哈尔滨二十九中为例，略作回顾，便见分晓。我所在的初三九班，共有五十四名学生，仅一人在某次批判会上打过某位教俄语的男老师一次，另有一二人参加过抄家。因为他们在班里是太少数，所以我的记忆很深刻。打过老师的那名同学，当年是我们一些关系较好的同学之一。而且，正因为关系较好，又因为那次批判会是本班级范围内的一次极小型批判会，所以才有人敢于公开制止。当然，公开而严厉制止的，是我和另外几个他的朋友。事后我们都很生他的气，数日内不愿理他，并且告知了他母亲。他母亲又将他狠狠训了一顿。近几年我回哈市，与初中老同学相聚时，共同忆起当年事，他们都不免地自言惭愧。我们全校三个初中年级共一千二百余名学生，屈指算来，当年有过凌辱师长打骂师长劣迹的，组织过参加过抄家的，最多不超三十人。而且，几乎一向是他们。他们中有平素的好学生，也有名声不太好的学生。好学生，唯恐被视为旧教育路线的“黑苗子”，故“决裂”特别彻底，表现特别激烈。希望通过“造反”，校正自己的形象，重新获得“无产阶级教育路线”对自己的好印象，依然是“苗子”。至于那些名声不太好的学生当年的真实想法，据我分析不外乎三种：一、投机。过去我不是好学生，现在好与不好的标准不同了，甚至截然相反了，我终于可以也是好学生了吧？不就是“革命”不就是“造反”吗？比在功课方面取得好成绩容易多了，也痛快多了。“该出手时就出手”，不“出手”白不“出手”，“革命”鼓励如此，何乐而不为呢？二、泄私愤。过去我怎么不好了？哪点儿不好了？原来不是我不好，而是过去的教育路线教育制度不好，是老师们校长们教导主任们过去不好。原来我受委屈了，始终被压制着啊！有毛主席撑腰，现在该轮到我抖抖威风了。哼，他们也有今天！三、自幼受善的教育太少太少，受恶的影响太多太多。心灵或曰心理有问题。那恶的影响也许来自不良家庭成员的怂恿或教唆，甚至可能干脆是从父母那儿遗传来的。也许非是来自家庭，而来自家庭学校以外的某一恶环境。他们其实并无什么投机之念，也颇不在乎自己给哪一条教育路线哪一种印象。只不过快感于自己心灵中恶的合法又任意的释放。你若问他对哪位师长曾怀恨在心，他们极可能大摇其头道这是根本没有的事儿！而这又可能是真的。但他们就是抑制不住地非常亢奋地去凌辱人伤害人打人。那使他们体验到无法形容的快感。这些人是最冷酷最危险的红卫兵。如果“革命”号召用刀，他们便会公开杀人取乐。像日德法西斯当年屠杀我们的同胞屠杀犹太人一样。恰恰是这样一些红卫兵，后来绝少忏悔，甚至于今也不忏悔。谈起自己当年的行径往往狡辩地说：“当年我被利用了，上当受骗了。”

在“文化大革命”中，有另一种现象也很值得分析研究，那就是——凡重点中学的红卫兵，有高中的中学的红卫兵，和各大城市的女中的某些女红卫兵以及最差的中学的红卫兵，其“革命”皆表现出严重的暴力倾向。

哈尔滨市有几所中学当年又叫“工读中学”，其学生成分较为复杂，有就近入学的，也有落榜后扩招的学生，还有经过短期劳教的少男少女。社会看待这类学校的目光难免会带有成见甚至偏见，这类学校的学生也常常认为自己是被划入另册的。所以他们的“造反”不无对社会进行公开报复的意味。前边分析到的心灵或曰心理有问题的学生，在这类学校较其他学校多一些。所以这类学校注定了是中学“文化大革命”运动的重灾区。

重点中学的红卫兵一向心理优越，故戴上了红卫兵袖标，依然要证明自己的优越，依然要以“革命”的方式体味那一种优越的感觉。加之这些中学既曰重点，当然办学方针上“罪名”更多，因而给了这些中学的红卫兵们更大的“造反”理由和空间。好比这样的一种情形——幼儿园的阿姨问某些受偏爱的孩子：“阿姨处处优待你，你怎么偏偏带头调皮？”

孩子回答：“正因为你处处优待我，所以你有罪。”

他不是不喜欢被优待，而是带头“调皮”时，能体味到区别于其他调皮孩子的另一种优越感。这另一种优越感比一向被优待的优越感更能使他获得心理上的满足。

上高中是为了考大学。尤其重点中学的高中生们，一脚在大学门里，一脚却在大学门外——“文化大革命”正是在这种个人前途攸关的时候明明白白地告知他们：“革命”积极的可以继续上大学。高考制度废除了，上大学完全不需要考试，只以“革命”的表现来论资格。“革命”特别积极的，甚至可以直接培养为革命干部队伍的接班人；表现消极的，那只能怪你自己，那你白上高中了。这已经不是教育制度的“改革”问题，而是不折不扣的政治诱导了。又，在全国各大城市，凡有高中的中学，几乎皆是各级重点中学。这类学校的红卫兵“革命”精神高涨，实属必然。在这类学校，高中红卫兵才是主角，初中红卫兵只不过是配角罢了。

至于女中的某些女红卫兵们何以特别凶恶，我多年来一直想不大明白。但是我曾亲见过她们抡起皮带抽人时的狠劲儿，凌辱人时的别出心裁，仿佛在这一点上，要与某些凶恶的男红卫兵一比高下。真的，我至今也想不大明白。或许，仅仅要以此方式引起男性们对自己们是不寻常之女性的性别注意？与如今某些女性以奇装异服吸引男人们的目光出于同念？

当年，普通中学的红卫兵，往往大多数是“革命”行为不怎么暴烈的红卫兵。

似合乎着这样的逻辑：平庸的环境中多出“平庸之辈”。

我的中学母校恰是一所普通初中。

我这个红卫兵在“文化大革命”中不争的“温良恭俭让”，还因我的哥哥是从这所初中考入全市的头牌重点高中继而考上大学的。从校长到教导主任再到许多老师，都认识我，知道我是他们共同喜欢的一个毕业生的弟弟，就是逼我，我也不愿做出任何伤害他们的事。我下乡后，每年探家，甚至落户北京后每年探家，差不多总是要去看望我哥哥当年的班主任……

还有一些中等专业学校的红卫兵们，“革命”的暴力倾向当年也有目共睹。这可能是由于，他们的身份将很快不再是学生，而他们其实很留恋学生身份。红卫兵是他们以学生身份所进行的最后的人生表演。因为是最后的，所以格外投入，而且希望一再加场。

当年哈尔滨市电力工程学校某红卫兵组织叫作“红色恐怖造反团”。它不但自认为是绝对红色的，而且确实追求恐怖行为。此红卫兵组织当年使许多哈尔滨人闻之不寒而栗。

还以我的初中母校为例，三十余人虽然只不过是一千二百余人的四十分之一，但也足以使一所初中变成他们随心所欲的“革命娱乐场”。母校的校长、教导主任以及数名老师都遭到过他们的凌辱。比如被乱剪过头发，被用墨汁抹过“鬼脸”，被抄过家。

而起码有半数学生，在那种情况之下不得不呼喊口号，以示自己对“文化大革命”并无政治抵触。这实际上也等于直接支持了他们，间接伤害了被伤害者。有几次，我也是这类红卫兵之一。仅仅为了一份合格的“文化大革命”鉴定，我虽然违心但是毕竟参加过所谓的批斗会。

一次挂牌子、戴高帽、弯腰低头的批斗过程中，突然有一名手拿墨汁瓶的学生走上台，台下的学生还没有反应过来他究竟要干什么，被批斗者们的脸上、身上就都已变黑。

刹那间，台下极为肃静。

那是发生在我的母校的第一次公开凌辱师长的行为。那一名学生“文化大革命”前因某种劣迹受到过处分。

台下刹那间的肃静说明了许多学生当时的心理状态。他们不但震惊，同时还产生了反感。

我当时的心理更是如此。我在《一个红卫兵的自白》中对这件事做过较详细的描述。

于是台上的学生在那一阵异常的肃静中振臂高呼“造反有理，革命无罪”之口号。

台下呼应者寥寥无几。

有名女生怯怯地喊了句：“要批判思想，不要凌辱人格！”她的声音立刻被台上的口号压住……

当然，挂牌子、戴高帽、弯腰低头也是对人格的凌辱，但却似乎在大多数“文化大革命”中人的接受范围以内，并不认为过激。

亲眼目睹了数次凌辱事件以后，我的心理对此现象竟渐渐麻木了，反应不像第一次那么敏感了。仿佛这也属于“革命”的常规现象了，所谓见多不怪了。

我想，大多数“文化大革命”中人，其心理渐趋麻木的过程应和我一样吧。

又一次，我与几名同班同学到我家附近一所中学去打篮球，见操场上围了一圈那所中学的学生——有一个人颈上被拴了链子，被抹了“鬼脸”，像狗似的被牵着绕着操场爬，还在被踢着的情况下学狗叫……

那人是那所中学的校长。

我和几名同学见状转身便走。我们都是老百姓家的孩子。我们的父母都很善良。我们的心灵中无恶。对于我们所憎恶的现象，我们也只有默默转身走开。因为你根本不可能制止得了。你的制止在当年也肯定不同于现在提倡的见义勇为，反而会使遭凌辱的人雪上加霜。

保守一些估计，平均下来，倘每所中学有五十名凶恶的红卫兵，那么全哈尔滨市近八十所中学，就是一支四千余人的具有暴力倾向、虐待倾向的“队伍”。算上中专、大专、大学的同类红卫兵，再算上各企业各机关单位的同类人，将是一支三万余人的“队伍”。相对于二百余万人，三万余人仍只不过是七十分之一。

但就是这三万余人，就是这七十分之一，也足以使整个城市乌烟瘴气，全面混乱，人人觉得危机四伏，做梦都担心某一日在毫无心理准备的情况下突然被宣布为“革命”对象甚至“革命”的敌人。

那三万余人，七十分之一，乃当年生逢其时的“造反英雄”，仿佛天下者是他们的天下，国家者是他们的国家。除了毛主席本人，没有任何权威可限制他们的几乎任何“革命”行动。

当年，哈尔滨军事工程学院“红色造反团”的头头们，因不断制造武斗在北京接受周总理调解时，甚至趾高气扬，根本不将周总理放在眼里。

当年哈尔滨红卫兵人数对比、思想对比和心理对比的概况，我认为，基本上也就是全国学生红卫兵的概况。

当年，最凶恶的红卫兵依次“活跃”于以下城市和地区——北京、长沙、武汉、成都、哈尔滨、长春以及新疆、云南、内蒙古……

而北京有着为数最多的军人家庭的红卫兵。他们的凶恶甚于一切红卫兵。他们的“革命”在许多方面模仿他们父辈当年的革命，以“革命”是“急风暴雨式的暴烈的行动”为理论。而这理论亦正是他们的父辈当年遵循着夺取政权的革命理论。

所以，当年我对北京军人家庭的红卫兵，是心存厌憎地。因我无法分出当年的他们谁更凶恶，谁更人道，便只有一概地厌憎。当然，于今想来，他们中肯定也是大有区别的。也许，《阳光灿烂的日子里》的男主角们，便算是不怎么凶恶的了吧?

当年北京的某些女红卫兵，比全国其他一切城市的女红卫兵都心狠，颇敢往死里打人。

有次与舒乙先生谈起他父亲老舍，舒乙说:“你能想到吗？当年肆意凌辱我父亲的，打他的，大多数是些中学的女红卫兵呀！按年龄还是些少女啊！……”

我说："红卫兵和红卫兵不太一样。"

他说："那倒是。有次又有些红卫兵闯入我家，就是些比较温良的红卫兵。'文化大革命'中养花不是属于资产阶级生活方式吗？可她们并没毁掉我家的花。临走还在门上贴了一张告示——'这家的老太太是画画的，可以允许养花，警告任何红卫兵组织不得采取极端行动'……"

舒乙先生说时流露出几分感慨的样子。

我下乡不久，便当了男知青们的班长。因为最初连队总共十几名男知青，也就只有一个男知青班。我的知青知己是和我同校且同班的同学杨志松，他如今在《健康报》工作。除了我俩，其他男知青来自三四所中学。有一名"工读"学校的高二的男知青，胸前一片狰狞可怖的疤痕，据我后来所知，便是下乡前在武斗中被火药枪喷射的。和他同校的一名初二的知青，曾神秘地向我透露——他是一名有恶迹嫌疑的红卫兵小头目，下乡纯粹是为了躲避追究。半年后他从我们连队消失了，据传是被恢复神圣使命的公安部门押解回城市去了……

一天中午，我正午睡，被杨志松拖起，让我去制止知青的打人暴行。离知青宿舍不远的院子里，住着一名单身的当地男人，五十余岁，被列为"特嫌"人物，出入受到限制和监视。我班里的三四名知青，中午便去逼供。等我和杨志松走入院子，他们正从屋里出来，一个个脸上神色颇为不安。为首的，一边从我们身旁走过一边嘟囔："真狡猾，装死！……"

我匆匆走入屋里，见床上的人面朝墙蜷缩着，不动也无声息。

我走近叫了他几声，他仿佛睡着了。我闻到了一股屎尿味儿。时值盛夏，我见他的裸背上有几处青紫。

我追上班里那三四名战士，喝问他们是不是打人了。

他们都摇头说没打。

"没打他身上为什么有好几处青紫？！"我心头不禁冒火，拦住他们，不许他们走。

为首的终于交代："他不招嘛，所以，只轻轻打了几下……"

我不认为这是小事，立即转身赶去指导员家汇报。

半小时后，连里的干部和卫生所的一名医生都赶往那屋子。

那人已经死了。

他们打他时，往他口中塞了布，所以，尽管那院子离知青宿舍很近，但午睡中的我，却并没听到一声哀叫。那件事使我在相当长的日子里内心感到自责。因为我是班长，有三四名知青不在宿舍里睡午觉，我却没想到问问他们究竟干什么去了……

连卫生所医生开的死亡诊断是"突发性脑溢血"。

然而我清楚，医生清楚，连里的干部也清楚，那人实际上是被用木棒活活打死的。

我要求连里严厉惩处那几名知青，连干部们出于自身的种种考虑，只给予了他们口头警告。为首者，还是副班长。我又要求连里起码撤销他的副班长职务，否则我就不再担任班长。连干部们见我态度强硬，只得照办。但从此那几名知青便对我耿耿于怀，而我也不再对他们有一点儿好脸色……

我当了小学教师以后，知死者是我一名学生的亲"大爷"。不久，又知死者根本不是什么"苏修"特务……

"黑土地回顾展"结束，一些北京知青与一些外地知青相聚叙旧的场合下，有一名外地知青谈到他那篇收在《北大荒风云录》的文章时说——当年我们思想太单纯太革命了，所以就难免做下了些错事……

恰巧，他那篇自述性的文章我看过——他下乡后，在一个冬季里，将一名老职工一个"大背"摔进了满着冰水的马槽里，那老职工当即昏晕在马槽里，全身浸没水中……

只因为那老职工偷过点儿连里的麦子喂自家的鸡……

几天后那老职工死了……

我问他："你如今忏悔了？"

他说："是啊，要不我能写出来吗？"

而我之所以那样问他，是因为我读他的文章时根本没读出什么忏悔的意味。写自己当年的暴力行径绘声绘色，最后的一行忏悔也只不过是用文字公开重申——自己当年太革命因而太冲动了……

我又说："你当年的行径和思想单纯与'革命'二字有什么关系？"

他一怔，反问："那你说和什么有关系？"

我冷下脸道："只和你的心理有关系！证明你内心原本就有一种恶。至于为什么有，你最应该自问！你现在还没找到正确的答案，证明你的忏悔根本算不上忏悔！……"

我说时，连连拍桌子，四座因而不安……

今年，当我们整代人回忆我们差不多共同的经历时（即使我们自己并不愿回忆，也还是要被别人一再地劝说着进行回忆。甚至，由别人替我们进行回忆。因为这回忆多多少少总会带动些经济效益），我们几乎都一致地，心照不宣地，讳莫如深地避开了这一点——三十二年前，在我们还不是知青的两年前，我们的另一种经历另一种身份是红卫兵。

而红卫兵曾给许许多多家庭、许许多多中国人造成了终生难忘的伤痛。

它不但声名狼藉并且是"文化大革命"暴力的同义词。

的确，它是我们的"胎记"，是我们脸上的"火印"。

它几乎使我们整代人中的每一个一旦遭遇"文化大革命"话题则不免地羞愧无言。就如林冲们、杨志们一旦被人正面注视，立刻就能明白别人在眈眈盯着自己脸上的什么。

而依我想来，"文化大革命"话题在中国，也许将比知青话题更长久。起码，将会是你中有我、我中有你共存共亡的两个话题，似母子关系。

而我最终要说的是：

第一，不是整整一代人中当年凡戴过红卫兵袖标的，皆凶恶少年或残忍少女。

第二，所以这一代人中的大多数，亦即接着成了知青的人中的大多数，应被从以后的“文化大革命”话题中予以解脱。事实是，这大多数，其实并不比当年全中国的大多数人更疯狂。

第三，疯狂的红卫兵有之，凶恶的残忍的红卫兵亦有之。倘他们于今仍自言“当年太单纯太革命了”，那么则意味着他们仍毫无忏悔，仍在狡辩；倘我们作为同代人替他们说，则意味着我们仍在替他们洗刷劣迹。而想想我们当年面对他们的凶恶和残忍做过配角和观众（全中国人几乎皆如此！），由我们替他们洗刷劣迹又是多么具有讽刺性质！倘由以后仍热衷于“文化大革命”话题的人仅从政治上去分析，那么不但不能得出更客观更接近真相的结论，也根本无法将他们和大多数区别开来……

最后，我将知青与红卫兵连在一起分析，乃是要达到这样的目的：倘我们的儿女们今后发问：“你们自己是不是觉得自作自受呢？”——返城二十年间，这难道不是我们常常听到的冷言冷语吗？

而我们可以毫不躲闪地、坦率地、心中无愧地迎住他们的目光回答说：“我们大多数的本性一点儿也不凶恶。我们的心肠和你们今天的心肠毫无二致。我们这一代无法抗拒当年每一个中国人都无法抗拒的事。我们也不可能代替全中国人忏悔。‘上山下乡’只不过是我们的命运，我们从未将此命运当成报应承受过！……”

三、知青与知识

据我所知，“知识青年”之统称，早在“五四”之前就产生了。那时，爱国的有识之士们，奔走呼号于“教育救国”。于是在许多城市青年中，鼓动起了勤奋求学以提高自身文化素质，储备自身知识能量，希望将来靠更丰富的才智报效国家的潮流。用现在的说法，那是当年的时代“热点”。许多不甘平庸的农村青年也热切于此愿望，呼应时代潮流，纷纷来到城市，边务工，边求学。

那时，中国读得起书的青年有限。好在学科单纯，且以文为主。读到高中以上，便理所当然地被视为“小知识分子”了。能读能写，便皆属“知识青年”了。而达到能读能写的文化程度，其实只要具备小学五年级以上至初中三年级以下的国文水平，就绰绰有余了。那时具备初中国文水平的男女青年，其诗才文采，远在如今的高中生们之上。甚至，也远非如今文科大学的一二年级学生们可比。

那时，“知识青年”之统称，是仅区别于大小知识分子而言的，是后者的“预备队”。而在大批的文盲青年心目中，其实便等同于知识分子了。

他们后来在“五四”运动中，起到过历史不可忽略的作用。虽非主导，但却是先锋，是恰如其分的主力军。

新中国成立后，城市首先实行中学普及教育。文盲青年在城市中日渐消亡，“知识青年”一词便失去了针对意义，于是夹在近当代史中，不再被经常用到。它被“学生”这一指谓更明确的词替代了。

即使在“文化大革命”中，所用之词也还是“学生”。无非前边加上“革命的”三字。

“知识青年”一词的重新“启用”、公开“启用”，众所周知，首见于毛主席当年那一条著名的“最高指示”——“知识青年到农村去，接受贫下中农的再教育，很有必要。”

于是一夜之间，二十世纪六十年代末七十年代初的几届城市初中生、高中生，便通通由学生而成为“知识青年”了。

这几届学生当初绝对不会想到，从此，“知青”二字将伴随自己一生。而知青话题也将永远成为与自己的经历、自己的命运密切相关的中国话题。

细思忖之，毛主席当年用词是非常准确的。在校继读而为“学生”。“老三届”当年既不可能滞留于校继读，也不可能考入大学（因高考制度已废除），还不可能就业转变学生身份，于是便成了浮萍似的游荡于城市中的“三不可能”的“前学生”。除了一味“造反”，无所事事。而一味“造反”，不但自己烦了，毛主席也开始烦他们了。

“三不可能”的“前学生”，再自谓“学生”或被指谓“学生”，都不怎么名副其实了。

叫“知识青年”则十分恰当。

区别是，“五四”前后，青年为要成为“知识青年”而由农村进入城市；“文化大革命”中，学生一旦被划归“知识青年”范畴，便意味着在城市里“三不可能”。于是仅剩一条选择，便是离开城市到农村去。情愿的欢送，不情愿的——也欢送。

至今，在一切知青话题中，知青与知识的关系，很少被认真评说过。

其实，知青在“前学生”时期所接受的文化知识，乃是非常之有限的。于“老三届”而言是有限，于“新三届”亦即“文化大革命”中由小学升入中学的，则简直可以说少得可怜了。

知青中的“老高三”是幸运的。因为在当年，除了大学生，他们是最有知识资本的人。他们实际上与当年最后一批，亦即六六届大学生的知识水平相差不多。因为后者们刚一入大学，“文化大革命”随即开始，所获大学知识也不丰富也不扎实。“老高三”又是不幸的。其知识并不能直接地应用于生产实践，主要内容是考大学的知识铺垫。考大学已成泡影，那么大部分文化知识便成了“磨刀功”。而且，与大学仅一步之遥，近在咫尺，命运便截然不同。即使当年，只要已入了大学门，最终就是按大学毕业生待遇分配去向的。五十余元的工资并未因“文化大革命”而取消。成了知青的“老高三”，与“老初三”以及其后的“新三届”知青，命运的一切方面毫无差异。他们中有人后来成了“工农兵学员”或恢复高考的第一批大学生，但是只是极少数。更多的他们，随着务农岁月的年复一年，知识无可发挥，渐锈渐忘，实难保持“前学生”活跃的智力，返城前差不多已变成了文化农民或文化农工。

他们和她们，当年最好的出路是成为农村干部、农场干部或中小学教师。

我所在的兵团老连队，有十几名“老高三”，两名当排长，两名当了仅隔一河的另一连队的中学教师，一名放了三四年牛。其余几名和众知青一样，皆普通“战士”，有的甚至受初中生之班长管束。

我当了连队的小学教师后，算我共五名知青教师，两男三女。除我是“老初三”，他们皆“老”字号的高一高二知青。

我与“老”字号的高中知青关系普遍良好。他们几乎全都是我的知青朋友。在朝夕相处的岁月里，他们信任过我，爱护过我。我是一名永远也树立不起个人权威的班长，在当小学教师前，一直是连里资格最老的知青班长，而且一直是在特殊情况下可以自行代理排长发号施令的一班长。故我当年经常对他们发号施令。他们有什么心中苦闷，隐私（主要是情爱问题），皆愿向我倾吐。而我也从内心里非常敬重他们。他们待人处世较为公正，在荣誉和利益面前有自谦自让的精神，能够体恤别人，也勇于分担和承担责任。前边提到的那两名当中学教师的“老高三”，一名姓李，一名姓何，都是哈尔滨市的重点中学六中的学生，都有诗才，而且都爱作古诗词。说来好笑，我常与他们互赠互对诗词。有些还抄在连队的黑板报上。讽刺者见了说“臭”，而我们自己却能从中获得别人体会不到的乐趣。他们中，有人曾是数理化尖子学生，考取甚至保送全国一流理工大学原本是毫无疑问之事，也有人在文科方面曾是校中骄子。

如当不了中学老师，数理化在“广阔天地”是无处可用的知识，等于白学。最初的岁月，他们还有心思出道以往的高考题互相考考，以求解闷儿，用用久不进行智力运转的大脑。

而他们中文章写得好的，却不乏英雄用武之地。替连里写各类报告、替“毛著标兵”写讲演稿、替知青先进人物写思想总结材料、为连队代表写各种会议的书面发言……包括写个人检讨、连队检讨和悼词。

写得多了，便成了连队离不开的、连干部们倚重的知青人物。

于是命运转机由此开始，往往很快就会被团里、师里作为人才发现，一纸调函选拔而去，从此手不沾泥肩不挑担，成了“机关知青”。

我也是靠了写，也是这么样，由知青而小学教师而团报导员的，也做了一年半“机关知青”。

而“机关”经历，既决定了他们后来与最广大的知青颇为不同的命运，也决定了他们与那些智商优异、在校时偏重于数理化方面的知青颇为不同的人生走向。

首先，“机关”经历将他们和她们培养成了农村公社一级的团委干部、妇女干部、宣传干部，甚至，主管干部升迁任免的组织部门的干部。倘工作出色，能力充分显示和发挥，大抵是会被抽调到县委、地委去的。在农场或兵团的，自然就成了参谋、干事、首长秘书。

其次，“机关”，教给了他们和她们不少经验。那些经验往往使他们和她们显得踏实稳重，成熟可靠。而任何一个中国人，若有了三至五年的“机关”经历，那么，他或她在如何处理人际关系的学问方面，起码可以说是获得了本科或硕士学位。

以上两点，亦即档案中曾是知青干部的履历，和由“机关”经历所积累的较为丰富的处世经验，又决定了他们和她们返城后被城市的“机关”单位优先接受，何况，“机关”当年还将上大学的幸运的彩球一次次抛给他们和她们。

根本无须统计便可以十分有把握地得出这样的结论——作为当年的知青，如今人生较为顺遂的，十之七八是他们和她们。

我指出这一点，绝不怀有任何如今对他们和她们心怀不良的意图。事实上我一向认为，他们和她们的较为幸运，简直可以说是十年“上山下乡”运动本身体现的有限之德。否则，若将几千万知青的人生一概地全都搞得一败涂地，那么除了一致的诅咒也就无须加以分析了。

那些智商优异在校时偏重于数理化的知青，如果后来没考上大学，没获得深造的机会，其大多数的人生，便都随着时代的激变而渐趋颓势。甚至，今天同样面临“下岗”失业。

我常常忆起这样一些“老高三”知青，后来也曾见到过他们中的几人。一想到他们学生时特别聪明特别发达的数理化头脑，被十年知青岁月和返城后疲惫不堪的日子严重蚀损，不禁地，顿时替他们悲从心起。

我曾问过他们中的一个：“还能不能对上高中的儿子进行数理化辅导？”

他说翻翻课本还能。

又问：“那，你辅导吗？”

他摇头说不。

问：“为什么不？”

说怕翻高中课本。一翻开，心情就会变坏，就会无缘无故地发脾气。

接着举杯，凄然道：“不谈这些，喝酒喝酒。”

于是，我也只有陪他一醉方休。

以上两类知青命运的区别，不仅体现于“老高三”“老高二”“老高一”中，而且分明地也同样体现于“老初三”中。

但那区别也仅仅延至“老初三”，并不普遍地影响“老初二”“老初一”的人生轨迹。初二和初一，纵然是“老”字牌的，文化知识水平其实刚够证明自己优于文盲而已。

继“老三届”其后下乡的几批知青，年龄普遍较小，在校所学文化知识普遍更少。年龄最小的才十四五岁，还都是少男少女。我们儿童电影制片厂几年前拍的一部电影片名就是《十四五岁》。电影局规定——主人公年龄在十七岁以下的电影，皆可列为儿童影片。当年的少男少女型知青们，其实在“文化大革命”中刚刚迈入中学校门不久便下乡了。

他们和她们，等于是在文化知识的哺乳期就被断奶了。这导致了他们和她们返城后严重的、先天性的“营养不良”，也必然直接影响了他们和她们就业机遇的范围，并且，历史性地阻断了他们和她们人生的多种途径。如今，他们和她们中的相当一部分成了“下岗”者、失业者。返城初期，在他们和她们本该是二三级熟练工的年龄，他们和她们开始学徒。当他们和她们真的成了熟练工，他们和她们赖以为生的单位却消亡了。

一部分，在知识哺乳期被强制性地“断奶”了；一部分，当攀升在教育最关键的几级阶梯的时候，那阶梯被轰然一声被拆毁了；只有极少幸运者，或得到过一份后来不被社会正式承认的“工农兵学员”的文凭，或后来成为中国年龄最长的一批大学毕业生。高考恢复后他们和她们考入大学的年龄，和现在的博士生年龄相当。

这便是一代知青和知识的关系。

这便是为什么中国科技人才的年龄链环上中年薄弱现象的根本原因之一。

所幸知青中的极少数知识者，在释放知识能量方面，颇善于以一分“热”，发十分“光”。所幸中国科技人才队伍，目前呈现出青年精英比肩继踵的可喜局面，较迅速地衔接上了薄弱一环。

曾说知青是“狼孩儿”的，显然说错了。

曾夸知青是“了不起的一代”的，显然过奖了。

断言知青是“垮掉的一代”的，太欠公道。因为几乎全体知青，在长达三十年的时间内所尽的一切个人努力，可用一句话加以概括，那就是——有十条以上的理由垮掉而对垮掉二字集体说不。事实证明他们和她们直到今天依然如此。

也许，只有“被耽误了的一代”，才是最客观的评说。

“知识就是力量”——对于国家如此，对于民族如此，对于个人亦如此。面对时代的巨大压力，多数知青渐感自己已是弱者。并且早已悟到，自己恰恰是，几乎唯独是——在知识方面缺乏力量。

他们和她们，本能地将自己人生经历中诸种宝贵的经验综合在一起，以图最大限度地填补知识的不足。即便这样，却仍无法替代知识的力量。好比某些鸟疲惫之际运用滑翔的技能以图飞得更高更久，但滑翔实际上却是一种借助气流的下降式飞行。最多，只能借助气流保持水平状态的飞行。

如果你周围恰巧有一个这样的人存在着，那么他或她大抵是知青。只有知青才会陷入如此力不从心的困境，也只有知青才能在这种困境中显示出韧性。

那么，请千万不要予以嘲笑。那一种精神起码是可敬的。尤其，大可不必以知识者的面孔进行嘲笑。姑且不论他或她真的是不是知青。

知识所具有的力量，只能由知识本身来积累，并且只能由知识本身来发挥。

知识之不可替代，犹如专一的爱情。

至于我自己，虽属知青中的幸运者，但倘若有人问我现在的第一愿望是什么，那我百分之百诚实的回答是——上学。

我多想系统地学知识！有学识渊博的教授滔滔不绝地讲，我坐在讲台下竖耳聆听，边听边想边记那一种正规学生的学法……

四、知青与知青文学

长期以来——自从那最初几篇知青题材的小说问世后，文学界、出版界、作家们和评论家们及社会学界和新闻界，一致形成着一种主观的、错误的，并不符合实际情况的判断。那便是，认为在许多城市中，尤其许多大城市中，存在着一个人数极其可观也极其热忱的读者群体，而他们都是返城知青。认为他们都像蜂蝶觅花丛一样，一嗅到花粉的芬芳，便会嗡嗡一片地飞去，沉湎于知青题材的小说、诗歌、散文、回忆录中不愿旁顾。

于是“知青文学”的命名诞生。

于是“知青文学”现象经常成为话题。

当然，如果根本否认返城知青爱读知青文学，也不够实事求是。但，这些爱读知青文学的返城知青，数量远比以上各界人士估计的少。不只少一些，而是少许多。

进而言之，如果确有所谓“知青文学”的读者群体，那么其主要成分也非是返城知青，而是另外一些人。

与我关系稔熟的返城知青不算少：有些是在知青岁月中曾与我朝夕相处过的亲密的知青朋友；有些还是我的中学校友和同窗。

不消说，都是男性。某一日我屈指掐算了一下，他们大约有一排人。如果扩大而论所有我认识的以及泛泛接触过的返城知青，约两个连。

在与我关系亲密者中，亦即那大约一排人中，仅三五人读过我的两篇获奖知青小说——《这是一片神奇的土地》和《今夜有暴风雪》。《雪城》如果不是因为后来拍成了电视剧，他们根本不可能知道我还写过那么一部长篇小说。而读过我最初几篇知青小说的人，乃因职业与文学发生着或直接或间接的关系，比如是编辑、是记者。还有人是在上“业大”时读的。当年我的两篇知青小说被列入各文科“业大”分析教材，他们读完全是为了完成作业。

这约一排人中，半数有我签了名赠送他们的我自己的知青小说集。

他们从不因此而给我面子翻阅。

我也一向识趣，从不与他们谈文学，更不会傻兮兮地试问他们读后之感。

和他们在一起不谈文学使我轻松，使他们自如。我和他们，一向十分珍惜不谈文学的另一种美好，一向恪守不谈的相互默契的原则。

真的，旧交偶聚，不谈文学，只谈儿女的学业情况，谈父母二老的健康情况，谈身为男人的家庭义务与责任，谈工作压力和生活烦愁，互吐衷肠，彼此宽慰，不亦乐乎？

我和他们在一起，将说这些叫作“聊点儿正题”。

我和他们“聊正题”，他们就觉得我依旧可爱，依旧是当年的好朋友。若我侃侃地谈文学，他们就会用极其陌生的眼光看我。分明地，意识到我是彻底地变了。

幸而我并未变得那么令他们感到陌生，甚至，感到讨嫌。

至于那两个连的当年的男知青，他们中大约有一个班的人主动向我讨要过我的书，当然言明要我的知青小说集。倘没有，别的书也凑合。另外大约有一个班的人，自己买过我的书。来我家时，也要求我签上名。这大约两个班的人，都不是由于喜欢我的知青小说才要才买。而是为他们的儿女、他们的侄儿侄女、外甥、外甥女，或他们的妻子、他们的同事、他们的朋友乃至他们单位的头头脑脑所要所买。也有的，为了带着我的签了名的书去求人办事儿。倘送礼，轻了，觉得拿不出手；重了，往往违心违愿。而将作家的签名书当礼，送者显得免俗，收者也收得坦然，实在是好方式。而且，我简直认为这是该大力提倡的方式。想到我的书居然还能被当礼送，我差不多总是有求必应，高兴又爽快。倘他们要了我的书买了我的书，还对我说些认真拜读之类的话，那我倒反而觉得不自在了。

某些人一向以为，我这“永久牌”的“知青作家”，肯定经常被些曾是知青又对“知青文学”情有独钟的读者厚爱着。

安有其事！

不错，我的确受到着不少过去的知青朋友的厚爱。但他们给予我的种种厚爱和关怀，其实仅对我这个人本身，仅表现在对我们之间曾有的友情的无比珍惜。至于文学，于他们而言，只不过是我的职业。他们并不爱屋及乌，连我的职业也另眼相看。而我，也从未对他们产生过那种“不道德”的要求。

在他们中，我的职业是特殊的，特殊而又远离他们的兴趣。这特殊，每每也使我在他们中难免的有时备觉孤独。

他们对我的职业的最中肯的话一向是“谨慎点，干你们这行的容易犯政治错误。尤其是你那一套文学主张。别认真、别傻，犯不着”。

于是我常思索，文学的读者群究竟是哪几类人呢？又是怎样形成的呢？

于是便陷入回忆。凡人，不分男女，幼年时都爱听故事、爱看连环画。而故事和连环画，是人与文学的初级接触，仿佛小男孩儿对小女孩儿强烈又单纯的好感。

我儿子两三岁时，每晚都缠着我或妻翻连环画讲故事给他听。

“再讲一遍嘛，再讲一遍嘛……”

一册《十兄弟》，薄薄二十几页，一晚上他竟磨着他妈给他讲了九遍！

“后来呢？后来呢？……”

他妈打着哈欠说：“完啦，没有后来啦，该睡觉啦！”

儿子听了别提多么沮丧了。他希望那故事是永远也讲不完的。

人在幼年时与文学的初级接触真是入迷得动人哪！

儿子上小学四年级后，不再需要我和妻子讲给他听，开始自己看了。于是，我和妻子当年保存下来的一些小人书，成了他的第一批文学读物。我和妻子常感慨于我们各自能从“文化大革命”前将那些小人书保存到“文化大革命”后，而且保存得还那么好。我们当年都未想到应该为我们的下一代保存，只不过是作为一种我们当年认为的珍稀之物加以妥善保存罢了。

儿子上初中后，开始自己买书，开始与同学们相互借阅了。

初三起，儿子不再看一切文学色彩的课外读物。

上高中后，儿子与文学的初级接触彻底结束。不是因为我和妻子强迫他那样，而是根本没有了接触的精力。

有时，我们忍不住将一本值得他读的书推荐给他，他则很烦地问：“我有时间看吗？”

我只有哑然……

我举我儿子为例想说明的是——许许多多的人，由于个人、家庭、社会、时代等某一种原因或综合原因，与文学的关系，截然终结在与文学的初级接触的阶段。只有少数人以后又续上了与文学的关系，岁月沧桑而不再中断，成为文学的执着读者和终生读者。文学依赖于他们的众寡而兴衰。大多数人与文学的关系，若青少年时期一旦中断了便一辈子永远地中断了，或者自己没兴趣再续上了，或者仍有兴趣但没条件也没心情续上了。我们知道，一个人成为文学的始终如一的读者，也是需要一些起码的条件起码的心情的。对于他们，与文学的初级接触，成了青少年时期与文学的短暂的“初恋”。

我上小学四五年级时，班里有六七名爱看小人书的同学。当年，一名小学生买一本小人书是很奢侈的事，尽管一本小人书最贵才两角几分。

我上初中时，班里仅有三四名喜欢读小说的同学。同小学相比，与文学发生初级接触的同学不是明显多了，而是少了。这是因为小人书已经不能给予初中生更大的阅读满足，而买一本三十二开的“大书”，自然是一本小人书定价的数倍，也自然是更奢侈之事。你无我无，大家全无。估计全校读文学作品的学生，充其量不过二三十人。我对这个数字是比较有把握的。因为当年我像一条专善于嗅“书香味儿”的猎狗，哪个年级哪个班级的学生可能有书与我交换了看，是会被我凭着敏锐的嗅觉发现的。

“文化大革命”一开始，全中国一切古今中外的非“马恩列斯毛”类的书，几乎全都下架了。每座城市的重要图书馆，也都保护性地封门上锁了。一封一锁，便是十年。于是全中国人的读书习惯，都被硬性地改造掉了。

我不晓得我初中母校当年那二三十名喜欢阅读文学书籍的同学，如今是否仍是文学书籍的读者。须知我的初中母校当年在哈市非是一所喜欢阅读文学书籍的学生少得可怜的学校。比起有高中的中学会少些，比起无高中的中学只多不少。因为我的初中当年成立过“故事员同学会”，曾向全市推广过如何引导学生阅读文学书籍的经验。

姑且以千分之二三十推而广之地概算，在当年三千余万知青中，也不过就有二三十万人与文学发生过初级接触，十年的知青岁月，是除了“毛选”无书可读的岁月。那二三十万知青中，后来十之七八也渐渐丧失掉了读书习惯。就好比迁往南方生活的北方人，渐渐改变了冬天戴棉帽子的习惯。

二三十万的十之七八是多少，不言自明。

正是她们，后来成了全国知青文学的第一批知青读者。之所以用“她们”而非“他们”，乃因这些返城知青中女性居多。她们再后来又分为两类女性：有的因对知青文学的敏感关注而成为广义的文学书籍的读者。她们从知青文学中获得的，不仅是知青经历的寻寻觅觅而已，也同时是少女时期与文学恋情的重续。这又是由她们与文学的初级接触而奠定的。有的则并没与文学发生过初级接触。她们捧读知青文学主要是因为，甚至仅仅因为她们曾是知青。“知青文学”四字对于她们而言，重在知青，不在文学。她们将知青文学当成与自己发生密切关系的文字式“老照片”。并且，往往想象作品中的女主人公的命运便是自己或接近于自己在知青岁月中的命运。甚至，往往认为自己在知青岁月中的命运比知青文学中的女主人公的命运更值得同情，更忧伤凄婉，更动人感人。确实，她们中大多数人在知青岁月中有相当坎坷甚至极为坎坷的遭遇。她们往往视某些知青文学为自己间接的命运自白书。她们几乎只关注知青文学，对别种文学书籍缺乏兴趣。与自己的命运发生间接自白效果的知青文学，她们认为好，否则觉得不好。她们至今差不多仍这样。知青文学中的某类，是连接她们与文学的一条极细极细的红丝线。但她们觉得不细，而是一条汩汩通过血液的血管、一条动脉。

她们在不再是少女的年龄，与文学发生着初级接触。而且，主要是由于“知青”二字。而且，几乎甘愿地滞停于初级阶段。

这种关系当然也是十分令人感动的，既令人感动又令人揪心。

但她们为数有限，毕竟构不成一个各界人士想象中的庞大的知青文学读者群。若知青文学读者群主要是由她们构成的，则显然是她们和知青文学的双向的憾事。

知青中的“老”高中们，当年是很有人读过一些古今中外的世界文学名著的。返城后他们与文学的关系分为三类——第一类受家庭和生活所累，虽并无什么孜孜以求的事业主宰着人生精力，却也不再接触文学了（包括知青文学）；第二类考上了大学，毕业后活跃于仕途，或埋头于理工科专业，也惜时如金，不读“闲书”；第三类或者也考上了大学，又恰恰属文科专业，便仍与文学发生瓜葛。但他们实际上并不因曾是知青而偏爱“知青文学”。相反，他们往往比较轻慢知青文学，往往显出很不屑的样子。他们越评论家起来，学者化起来，资深记者起来，对“知青文学”似乎越瞧不上眼，所评所析所议，往往比不是知青的同行更尖酸刻薄。他们认为自己是权威发言人，权威批评者，认为自己怎么说都有理。别人也不免地这么认为。他们通过对知青文学的终审垫高自己的地位。

当然，还有第五类人，他们可能并没进入大学，一直在寻常的单位里从事着寻常的工作。但这并不妨碍他们与文学发生第二次接触。这是较高阶段的接触，视野远比他们青少年时期与文学的接触宽阔，评判水平也不能同日而语。他们既不拒绝知青文学，也不只读知青文学。

如果有谁统计一下便会确信，在“老高中”们中，又与文学发生第二次接触的人其实是不多的。发生了的，大抵在第三类人和第四类人中。然而，并不能据此认为他们是知青文学读者群中的主要成分，而应该确切地说他们是中国文学的较高层次的读者群中的主要成分。

那么，构成知青文学读者群主要成分的，其实非是返城知青，又究竟是哪些人呢?

说来或许有人不相信——其实，主要是二十世纪七十年代末至八十年代中期初高中生、大学低年级生、各行各业中的青年，以及比以上三者加起来的数量少得多的一小部分知青。而且，仍以女性为主。

据我看来，在全世界，爱读文学类书籍的女性，肯定比男性多几倍。这其中的原因，前边涉及了一些，更深层的分析，应属另一话题，此不赘述。知青文学的冷热，其实是随着他们和她们的阅读兴趣的转移而变化的。

我的几部知青小说有幸被拍成了电视剧。十个对我说他们和她们看过我的“作品”的人中，大约有九个指的是那些电视剧。

但他们和她们肯定并不知道，那几部电影电视剧能被他们和她们看到，是很经过几番抗争的。

电影《这是一片神奇的土地》和《今夜有暴风雪》当年曾被勒令下马停拍……

《雪城》几乎不许播出……

《年轮》曾明令不许参加评奖……

原因都差不多是——调子太灰暗，未表现理想，咀嚼苦难等。

而另有不少评论者，嘲讽我在作品中张扬虚假理想，掩饰苦难，玩味失落的崇高……

我的知青作品确曾给过我一些浮名，但也常使我陷入左枪右戟不得不横着站的两难之境。来自官方的否定和指责，我还较能承担，起码还有申辩的权利。来自评论的，我则常常不知该怎样对待。一味沉默，似乎打算以沉默为盾应对批评的虚心反应。若申辩苦衷，则简直就等于是拒绝批评了。

故我差不多总是要在这些作品发表后，写上那么一两篇小文章，以近于检讨的性质，自言创作能力的十分有限。这当然是回报评论的反应。而又有人就将我的这类文章剪贴了复印了，寄往有关部门，归纳道："看，他并不惭愧于自己张扬理想和崇高的缺乏冲动，而是在那里公开叹息自己再现苦难的力不从心！……"

只有普通读者和普通观众显得厚道非常。因为他们既不操审查之权，也不以评论为业。心血来潮，几页信纸一个信封一张邮票，便将充满善意的褒贬直截了当明明白白地寄给了我。多少年来，我对此总心怀感激。

事实上，我的知青小说，到目前为止，仅占我创作总量的十分之一左右。《雪城》后我便不再笔涉知青题材，某种程度上，也是为从那一种横着站的两难之境脱身。

《年轮》于我，初衷非是重操什么知青题材的"旧业"，而是写一些曾当过知青的城市中年人今天的生活形态。

我回头看自己的全部知青小说，没有自己满意的。有些当时较满意，时隔数年，越来越不满意了。恨不得重写。重写是不可能了。改写都没法儿改写了。唯一自我安慰的，乃当时写得真诚写得有激情。即使浅薄，即使幼稚，那一份儿创作的真诚和激情也是值得自己永远保持的啊！

而此种自我评估，也是我对目前为止的，中国一切知青文学的总体评估。

知青生活形态差异太大，有兵团知青，有农场知青，有插队知青；有南北地域造成的差别，也有南北人情世故造成的差别；有年龄造成的差别，也有政治出身造成的差别；有人数多寡造成的差别，也有工资和工分造成的差别……

任何一位作家，不管他有没有过知青经历，主观性强些还是客观性强些，企图通过自己的几篇作品或几部作品反映几千万知青当年的命运全貌，都是不太可能的。

一切知青文学组合在一起，就好比多棱镜，它所折射出的是七色光。最主要最优秀的知青作品，也只不过是多棱镜的一个侧面罢了。

知青经历应该产生史诗性的作品。但是目前还没有产生，也看不出将要产生的任何迹象。

然而我坚信，数十万城市青少年当年轰轰烈烈卷裹其中的“上山下乡”运动，是文学蕴藏内容极其丰富的矿脉。前期对它的创作采掘，有点儿像“开发热”。我是太追求眼前效益的急功近利的采掘者之一。但这并不意味着破坏了它的“资源”。对于文学，不应有什么“资源”保护法和保护区。只不过我们孜孜以求，却都并没有采掘出它最有价值的那一部分。它后来的沉寂是好事。埋藏久些，形成的矿质更高些。也许十年以后，也许二十年以后，或会有知青题材的上乘之作问世。也许出自于当年的知青笔下，也许作者根本非是知青。但肯定不会是我。甚至，我认为，也不会是和我一样，从知青小说而开始文学道路的一批知青作家们……

时值“上山下乡”运动三十周年的今年，一定会出版不少知青题材的书籍。每一种都会有较好的销路，但哪一种也不会独领风骚。反馈到我这里的信息是：内容类似的编选较多，角度新颖独特的极少……

买这类书的照例是以下人：

初中、高中、大学低年级女生……

很少一部分大学低年级男生……

近年涌现的书籍收藏者……

很少一部分当年的女知青……

以及生活较为稳定的当年的男知青，他们是为儿女而买。

他们大抵会对儿女们这么说：“给，认真读读！读了，你就会了解爸爸混到今天是多么不容易。你就知足吧你！”自己，却很可能并不看……

五、知青与改革开放

就整代而言，返城知青是中国改革开放之相当重要也相当主要的促进力量。甚至，是推动力量。起码，可以这样说——他们中返城后获得了公开发表言论的条件和机会，在改革开放的最初几年，几乎无不主动地、积极地、热忱地、不顾个人得失地为改革开放鸣锣开道大声疾呼过。

这乃是因为，“文化大革命”使他们对中国的“昨天”有所反思。那反思由于自己当年不幸成为后来备受谴责的角色而比普遍的中国人痛切。也由于“上山下乡”的经历而对中国贫穷落后的真况极为了解。在从城市到他们落户的农村、边疆这一巨大半径上，他们曾多次往返。所见疾苦种种，所闻民怨多多，非一般中国人能相比。何况，他们还曾亲身与当地人民在那深重的贫穷落后中长期生存过。中国要变，中国不能不变这一强烈的思想，早就形成于他们头脑中了。

如果说粉碎“四人帮”是中国救亡求兴的第一件大事，那么知青返城当然是紧随其后的第二件大事。没有第一件大事的发生便没有第二件大事的发生。而第二件大事的发生直接改变了知青们本身的集体命运。所以，除了极少数当年成为“四人帮”政治基础的知青，大多数知青不可能站在“改革”的对立面。区别仅仅是，有人在较高的思想层面支持和拥护“改革”，有人在切身感受到的利益本能层面支持和拥护“改革”。

倒溯起来，不少知青是“四人帮”政治专治时代的早期思想反叛者。“林彪事件”后，对中国前途的大怀疑在知青中广为弥漫。我参加过的一次“兵团创作学习班”，当年便因传播“反动政治谣言”而遭遣散。我自己当年由团宣传股被“下放”到木材加工厂抬大木，直接的内控不宣的罪名，乃是因为在一次学习会上，公然提出质疑——“毛主席既然早在三十年前就深知林彪其人，为什么还树他为副统帅和接班人？不是拿中国的前途和命运当儿戏吗？”

后来震撼全国的天安门“四五”运动中的许多“反诗”，作者大都是知青。

值得一提的是，这些知青，多数并非所谓“走资派”儿女，亦非因父母受迫害而参与，更不是因自己成了知青而泄私愤。恰恰相反，前两类知青当年几乎没胆量“乱说乱动”。比较敢于“舍得一身剐”的反而是某些普通劳动者家庭的知青子弟。他们当年如果投靠“四人帮”，卖身求荣改变命运绝非难事。“四人帮”当年也大量需要和招募那样的青年。但他们拒绝与“四人帮”共舞。他们身上所体现的，是与自己，与自己的父母，与自己的家庭诸利益完全无关的“政治道义冲动”。

他们是为国家命运而参与政治的，也是为别人的命运、别人父母的功过、别人家庭的不幸而参与政治的。与那些别人相比，他们原本对政治并不感兴趣也无热情。所谓“路见不平一声吼”而已。这些平民阶层的知青子弟们身上，当年相当突出地弘扬着一种朴素的、平民的政治道义感。

返城后，他们中不少人，为彻底否定“文化大革命”，为“真理标准”讨论的展开，为邓小平的复出，自觉自愿地充当民间政治义士的角色。他们当年人微言轻，但他们的呼声响亮而激烈。

他们中有人如今成了“家”，成了官员，但他们的各种声音，总体还是纳入了支持和拥护进一步改革开放的语言体系中的。

大多数返城后成了各行各业普通劳动者的知青，“改革”初年也在各行各业中唯“改革”之大政方针是从，任劳任怨，相当富有自我牺牲之精神。他们似有足够分量的砝码，在时代天平上起着不容忽视的稳定作用。

近年，他们中许多人的利益一部分一部分地失去着；许多人“下岗”待业乃至彻底没了工作。

他们心中有苦，嘴上有怨，但大多数默默接受时代牺牲者的命运，几乎无人鼓吹骚乱。

报载——某企业将裁员，一日厂里贴出了一份“号召书”，上写：“曾当过知青的工友们，让我们像当年‘上山下乡’一样，集体‘下岗’吧！既然必得有人‘下岗’，我们不‘下岗’还能企盼着谁们‘下岗’？”

于是几十名曾当过知青的工人，纷纷噙泪在“号召书”上签了名。

使人不禁想到那句话：“我不下地狱，谁下地狱？”

也使人不禁为之肃然、怆然、心愀愀然。

前一类成了当代思想“精英”或准“精英”的知青，面对自己同类们的如此命运，以思想观点分为以下两类：

一类每每说：“改革残酷，时代无情，牺牲一批人的切身利益在所难免。优胜劣汰，置之死地，而后能生者则生，生不了的谁也顾不了谁了，只有认命。”

这是某些最早“相忘于江湖”的知青。我曾听他们当着我的面那么说过。表情和口吻都极其冷漠。

他们绝不因自己同类命运的悲惨而稍变坚定不移的改革开放之思想“精英”的角色。

他们说的是实话。而且几乎是百分之百的实话。

但那样的实话我永远说不出口。

因我很难彻底地“相忘于江湖”。同时毫无“相濡以沫”的能力。

故我公开承认，我已由当年一个激进的、热烈的、极其乐观的改革开放的拥护者，渐变为一个非常保守的、忧心忡忡的，有时甚至极其迷惘、茫然、困惑的低调拥护者了。

另一类很难彻底地“相忘于江湖”的思想“精英”，话题一接触到同类的命运，便每每长叹连声道：“不改革不行啊，却没想到改革出这么个始料不及的局面……但那也得继续呀，苦了我们的兄弟姐妹们了”

似乎，“兄弟姐妹”们的命运，是由于他们自己的过错造成的，听来有几分内疚的意味。

他们可能依然是高调“改革”派，思想也和第一类人一样。只不过写文章发表时，笔下措辞谨慎了，调子尽量低就了些。怕自己“四面楚歌”的当年的知青同类们看了反感。其实呢，自从他们渐成“精英”，同类也就渐与他们疏远了。“相忘于江湖”，倒是先从同类们开始的。他们的文章都发表在同类们不会看到的报刊上。而且，除了与自己当年同连同村的知青，更广大的知青并不晓得他们是同类。所以，顾虑多余，倒也可爱。

至于已经“下岗”的、待业的，多数是自行斩断了与一切知青旧友的往来，在城市的各个角落隐姓埋名地四处奔波地寻找着养家糊口的再就业机会，前面提到的诸如《北大荒人名录》之类的书，对他们的再就业毫无用处。

即使他们，你若问对改革开放的看法，他们也并不发出什么恶毒的诅咒。通常的说法是：“唉，谁让咱们摊上了呢！与新中国成立前相比，可能还是强多了！新中国成立前哪儿会有再就业工程呢！”

人们完全可以相信，他们就是走投无路像古代小说中写的那样领后插根草标自卖自身，也是不会采取什么对抗“改革”的行为的。

这真是中国的福气，也真是中国改革开放的福气……

六、知青与老一辈无产阶级革命家

总体而言，知青一代，对老一辈无产阶级革命家将永远是心怀崇敬的，将会心怀着这种不同程度的崇敬老去，死去。

当知青一代也在中国消亡了，中国现当代革命史，便会显得离中国人十分遥远了。

知青一代，是现实与那革命史之间的自然过渡段。他们最虔诚地公认那革命史的非凡性。它自身从未间断地反复地宣讲，刻在他们思想中的痕迹也最深。它是刻在他们头脑中的第一行思想。它本身厚重的非凡性、史诗性，非他们在新中国成立后所经历的任何大事件可相提并论。虽然，他们的头脑中后来也刻下了另外许多行思想，但都不及第一行那么深。史诗性的历史，必定造就出独具风采的民族精英。后继者不可能再经历类似的史诗性历史，因而不可能具有同样的魅力与风采，也就不可能获得他们同样的崇敬。

每一个国家每一个民族，都具有某一段或某几段史诗性的历史。世界也是这样。而这一点，使一个国家一个民族乃至全世界后来的历史似乎都显得平庸，使后来的领袖们注定了皆成缺乏史诗性的历史中的匆匆过客。无论他们自己多么想要伟大起来都不可能。他们的名字几乎只能在他们是领袖之时，而在同时代人的头脑中楔进位置。一旦不是，不久便会被淡忘。他们的名字只能在同时代人的头脑中楔入位置，不可能刻下深痕，更不可能被下几代人铭记。

但曾叱咤风云于史诗性的历史中的杰出人物则不同。他们的名字本身太有分量。那不同寻常的分量使他们指点江山过的那一页历史沉甸甸的。即使翻过去了，后几页他们已不存在的空白史页上，仍深深地凹陷着他们的名字的压痕。写在后几页史页上的文字，不管密度多么大，记载多么炫耀，都无法覆住掩住那深深的压痕。

全世界的情形都是如此。

也许，有人会指出——“文化大革命”中，除了毛泽东，红卫兵亦即后来的知青们，分明是参与迫害老一辈无产阶级革命家的罪人，怎么今天反而大言不惭地标榜起崇敬来了呢？他们当年连周总理都一反再反，何谈崇敬？

不错，“文化大革命”中北京街头出现过“百丑图”——除了毛泽东、周恩来、林彪，以及“中央文革领导小组”的几位，老一辈无产阶级革命家几乎尽数囊括，而且皆被肆意丑化。当然也包括德高望重的朱老总、为民请命的彭老总、深受爱戴的陈毅和贺龙等大元帅。

“百丑图”是北京红卫兵当年的“杰作”。

具体来说，是北京红卫兵中一小撮军队高干子女的“杰作”。

他们背后显然有人指使。

他们的恶意，也不能说便是全体北京红卫兵的态度。

当年，我随一批东北红卫兵“大串联”到北京，在北京街头见过一张“百丑图”。回忆起来，似乎是贴在西单十字路口的巨大广告招牌上。

那一批东北红卫兵大多数住在地质部礼堂。他们到北京的第二天晚上，便与负责接待的北京红卫兵展开了激烈的辩论。他们白天到市里去皆看到了“百丑图”，于是“百丑图”便成为辩论内容。东北红卫兵强烈谴责北京红卫兵打倒一大片，从而等于否定了中国革命史。北京红卫兵以“两个司令部”为据，嘲笑东北红卫兵对“中央路线斗争”一无所知，只配老老实实向北京红卫兵学习和取经。唇枪舌剑一番之后，北京红卫兵见镇压不住东北红卫兵，搬来了援兵，记得是什么附中的红卫兵，男男女女近百人，其中不少手握军皮带。东北红卫兵也在百人左右，感到受了威胁，于是皆怒。于是酿成一次武斗……

我离开北京到成都，在成都街头也见到过同样的“百丑图”。不过我见到的当天就被许多成都的百姓和红卫兵自发地撕掉了，还逮住几名张贴的北京红卫兵围斥了许久。第二天便发生了成都人民与到成都“煽风点火”的北京红卫兵之间的暴力冲突。后来谓之曰“成都人民广场事件”。我是那事件从始至终的目击者。据我想来，“百丑图”也是那事件的起因之一。

我从成都回到哈尔滨，家乡人说，北京红卫兵也在哈尔滨张贴过“百丑图”，但如在成都一样，不但被撕掉了，几名张贴者且被狠揍了一顿……

可以这样讲，丑化老一辈无产阶级革命家的“百丑图”，产生于北京，但实际上并没能如一小撮北京红卫兵所愿在全国张贴得到处都是。相反，在许多城市受到了当地人民的抵制。

不但“百丑图”是一小撮北京红卫兵的“杰作”——挂牌子、戴高帽、剃鬼头、涂黑脸、游街、喷气式，也无不首先“发源”于北京，由北京红卫兵将此类“革命”方式传播于外省市。中国不是一夜之间同时乱起的，而是先由北京乱起的。当年，哪一省哪一市乱得晚了，乱得还不够，便有一批批北京红卫兵赶往“指导”，如同顾问或特派员。连我那一所普普通通的中学母校，当年也有两批北京红卫兵去颐指气使地进行过“紧急革命总动员”。当年的社论中，通栏大标题是“首都小将为革命煽风点火”。

我这里当然不是要仅仅将北京红卫兵“极左”化，而将别省市的红卫兵正确化。事实上，“极左”之于当年的青少年，犹如流感，任由发展，传染不但是大面积的，而且是迅速的。我仅仅想指出它的传染是有阶段性的。并且想指出，即使当年，即使同是红卫兵，对老一辈无产阶级革命家的崇敬，也仍是暗怀在大多数人心中的。

我下乡后，连队里发生过这么一件事——某北京青年，闲来无事，画漫画解闷儿，于是在小笔记本上先后画了朱德、彭德怀、陈毅、贺龙等老帅的丑化头像，被哈尔滨知青发现，当即予以严厉呵斥。连许多上海知青、天津知青也表示了极大的愤慨。而哈尔滨知青与上海知青，在我的记忆中，很少有在某件事上统一过态度的时候……

再以后，知青中常流传一些政治“段子”。内容差不多总是“四人帮”如何向老一辈革命家发难，老一辈革命家如何使“四人帮”们陷入狼狈不堪无地自容之境地……

也流传着关于刘少奇、彭德怀、贺龙的下落，以及关于周总理、邓小平、叶剑英、陈毅的身体健康情况。

而这些政治信息，又大抵是北京知青返京探家带回连队的。说明经过短短几年的反思，对老一辈无产阶级革命家的崇敬，又是那么自然地在大多数北京知青的心目中复归了。哪怕他们当年是亲笔临摹过亲手张贴过“百丑图”的红卫兵……

三十年后的今天，绝大多数知青，能以较历史的、较客观的、较“一分为二”的态度看待毛泽东在中国历史上的功过。普遍的知青，仍不否认毛泽东的伟人历史地位，仍对毛泽东某几方面的伟人魅力表示赏服。即使谈到毛的“过”，一般也都是从给国家和人民造成的大损失方面议论，而并不多么耿耿于怀地抱怨给自己这一代人的命运带来的苦难。并且，一般不会以特别刻薄特别不敬的口吻妄贬之。

“毕竟做过全中国人民的伟大领袖啊，即使不伟大了，也总不至于渺小吧？后人们怎么评价，咱们也决定不了。可咱们这一代，不应该由于领袖有了严重的缺点，就在他死后将他贬得一无是处啊！”

我的一位知青朋友说过的这一番话，我觉得，似可代表绝大多数知青对毛泽东的当前态度。

知青一代，随着年龄的增加，中年将逝，老年将至，总体而言，看待自己曾经历过的中国诸多历史问题的目光，是变得越来越带有谅解性了，也可以说是变得越来越厚道了。

但，这并不等于说他们已集体地丧失了对现实的敏感反应。

他们最不忍看到的，是曾造成过中国巨大损失的某些弊端，比如假大空话，比如浮夸业绩，比如官僚主义、文牍主义、形式主义，比如大表演大包装的大过场……

谈到这些，知青们往往也是皆摇其头不以为然的。

因为他们经历过。

他们会嘲曰：“何其相似乃尔！”

会引用毛泽东的话概评：“历史的经验值得注意！”

看到比自己年轻的人为了名利，虔诚地热切地说些不三不四的话应景表态，他们会私下里相互议论：“多像当年我们中的某些人啊！当年我们中的某些人太傻，目的性不明确。他们现在多懂事多精明多现实啊！他们也许比当年我们中的某些人还可怕吧？因为他们现在内心里想要的，与我们当年想要的大不一样，而且多多了！……”

对于周总理，绝大多数返城知青的崇敬程度是高于对毛泽东的崇敬的。对两位伟人的这一种崇敬程度的差异，不是在他们返城以后才开始的。甚至，也不是他们下乡以后由于自身命运的失落造成的，更不是近年一系列关于周恩来生平事迹的专题片所影响的。所有那些专题片只不过又从返城知青们内心深处重新唤起了不泯的崇敬。

对两位伟人的崇敬程度的差异主要是由对“文化大革命”意义和动机的怀疑形成的。而这一种怀疑，在他们“上山下乡”以前，在打倒刘少奇以后，在“文化大革命”的第二、三年，就暗暗形成在他们中某些有思想的人们的头脑中了。

归根结底，在当年是对个人崇拜的悄悄的反动，再后来是对个人集权的反思。

周恩来在为中国人民任劳任怨、全心全意服务方面，确实做到了鞠躬尽瘁，死而后已。恰如那一句诗所形容的“春蚕到死丝方尽”。

知青一代谈起周恩来，犹如印度人谈起他们的“圣雄”甘地。

在当年，亦即一九七六年天安门广场，“四五”运动前，某些忧患国家前途的知青，对周恩来也曾有过一个时期的“不满”——希望他以非常方式力挽狂澜，最果断地解决“四人帮”。

这乃是一代人当年思想中的一个历史秘密。

所以周恩来逝世以后，当年在许多中国人包括许多知青的头脑中，造成了一片前所未有的寄托空白。

他们曾有这样一种暗自的心理准备——只要周总理在北京一拍案一挥手，将群起响应粉身碎骨肝脑涂地万死不辞，不是为了改变自身的知青命运，而是为了拯救国家于危亡边缘。

这体现于知青亦即前红卫兵们的头脑中，是一种非常矛盾的思想。他们真的想造反了，但不是冲着伟大领袖去的，是冲着“四人帮”去的。为了和“四人帮”决一胜负，他们需要周恩来这样的统帅者。在胜利了以后，他们愿意重新膜拜毛泽东为伟大领袖。甚至，愿意在全中国的每一座大小城市，为毛泽东塑起高大的金身塑像，以取代那些铜的、玻璃钢的或大理石的……

这一历史秘密，这一种非常矛盾的思想，当年在不少中国人，主要是中青年人头脑中产生过。

所以，周恩来的逝世，不可避免地引发了“四五”运动。那是一场自发式的、爆发式的反对专治、呼吁民主的政治运动。在那一场运动中亲自到过天安门广场的知青是有的，但为数极少。大抵是探家的北京知青，或途经北京因故滞留的南方知青，比如上海和杭州知青。但南方知青一般对政治心悸胆怯，只不过作为旁观者，不敢有什么具体行动。而探家的北京知青，有人不止一次在那一场运动中去过天安门。

那一年我在复旦大学读书。

后来我的北大荒知青战友在信中告诉我，黑龙江生产建设兵团也对探家的北京知青进行过政治审查。有从北京带回“四五”诗抄者，遭到了严厉的制裁。

尽管在“四五”运动中亲自到过天安门广场的知青极少，但“广阔天地”里的许多知青头脑深处的思想，是与“四五”精神遥相呼应的。

返城后，知青间坦诚交代当年头脑中的一级政治“隐私”时，无不感慨自己当年政治思想的幼稚。认识到，如果当年中国真发生了自己头脑中所祈之事，那么中国必定四分五裂，后果不堪设想。今天中国什么局面，也就完全说不定了。以毕生之心血和精力维护中国完整统一的周总理，又怎么能以中国的最大前途冒险呢？他认为自己没有这样的权力，又是多么符合像他那么伟大的成熟的政治家的至高原则！当年他也只能更多地争取为国家为人民全心全意服务的权力。如果当年连他也最终丧失了这种权力，那么中国肯定会陷入另一种不堪设想之境。两种不堪设想，对中国的后果都将是可怕的。所以，一举粉碎“四人帮”，只能是在毛主席逝世以后才能发生的英明果断的大事件……

想明白了这样一些道理之后，对于周总理就依然崇敬了。

除了周总理，知青一代非常崇敬的，还有朱德、彭德怀、陈毅、贺龙、聂荣臻、徐向前等老一辈无产阶级革命家。

如果进行一次知青一代中的民意调查，我几乎可以肯定地说——除了周总理，彭德怀必是第二个备受崇敬的人物。

一代知青崇敬他，是由于他在延安保卫战与抗美援朝战争中的赫赫战功，更是由于他刚直不阿，为民请命，不怕丢官，敢讲真话的品质。

对于知青一代，中国的革命史，的的确确是一部充满英雄色彩的史诗性历史。无论后人如何评价这一段历史，总之，它都是史诗性的历史。总之它是充满英雄色彩英雄主义的历史。总之，谱写那一页历史的杰出人物们，起码像希腊神话中的俄底修斯们一般，若完全抽掉政治因素，也依然具有美学意义上的不可重复性，不可比拟性，以及可歌可泣的传奇性……

然而，也正因为如此，知青一代看后继政治家们的目光、标准是很不容易降低的。

所幸知青一代就要老了，下一代会有下一代客观公正的标准，会以下一代愿意的目光看……

七、知青与时尚

总体而言，知青一代，与时尚基本无关。

时尚无非两类——文化的，或物质的。文化时尚意广容杂。从听西洋交响乐到逛庙会，从因足球生气的男人到文眉涂眼影涂指甲油的女人，都算是。千般百种，雅俗并存，举不胜举。物质时尚却相对单纯得多，再怎么花样翻新，似乎也永远摆脱不了衣、食、住、行四大方面。而且，受着各自经济基础的制约，分野也是很巨大的。某些时尚注定了从来都只不过是富人们的时尚，平民和穷人们可望而不可即。以他们的眼看，不是时尚，而是富的标准。

比如名车、别墅和出国旅游。某些平民和穷人的时尚，常被富人们嘲之曰“心理需要的冰淇淋”，比如假首饰和仿名牌。仿名牌其实也就是伪名牌的另一种说法。

时尚的追随者们往往又以年龄划类，比如青年的时尚、中年的时尚、老年的时尚。

就当前而言，同居和未婚而孕是青年“时尚”之一种；婚外恋和离婚是中年人的“时尚”之一种；为下一代、下下一代全心全意服务，鞠躬尽瘁死而后已是老年人的“时尚”。

“小蜜”是老板的时尚；“傍款”是靓妹倩女的时尚；考“托福”是大学生的时尚；“炒”新闻是记者的时尚；签名售书是作家的时尚；“跑官”是“公仆”们的时尚……

许多种社会现象，最初可能会受到非议，最终却会变为时尚，形形色色的人们仿之效之唯恐不及，唯恐落伍。中国如此，世界也差不多如此。

知青一代的青年时期，当然也就是我的青年时期，中国是世界上最不允许时尚滋生的国家。一切或可称得上时尚的事物，刚露端倪，还未形成现象，便被“革命”的剪刀毫不留情地齐根剪除。往往接着刨出根来，踏之唾之，以儆效尤。

我使劲儿想，归纳了以下几种，不知算不算知青一代的青春时尚。

（一）“思想汇报”。当年曰人除了血肉之躯，另有三大政治生命，且宝贵过血肉之躯——入队、入团、入党。入不了队则入不了团；入不了团则入不了党。而入不了党，则意味着有一件比生命本身要紧得多的事一辈子也没完成。所以入队也是相当要紧的。若小学六年级了居然还没戴上红领巾，不仅家长觉得脸上无光，自己也觉得仿佛是“异类”。

所以，当年从小学生到中学生到大人，写“思想汇报”是常事，是普遍现象，是“政治时尚”。

学“毛著”同样是，“斗私批修”“灵魂深处爆发革命”也是。

当年文化便是政治，政治全面文化化，充满在中小学课本的字里行间。故这一种“政治时尚”，也可以认为便是当年的“文化时尚”。

（二）由于塑料工业的产生，塑料头绳代替了女孩儿们传统的毛线头绳；塑料凉鞋将女孩儿们一向穿的布底扣襻鞋从商店柜台挤下去；“涤卡”“的确良”被视为比“平纹布”“斜纹布”更高级的衣料……大概，这些便是知青一代当年的物质时尚了……

（三）“文化大革命”中，少女穿男装，学生穿无章军装，“消灭”长辫子，全国“一刀齐”，更是风靡不衰。实在难分究竟是文化的、政治的，还是物质的时尚。或可认为是集三者之大成的“综合时尚”。

（四）“上山下乡”运动初期，许多学生争着到离城市最远、交通最不便、自然生存环境最恶劣、人烟最稀少的地域去，曾是一种由衷追求的时尚。而且，一旦去了，接着就比赛谁坚持不探家的日子最长久……

如果这可以说是一种不失可爱的“革命时尚”的话，除了孔繁森式的榜样，现在的许多“革命干部”都是比之惭愧的……

返城后，喇叭裤、披肩发、蛤蟆镜曾在中国各大城市“引导新潮流”，而知青一代正疲惫不堪地四处找工作，几乎无人被“导”入过那潮流……

转眼，知青一代四十多岁了，五十来岁了，中国的文化时尚和物质时尚日新月异，丰富多彩起来。而除了少数人，广大知青一代是更加疲惫了，没心情也没经济实力“时尚”一把。

我们不难发现这样一点——在今天，在城市，追随文化时尚，往往是比追随物质时尚还高的消费。

比如看球赛，听音乐会是时尚，“肯德基”“汉堡包”也是时尚——但一场球赛的门票也许要几百元，能买成箱的“肯德基”和“汉堡包”了。

广大知青一代，不为自己，也得为儿女算这一笔账。文化的时尚虽“雅”，但他们宁肯在时尚方面趋物质的“俗”。

物质的东西并不都“俗”。甚至可以反过来说都不“俗”。武器当然除外。

武器也有双重属性。自卫时体现为好东西，侵略时体现为恶东西。而恶乃极“俗”。除了武器和毒品，我们简直举不出另几种东西，是人类迄今为止所创造的“俗”的东西。故以引号括之。相比于物质，文化的俗现象却是很多的。因为是真俗，所以就不用引号了。比如卖淫和嫖娼，东方西方都有其专题之史。已经被著史了，还能否认是文化吗？这个世界上，有着不少种文字的《妓女史》《婢女史》《嫖妓秘录》之类的书，而中国五千余年的文化中为最多最详。妓而闻名，娼而立传的文化现象，在中国以及全世界也是举不胜举的。“笑贫不笑娼”一句话，既不但是“妓女文化”的经典总结，而且也是由文化概括的意识形态。又比如专授人以奸诈狡猾之术的经验，不是被“雅”称为“厚黑学”吗？已经“学问”化了，还不是文化吗？

故文化并不皆“雅”，甚至可以说垃圾很多。文化的色情现象不比物质的“白色污染”令人类的生活干净。但古今中外，色情文化一直到现在几乎依然是一大批一大批的人明恋或暗恋的文化。只见有人为色情文化雄辩滔滔，却没人反对治理“白色污染”。对“白色污染”以及一切工业污染的治理也是比较容易取得一致态度的。全世界都十分重视这方面的立法。但对色情文化的立法不但遭到一次次强烈对抗，而且即使立了法，往往也形同虚设，只能采取睁一只眼闭一只眼的态度。所以，对文化的“雅”是很需要加以区分，又不得不以引号括之的。

酒文化的实践者们清醒着的时候，气氛往往是雅的；只要醉了一个，场面立刻俗不可耐。

“三陪”在某些男人那儿，也是当文化当时尚沉湎着的。灯光暗下来，包房的门关上以后，他们便开始猥亵行为了，情形不但俗不可耐，简直可以说是丑态百出。

女侍的裸胸服务，在某些男人们看来也是美妙得不得了的时尚，巴不得及早正名为正宗的“雅”文化，醉翁之意，自然不在文化而在酥胸白乳。就算有一天列入“雅”文化了，其前提却是将女性的性尊严商业化了的现象……

知青一代从前所逢之时代的文化匮乏，以及由此造成的自身文化享受的缺憾，与当代的文化品质雅俗掺半，芜杂泛滥，以及当代青年由此造成的自身文化享受的抉择难境，和手捧熊掌而目视鱼的两全心理，相映成趣，各有其“代”面对物质之时尚和文化之时尚的窘状。

于知青一代是人被时尚抛弃的窘。

于当代青年是被时尚玩于股掌的窘。

总体而言，知青一代的多数现在孜孜以求的是物质以及物质的时尚，心中殷殷向往的却大抵是文化的时尚。

因为如果左邻右舍家里都有了 VCD，唯自己家里没有，为着不羡慕别人家，自己家也得及早攒够钱买一台。买了，也就为家庭尽到了时尚的义务。至于看时装表演那一类文化时尚，自己没去，完全可以想象别人也没去。别人家里明明摆着 VCD，别人的儿女明明拥有电脑，想象别人家没有是不能解决问题的。自欺欺人可也，欺儿女不可。而儿女对于当了父母的知青一代，自认为最不可欺，自认为欺之有罪。

知青一代对物质时尚的关注重于对文化时尚的关注，差不多都是为了儿女，只能将对文化时尚的向往之心留作自己难以成真的美梦。

他们所向往的文化时尚，一般而言偏好于雅。这是由青少年时期受的正统教育决定的。它当年以负的方式灌输于他们的头脑，如今却得出正的追加值。文化满足方面什么都见识过的孩子长大了想满足从没见识过的。孩子从没见识过的当然是少儿不宜的。于是长大了迫切地急着补上这一缺课。文化满足方面几乎什么都没见识过的孩子，长大了想满足最基本的，或是从最基本的满足开始追求。而最基本的文化，传统意义的也罢，时尚意义的也罢，一般都是最大程度保持文明内核的文化。

与知青一代相比，当代青年之大多数，表面孜孜以求的是文化，内心里殷殷向往的却是物质。

因为文化时尚提供五花八门的快乐。许多种文化快乐过时不候。今天还是最佳风景，明天就可能成过眼烟云。所以必须像赶场一样去追，才不至于错过。

又因为文化时尚的快乐受岁数限制。比如“蹦迪”，非年轻不可，老了跳不动，也经不起那一种强烈的音乐对耳膜的摧残。比如结伴郊游至夜野宿，未婚男女青年一夜风流不足为怪，也不足论道，是年龄的特权，哪怕回来的路上就吵翻了。或并不吵，却好像彼此之间什么特别的事都没发生过，又恢复到单位或公司里的一般同事关系。而有了家室的中老年人，就基本上没这特权了。想向青年学习，那也得偷偷地，没了青年们的潇洒和坦荡自然。

还因为当代青年从自己父母身上，包括从知青一代身上，悟到了青春的宝贵，总结了什么都可以辜负，但是千万别辜负自己青春的人生原则。那原则基本上可以叫作“及时行乐”。这其实也不见得是一种多么有害的人生观。只不过保守。只不过不全面。由于不全面而保守，由于太现代而累。从积极的角度理解，工作之余，事业之外，倘其乐不邪不恶不危害他人，及时“行”之，倒也可取。

当代世界，几乎每天都在以商业的名义挖空心思地制造着如此这般的花样百出的文化时尚，中国也不例外，以满足当代青年在文化标榜之下对时尚快乐的蚕食。并且，此类快乐越来越趋于平价。

至于物质，它所满足的不仅仅是人的快乐，而是享受的级别。高级别的物质享受皆是高消费。当代青年既还为青年，一般没有经济实力达到。所以权作向往，储存于意愿中。通过对文化时尚快乐的追求，渐渐地迂回地接近那物质享受时尚的高级别的目标。

比如通过“傍款”的时尚，接近美女香车的目标；通过与洋人“友谊”交往的时尚，接近做洋太太洋夫人的目标。

当然并不都如此，典型仅只相对于普遍。

知青一代中，也有命境富贵了之后而忘乎年龄的前提，汲汲于在两类时尚方面都“猛药恶补”的例子。

某次我参加一部影片的首映式。放映结束后举行影迷座谈。

青年群体中，不期然地站起一位中年女士，肥胖的身躯紧裹着束瘦的旗袍，椅背上搭着貂皮大衣。染成紫色的发，文过的眉，涂得猩红的唇。一只大而软的白手比来画去，红指甲晃人眼目。她侃侃而谈，从制作水平到剧本水平到表演水平，一一道来，足足说了二十几分钟。

她一身的物质时尚，而参加影迷协会，充当影迷，又是何等文化的时尚啊！两类时尚集于一身。

只不过以她的年龄，充当影迷未免迟了十几年；将自己的头发和脸搞到那么现代的程度，也未免缺少明智。

后来别人向我介绍，她竟是我的北大荒知青战友。

我内心里倒一点儿也没有取笑她，但在她面前一时觉得大不自然，甚至有点儿不知如何是好。同时，内心里涌上一种酸楚。

知青一代与时尚的关系，在她身上最为典型地体现出喜剧性的悲剧意味……

八、知青与消费

整代而言，知青们属于当今城市里的低消费群体。

因为，他们绝大多数都是工人阶层。而工人阶层，无论“国有”的还是“集体”的，正承受着中国巨大的压力。不直接承受这压力，就不能完全体会究竟什么叫时代“阵痛”。

世人看到知青中出了些名人，出了些干部，就错误地认为，知青一代很“出息”。有不少人据此得出更错误的结论，仿佛知青们垄断着中国的各行各业。

其实，所谓知青中的名人，无非指几个作家，“一小撮”文艺从业者，以及两三个新时代的较成功的商人，加上一切成了科长、处长乃至局长的人；

加上一切受过高等教育，出国留学过，并学有所成归国谋求个人事业发展的人，总数肯定在百分之十五以内。

这些人常常被社会赋予知青代表性或自言“我们知青一代”如何如何。比如我以前也曾爱自我标榜这一种可笑的不切实际的感觉。

而百分之十五比之于百分之八十五，就“代”的运况来说，是没有资格的。

百分之八十五的返城知青如今的运况，决定了他们只能是城市里的低消费群体。

目前的“下岗”失业者中，相当一部分是他们。即将“下岗”、失业的人中，注定了有更多的他们。所幸尚未“下岗”、尚未失业的他们中，十之七八是中国城市中的最低工资收入者。

比上一代，旧体制曾许诺的微小福利，正渐渐地从他们身上化为乌有，使他们瞻前顾后两茫茫。

比下一代，由于自身知识资本和技能资本的先天弱势，在“改革”带来的竞争机会中力不从心，往往迅遭淘汰。

由于已做了父母，钱对于他们比以往任何时期，甚至比是知青的时期更重要了。面对刺激消费的种种广告，他们不能不窘数钱钞。

即使他们目前的运况好上几倍，也不太会成为一味向高消费“看齐”的群体，而仍将是非常理性的消费群体。

这乃因为，他们中大多数是当年拉扯着父母的破衣襟长大的，后来自己又经历过几乎同样的艰苦生活。他们对于物质的要求太容易达到心理满足了。他们早已变成了从意识本能上拒绝高消费的人，变成了意识本能上的“朴素人”。

一个当代青年，如果中了一百万彩票，他会怎样呢？

想必，首先会买辆车。接着，对家宅进行豪华装修。然后，用几身名牌衣着彻底改观自己的社会形象……

而返城知青中的某人，则也许会低头瞧着百万彩票陷入寻思：

我有了一百万就真的应该买辆小汽车吗？

我真的需要把家装修得像三星级宾馆客房吗？

一身名牌的我一定就比现在衣着普通的我更让不认识我的人另眼相看更让熟悉我的人觉得亲近吗？……

这种消费意识的差别，是“代沟”的一种。知青一代与下一代之间的“代沟”，在许多方面，比他们与上一代人之间的“代沟”更显明。在消费意识方面，尤其显明地体现出上一代人陋物自珍、能将就、善凑合的“基因”特征。

无论广告怎样怂恿和诱惑，普遍的他们，都是不太敢超前消费赊贷消费的，仿佛视此等消费方式是诓人自杀的陷阱。

他们是城市中令商家大摇其头无可奈何的消费群体。商家有千条妙计，他们自有一定之规。

当然，那百分之十五中，也不乏消费意识非常贵族的人。但我们循他们的消费意识觅他们从前的自我，定会顿悟：原来他们小时候的生活水平就比较贵族，或接近准贵族。他们如今的贵族式的消费，其实也体现着另一种“基因”的特征。他们或她们当年的下乡，仅仅意味着落难。与大多数知青之间过去的共性本就极少，今天的反差自然更大。

九、知青与儿女

整体而言，知青一代中，少有娇宠儿女的父母。因为自己是小儿女时，一般都不曾被娇宠过。但这并不意味着他们对儿女缺乏责任感和爱心。如果与父母辈当年对自己们的抚养之恩相比，他们对儿女们的抚养责任感和爱心也简直可以说是无微不至。父母辈当年因儿女多而难以尽到之义务，他们今天因是独生子女的父母可以尽得格外周到，却毕竟不同于娇宠。

区别是，当他们以爱心关怀儿女时，潜意识里总难免地涌动着这样一种愿望：想使儿女明白，儿女多要求是不可取的，父母多给予则是正常的。

而儿女们又总是不太能明白要求给予和父母主动给予到底有什么两样？比照别家的父母与儿女的关系，或许可以得出相反的结论，认为自己实际感受到的一点儿也不多。

于是，往往成为知青一代父母与儿女心理上两相讳言的隔膜，不厚，但是隐约存在着。知青一代父母常企图这样教诲儿女：“你们多么幸福！你们还可以更幸福一些！我们高兴使你们更幸福一些。但你们必须承认，你们幸福着。”

而儿女们比照自己的同代们，也打算虚心体会一番幸福着的感觉，却总也不大能真切地体会到。因为幸福的感觉是越向优越比越少的东西，而他们正处在一个人人从小就被诱导着向优越比的时代。

这是知青父母心口的微疼，它每每转变为暗恼。

所以，知青一代的儿女们，普遍不会向父母们要求什么，渐渐养成了默默地被动接受的习惯。给予多时并不认为多，给予少时也并不抱怨少。给予多少，颇为知足地接受多少，随着年龄的增长，终于体恤到父母的不容易。

知青父母对儿女的最大寄托是：考上大学，成为受过高等教育的人。

这又不意味着便是望子成龙。

因为他们中大多数实际上并不幻想儿女将来出人头地，一辈子名利双收荣华富贵。

他们的寄托专执一念地强烈地体现为这么一种思想：知识虽然不能使人富有，但足可使人不自卑。

这与自己虽然具备许多长处甚至是宝贵的长处，却终因知识的缺憾常觉卑于人前有直接的心理关系。

知青父母一般不鼓励儿女的各类明星梦。在那些休息日带着儿女上演艺班的父母中，一般见不着知青父母的身影。他们对由明星而名人而贵族的现象，颇能漠然视之。

他们的儿子如果英俊女儿如果漂亮，他们也还是要督促儿女发奋读书立志求学，往往会坚决反对儿女们靠了英俊和漂亮而产生的巧走人生捷径的念头。作为父母，自己头脑中更不会产生此念，甚至会认为此念鄙俗。

倘儿女们也对自己的知青经历冷嘲热讽，那么必是对知青父母的最严重的伤害。

昨天是“三八”妇女节，中央电视台的一台专题节目中，有位三十来岁的姑娘接受采访时说：“我自己的事情是第一位的，是最重要的。永远是第一位是最重要的，这是我的人生观。”

之后还插播了一位女青年怀抱吉他自弹自唱的片段。歌曰：

管他别人怎么样

只要自己很快乐

……

想来，她们成为母亲后，定会如此这般地教育儿女。

但知青父母中，肯定较少有人向儿女灌输类似的人生观。

时代激变，形形色色的人有形形色色的活法。只要不恶，每一种活法都有正面的道理。或许，连知青父母们，也早就开始承认以上两种生活态度最合时代潮流。尽管如此，他们似乎还是不太会那么样教育自己的儿女。即使心里想要那么样教育，但往往话到唇边，却难以启齿。总归觉得，似乎不该是父母教育儿女的话。如果自己那么样进行教育了，仿佛很可耻。

但此种教育，自己不进行，社会和时代也在以各种方式进行着。并且，轻而易举地，就将自己儿女们的思想认同争夺了过去。

知青父母们从前试图反争夺，但近年终于意识到了自己注定的失败，也就只有放弃争夺，由之任之。反正，能明白自己的事情是第一位的，是最重要的，而且永远，也不失为一种明智的活法。凡明智的，不是必有积极的一面吗?

他们意识到，传统的人生观之教育内容，在今天已显得极不合时宜了。所以，想要对儿女进行教育前，每每三省再三省，为的是在自己头脑中首先判断出对错。而一遇反驳，则每每三缄其口，更加感到自己们思想的不合时宜，甚至悲哀地感到自己们思想的不可救药。

这一种现象，乃以往时代通过知青们的父母的教育思想折射在他们儿女身上的影子。此影子越来越被当代思想的耀眼光芒所逼淡。

知青父母，瞧着在许多方面与自己差别越来越大的儿女，有时简直不知究竟是该高兴还是该忧虑。

而儿女往往暗示——当然该高兴!

将来，谁要发现二十世纪五六十年代中国人的特征，那么只能从知青一代的儿女的身上去发现了。据我想来，只有他们和她们身上，还有一两片鳞，模糊不清地具有那一种特征。其余一概之中国人，除了性别姓名符号和外貌，头脑里和内心里的状况都会变得雷同化、类同化，就像某种基因的克隆人一样，都将是同一时代的克隆的产物……

十、知青与中国离婚率

众所周知，中国离婚率正逐年上升。离婚和结婚已变得同样寻常了。甚至，离婚比结婚还寻常。结婚总还需要房子，需要经济储备，需要一番热闹作为广告形式。而离婚则不需要这些。离婚只需要一方想离就实际上开始离了。若另一方并不情愿，无非是夫妻双方“冷战”一个时期，而最终获胜的必是想离的一方。因为最终的结果必是无难临头也各奔东西。或在“持久战”后离，或在“速决战”后离。

前两三年，有一种社会玩笑，两个中国男人见面，常半真半假地问:“离了没有?”就像老辈人见面习惯于互问:“吃了没有?”

足见某些男人内心里是多么巴望离婚，欲念强烈的程度不亚于对性冒险的向往。

每每有这种情况，两个男人久别偶见，一方问：“离了吗？”

一方满面自喜地答曰：“离了。”

于是另一方目瞪口呆。他不过是在开玩笑，没料到对方真的实践成功了。

这时若留心观察问的一方那表情，愣怔中说不定会有几分妒意，几分失落。

好比有心无肠地随口问别人：“中奖了吗？”

而得到的回答不容置疑：“中了，头奖，一百万。”

但是返城知青中的男人们之间基本上不开这一类玩笑。离婚对于他们，仍是人生一件极其严肃的事，有时严肃得无比严峻。

大约从前年起，非是返城知青的男人们之间，也不怎么开那类玩笑了。因为有关方面的统计表明，在上升着的离婚率中，女性首先“发难”甚至“突然袭击”的现象显增。时代宣告离婚不再是男人的传统特权，它似乎更喜欢将这一特权交予女人们了。当然，那几乎皆是在社会地位、才貌或经济方面拥有优势的女人。有时代撑腰，她们能代表同性向男人们进行报复，何乐而不为呢?

所以，一个男人如果还没深没浅地对另一个男人开那一类玩笑，也许会惹恼对方。因为对方可能正是一名女性报复者的“牺牲者”。

总体而论，以目前流行的种种离婚理由作为理由的话，至少知青一代中三分之一的夫妻的某一方不无离婚的理由。

因为知青一代的结婚，几乎或多或少地带有“包办”的色彩。“包办”者当然非是父母，而是时代。当年的时代，像一只巨大的手，以不可抗力将许许多多男女青年的婚恋故事彻底改写了。好比一部旧戏的戏名：《乔太守乱点鸳鸯谱》。有的虽遭“包办”，但幸而般配；有的极不般配，但也只得顺从时代之命。仅只出身一条，当年就曾使不少有情人难成眷属。

知青一代中大多数人的不赶离婚之时髦，使人联想到谌容的一篇小说——《懒得离婚》。

“懒得”二字，于知青一代而言，不完全意味着无奈，似乎更意味着一种明白。

那么，对于离婚，知青一代究竟明白些什么呢?

其一，明白《真爱又如何》——这也是一篇上海女小说家的小说。

在今天，真爱和假爱实难分得很清。假作真时真亦假。真爱转变为不爱，往往由真爱之开始就发生着了。离婚自然都是起于向往真爱的念头。眼见真爱并不可靠，自然就“懒得”离婚了。

其二，知青一代由于自身在激烈的社会竞争中每每处境艰难，收入低微，委屈了儿女。为儿女保全一个完整的家，差不多是重大责任，都不忍在这一点上再伤及儿女。

其三，离婚是家的分裂。但象征家之实体的房子却无法分裂。他们不像富起来了的人，一旦离婚反而图个独居宽敞。他们若离婚，一方便无处可居，必流落街头。这关乎基本人道，也关乎基本人权，他们和她们，都更不忍。

其四，小说家余华说过这么一句话——“相依为命比海誓山盟还重要”。真爱不那么靠得住，海誓山盟才显得重要。连海誓山盟也靠不住了，相依为命的意义就突出了。既能相依为命，必有某种情愫为基础。于知青夫妇们而言，那情愫乃是在共同的命运、共同的知青岁月中缔结的。它的成分其实比爱在当代的状态更单纯。当年它几乎完全以彼此的好感为前提，几乎不掺杂任何地位和经济因素的相互吸引。某些情况之下政治对某些相爱的知青男女起着离间作用。但越到后来，政治的离间作用越被相爱的知青男女共同轻蔑。

前边提到知青们的婚恋被时代那只无形的大手所扰乱，主要是指他们和她们的初恋而言。如果没有“上山下乡”运动，初恋也许比较顺理成章地发展为终成眷属的夫妻关系。但“上山下乡”运动使他们和她们像被大风吹散的蒲公英种子，天南地北各落一方，聚首之期渺不可求，缘分也就终于被时代硬性地钳断了。又，知青们到了渴望相爱的年龄以后，男女之间选择的范围是极有限的。普遍只能在各自所属的知青群体内进行。群体大些，范围则大些；群体极小，范围则小。跨群体相爱的可能性非常小。选择的范围既极有限，爱的理想程度也就无法强求。所以相当一部分知青男女，结为夫妻乃是因为再也承受不了身心孤独的压迫。诚如俗话说的："有个伴儿总比没伴儿强。"不求琴瑟般配，但图彼此呵护。

正是这一点，决定了不少知青夫妻之间的关系先天不良。但也正是这一点，决定了那一种相依为命的情愫旷日持久，渐渐弥补了先天不良。它含爱的成分也许不那么浓，但它有些另外的成分，却是当今的爱中开始稀少的。又诚如他们自己所说的——"良心加感情，奉陪到白头"。

良心便是当今的爱中开始稀少的。

当今时代，流行着以金钱抵良心的方式。

普遍的知青除了工资，没多余的金钱，故恪守良心，如同保护唯一的财产。

而良心是这样一种事物，恪守也升值。以升值的良心为黏合剂，当今大多数知青夫妻之间的关系，虽然旧陋但却很耐磨损。好比"解放牌"胶鞋，即使不时兴了，但毕竟曾是名牌。

知青一代如果不是这样，中国城市离婚率，定会再翻几倍……

最后要说明的是：我在此文中，频用"他们"和"她们"，仿佛我自己非是返城知青似的。不用"他们"和"她们"，那么便得写成"我们"了。而我又明摆着比大多数活得顺遂，并不面对"下岗"和失业的烦愁，起码，目前还未面对，故我是特例。在许多方面，不能代表普遍。自谓"我们"，虽显着亲，却有冒认之嫌。

故用"他们"和"她们"，近距离内做扫描状，带着感情做客观状，以局外人似的口吻说道同类之事——这总比明明不能代表普遍而又偏要自作多情地强调共同的"血缘"背景好。

我这么认为……

精神之魂

——论张澜

一部中国的社会史，未尝不也是一部中国知识分子的思想史。其二者的紧密关系，就像叶子和四季一样。

观一叶而知寒暑，正是那些堪称伟大的知识分子，与我们中华民族之命运唇亡齿寒的写照。

于是，屈原才有这样的诗句：“路漫漫其修远兮，吾将上下而求索。”

于是，范仲淹才有这样的话：“先天下之忧而忧，后天下之乐而乐。”

于是，杜甫才有这样的诗句：“安得广厦千万间……吾庐独破受冻死亦足。”

林则徐才有这样的诗句：“苟利国家生死以，岂因祸福避趋之。”

鲁迅才有这样的诗句：“横眉冷对千夫指，俯首甘为孺子牛。”

周恩来才有这样的诗句：“面壁十年图破壁，难酬蹈海亦英雄。”

以上诗句所表达的思想和情怀，一言以蔽之，无非两句话——爱国，爱民。

有了这样的思想和情怀，一位知识分子，其思想境界就高了，其情怀内容就广了，其人格魅力就厚了。有了这样的思想和情怀，定会促使他肩负起对国家对民族对百姓的使命感，责任感。虽遭迫害与误解种种，而终无怨无悔。

张澜先生，便是一位足可用以上诗句来形容的知识分子。一位思想境界很高，情怀内容很广，人格魅力很厚的知识分子。一位爱国爱民之心特别真挚而强烈的知识分子。由是而成为中国近代史上的一位大知识分子。

我尊先辈为大知识分子，是与普遍的以著书立说之精深而大于世大于史的知识分子有别的。先辈的学养在当时的中国，自然也是一流的。若一味摆平桌案埋头于著书立说，自然也是会其名留芳的。先辈之大，乃在于他将一位知识分子的人生能动性，完完全全地，身体力行地投入到改造国家，拯救民众的中国大事业之中去了。由是，先辈由当时的一位大知识分子，必然地成为了一位杰出的社会改革实践家，必然地成为了一位卓越的民主人物，必然地成为了我们民盟的创始人。将众多知识分子凝聚在民主同盟的爱国爱民组织之中，在当时的中国，此使命唯张澜先生才能服望担当。

七八十年前的旧中国，地域之间的政治、经济、文化是很封闭的。故先辈的积极的作为，曾一度被地域的封闭局限于四川。而在四川这个中国大省，他的政治影响，可与孙中山对中国的影响相提并论；他的文化影响，可与鲁迅对中国的影响相提并论；他的教育影响，可与陶行知对中国的影响相提并论；他对封建反动势力充满浩然正气，不顾个人安危的斗争，又可与“讨袁将军”蔡锷相提并论。

张澜先生在四川近代史上的屹立，在当时的中国，是很不寻常的现象。因为倘将历史向前推移，四川几个世纪以来不曾出现过他那样的知识分子。也许，有一位后来被写入川剧，并搬上川剧舞台加以表现的“巴蜀秀才”，可以算是具有和他一样的使命感的人物吧？但那一位“巴蜀秀才”，所对抗的也不过就是一二封建官僚，与张澜先生将推翻整个封建统治作为己任的大目标，又是根本不能同日而语的。

当蒋介石立重庆为“陪都”以后，张澜的历史作用和社会影响更加巨大了。民盟的历史作用和社会影响也更加巨大了。因为张澜先生所要矢志推翻的腐败统治集团，已近在他的身旁。因为民盟所要进行的种种民主进步活动，几乎完全地被监控在国民党的特务网之下了。斗争的凶险是更大更经常发生了。先辈也就更加的义无反顾；民盟在促进中国走向民主与进步的历程中，作用也就更加的卓越。由是，张澜及其所创建所领导的民盟，受到中国共产党的尊敬和倚重，便成为符合历史发展规律的互动了。

在张澜的民主斗争生涯中，有两件事很能说明他的“大”：

一是国民党逮捕了他的秘书等一批民盟人士，并发出最后“通牒”威胁民盟解散，否则开始对民盟进行像“四一二”大肆屠杀共产党人一样的“清剿”。为了保护民盟，更为了替中国保护一大批优秀的知识分子，张澜在解散通告上签了字。并于第二天发表公开声明，将自己继续以个人身份斗争到底的决心昭告天下。此做法，实际上等于以己为盾，保护了民盟的中坚力量得以转移。并且以一己的浩然正气，表示了对反动当局白色恐怖的公开蔑视。这自然极易引起某些同志的指责和误解；这自然也就需要格外有一份勇于担当的政治责任感。凡领导人物在特殊局面之下必须具备的政治责任感，先辈一身担当了，表现出了那一种政治责任感。虽在以后相当长的一段时期内，受到了误解甚至指责，然无怨无悔，竟从未作过一句辩说。此大无私也！此大风范也！此大人格力量也！此大胸襟也！这是一种特殊的果敢。

二是新中国成立以后，即先辈已成为国家副主席的年代里的事——毛泽东对梁漱溟大发雷霆，当面连连怒斥其反动，令在场之人皆震惊噤言。事后，先辈与人致信毛泽东，对毛泽东的不冷静，对毛泽东怒斥梁漱溟的过激话语，表示了不同的看法，予以了婉言的劝告。那无疑等于是民主党派的领袖，对执政党领袖的中肯的批评。

倘若，先辈当即那样，则等于是在助长梁漱溟威风，灭毛泽东志气的表态。领袖毕竟也有常人的一面，也有冲动而意气用事之时，当即那样，于事无益是显而易见的。

倘若，先辈回到家里，只引梁漱溟为戒，而将个人看法深埋于心，不替受了委屈的梁漱溟写一封信讨回些公道，则既有违于民主人士之间一致的崇尚公正的原则，也有违于民主人士与执政党同舟共济、肝胆相照，做诤友谏诤言的原则。

故先辈的做法，乃极为得当的做法。体现着对人对事极为突出的，客观又公正的态度；体现着极为突出的，符合而不是无视中国国情的参政谏言的艺术性。

我认为，上述两件事，对民盟今天的自身建设，以及参政谏言的政治角色，都有着范例的意义。

我们民盟今天的自身建设，仍需要有诸多既任领导职务，而且凡事能够较为无私地从大局出发，哪怕会引起对自己的猜疑、误解甚或指责，为着大局的利弊，勇于挺身担当而无怨无悔的优秀人士。我们全体民盟成员，也应该像先辈那样，不断提高我们参政谏言的艺术水平。倡导充分考虑中国之国情，注重参政谏言之方式方法的精神。我们既要反对察言观色，明哲保身；也要反对只图一时痛快，一逞个性，不讲求方式方法，不考虑实际效果的言行。

威武不能屈，富贵不能淫，贫贱不能移——此三句话，我们的先辈张澜先生是完完全全地做到了的。威武不能屈自不必说，对于先辈，已成历史之定论。自古以来，中国知识分子如同一撮毛，总不免要附着在一张皮上的。倘先辈在当年将自己附着在腐朽当局的皮上，那么其所享之富贵不难想象。然而先辈却是将自己的一生，附着在人民大众这一张皮上了。即使当了国家的副主席，其俭朴生活，亦成美谈。自身俭朴如大众一员，贫又怎么能使其贱呢？这样的人，首先在人格上，已特立独行，耸于不倒的境界了！张澜，实乃我们民盟的精神之魂。

他值得我们永远以他为榜样，值得我们永远纪念，也值得我们永远学习！

中国“尼采综合征”批判

20世纪80年代之初，一个幽灵悄悄潜入中国。最先是学界的现象，后来是出版的现象，再再后来是食洋不化的盲目的思想追随乃至思想崇拜现象——并且，终于的，相互浸淫混淆，推波助澜，呈现为实难分清归类的文化状态。

因而，从当时的中国学界，到大学校园，甚至，到某些高中生初中生们，言必谈尼采者众。似乎皆以不读尼采为耻。

是的，那一个幽灵，便是尼采的幽灵。“思想巨人”“上一个世纪最伟大的哲学家”“大师”“悲剧哲学家”“站在人类思想山峰上的思想家”“存在主义之父”“诗性哲学之父”……

中国人曾将一切能想得到的精神桂冠戴在尼采幽灵的头上。刚刚与“造神”历史告别的中国人，几乎是那么习以为常地又恭迎着一位“洋神”了。

时至今日我也分不大清，哪些赞誉是源于真诚，而哪些推崇只不过是出版业的炒作惯技。

然而我对中国学界在20世纪80年代之初“引进”尼采是持肯定态度的。因为在渴望思想解放的激情还没有彻底溶化“个人迷信”的坚冰的情况下，尼采像是一剂猛药。

尼采“哲学”的最锐利的部分，乃至于对几乎一切崇拜一切神圣的凶猛而痛快的颠覆。所以尼采的中国“思想之旅”又几乎可说是适逢其时的。

几十年过去了，我的眼看到了一个真相，那就是——当年的“尼采疟疾”，在中国留下了几种思想方面的后遗症。如结核病在肺叶上形成黑斑，如肝炎使肝脏出现疤癞。

这是我忽然想说说尼采的动机。

在哲学方面，我连小学三年级的水平都达不到。但是我想，也许这并不妨碍我指出几点被中国的“尼采迷”们“疏忽”了的事实：

尼采在西方从来不曾像在中国一样被推崇到“热发昏”的程度。

“在存在主义的演进过程中，尼采占着中心的席位：没有尼采的话，雅斯培、海德格和沙特是不可思议的，并且，卡缪《薛西弗斯的神话》的结论听来也象是尼采遥远的回音。”

这几乎是一切盛赞尼采的中国人写的书中，一而再，再而三地引用过的话。普林斯顿大学考夫曼教授的话。

然而有一点我们的知识者同胞们似乎成心地矢口不谈——存在主义也不过就是哲学诸多主义中的一种主义而已，并非什么哲学的最伟大的思想成果。占着它的“中心席位”，并不能顺理成章地遂成“思想天才”或“巨人”。

又，尼采两次爱情均告失败，心灵受伤，终生未娶；英年早逝，逝前贫病交加，完全不被他所处的时代所理解，尤其不被德国知识界所理解。这种命运，使他如同思想者中的梵高。此点最能引起中国学界和知识者们的同情。其同情有同病相怜的成分。每导致中国学界人士及知识分子群体，在学界讨论和对知识者思想者的评述方面，过分热忱地以太浓的情感色彩包装客观的评价。

这在目前仍是一种流行的通病。

“上帝”不是被尼采的思想子弹“击毙”的。在尼采所处的时代，“上帝”已然在普遍之人们的心里渐渐地寿终正寝了。

尼采只不过指出了这一事实。

在西方，没有任何一位可敬的哲学家认为是尼采“杀死”了人类的“上帝”。只不过尼采自己那样认为那样觉得罢了。

而指出“上帝”死了这一事实，与在“上帝”无比强大的时候宣告“上帝”并不存在，甚或“行刺”“上帝”，是意义决然不同的。尼采并没有遭到宗教法庭的任何判决，再清楚不过地说明了二者的决然不同。

上帝是在人类文明的进程中“老”死的。

关于尼采的断想

好在尼采的著述并非多么的浩瀚。任何人只要想读，两天就可以读完。10 天内细读两遍也不成问题。他的理论也不是多么晦涩玄奥。与他以前的一般哲学家们的哲学著述相比，理解起来绝不吃力。对于他深恶痛绝些什么，主张什么，一读之下，便不难明了七八分的。

我还是比较地能接受尼采是近代世界哲学史上的一位哲学家这一说法的。

尼采自诩是一位“悲剧哲学家”。

他在他的自传《瞧，这个人》中，声称“我是第一个悲剧哲学家”。大有前无古人的意思。

这我也一并接受。尽管我对“悲剧哲学家”百思不得其解。好比已承认一个人是演员，至于他声称自己是本色演员还是性格演员，对我则不怎么重要了。

在中国知识界第一次提到尼采之名的是梁启超。而且是与马克思之名同时第一次提到的。这是 1902 年，尼采死后的事。

梁氏认为，马克思的社会主义和尼采的个人主义，是当时德国“最占势力的两大思想。”

再后，王国维在《叔本华和尼采》一文中，亦对尼采倍加推崇，所予颂词，令人肃然。如：“以强烈之意见而辅之以极伟大之智力，高瞻远瞩于精神界。”

并讴歌尼采的“工作”在于“破坏旧文化而创造新文化”。

鲁迅也撰文推崇尼采。

“向旧有之文明，而加之抨击扫荡焉”；“然其为将来新思想之征兆，亦新生活之先驱。”一向以文化批判社会批判为己任的鲁迅，对尼采所予的推崇，在其一生的文字中几乎是独一无二的。可谓“英雄所见略同”，一东一西，各自为战却不谋而合。

到了1915年，陈独秀在《新青年》创刊号上发表文章，再次向中国青年知识分子“引荐”尼采。那正是中国新文化运动兴起之时，需要从西方借来一面思想解放的旗帜。比之于马克思的社会主义，尼采的个人主义更合那时中国青年知识分子的胃口。倘若中国的知识分子特别喜欢鼓吹文化的运动，而又能自觉谨慎地将文化运动限定在文化的半径内进行。因为文化的运动，不过是新旧文化势力，这种那种文化帮派之间的混战和厮杀。即使“人仰马翻”，对于统治却是安全的。对于文化人，也不至于有真的凶险。

而一个事实是，无论尼采在世的时候，还是从他死后的1900年到1915年中国新文化运动兴起之时，其在德国、法国、扩而论之在整个欧洲所获的评价，远不及在中国所获的评价那么神圣和光荣。事实上从他的《查拉图斯特拉如是说》问世到他病逝，其在西方哲学史上一直是一个被争议不休的人物。只有在中国，才由最优秀的大知识分子们一次次交口称赞并隆重推出。

这是为什么呢?

关于中国知识分子的角色想象

中国之封建统治的历史，比大日耳曼帝国之形成并延续其统治的历史要悠久得多。在“五四”前，中国是没有“知识分子”一词的，有的只不过是类似的译词。“智识分子”便是。正如马克思曾被译为“麦喀士”、尼采曾被译为“尼至埃”。

早期中国文人即早期中国知识分子。

早期中国文人对自身作为的最高愿望是“服官政”。而“服官政”的顶尖级别是“相”，相当于一国之总理。倘官运不通，于是沦为“布衣”。倘虽已沦为“布衣”，而仍偏要追求作为，那么只有充当“士”这一社会角色了。反之，曰“隐士”。“士”与“隐士”，在中国，一向是相互大不以为然的两类文人。至近代，亦然。至当代，亦亦然。“士”们批评“隐士”们的全无时代使命感，以“隐”作消极逃遁的体面的盾。或“假隐”，其实巴望着张显的时机到来。“隐士”们嘲讽“士”们的担当责任是唐·吉诃德式的自我表演。用时下流行的说法是“作秀”。或那句适用于任何人的话——“你以为你是谁？”无论“士”或“隐士”中，都曾涌现过最优秀的中国文人。也都有伪隐者和冒牌的“士”。

在当今，中国的文人型知识分子，依然喜欢两件事——或在客厅里悬挂一幅古代的“士”们的词联；或给自己的书房起一个“隐”的意味十足的名。但是当今之中国，其实已没有像那么回子事的“隐士”，也正如已缺少真正意义上的“士”。

然而，毕竟的，我认为，新文化运动，是中国近代的“士”们的时代，不是“隐士”们获尊的时代。

中国的知识分子们，准确地说，中国的文人知识分子们，确乎的被封建王权，被封建王权所支持的封建文化压抑得太久也太苦闷了。他们深感靠一己们的思想的“锐”和“力”，实难一举划开几千年封建文化形成的壁垒。正如小鸡封在恐龙的坚硬蛋壳里，只从内部啄，是难以出生的。何况，那是一次中国的门户开放时代，普遍的中国知识分子，尤其中青年知识分子，急切希望思想的借鉴和精神的依傍。马克思的社会主义学说有煽动造反的嫌疑，何况当时以暴力推翻旧世界为己任的中国共产党还没成立。于是尼采著述中否定一切的文化批判主张，成为当时中国社会思想者们借来的一把利刃。由于他们是文化人，他们首先要推翻的，必然只能是文化压迫的大山。

马克思与尼采的不同在于，马克思主义认为，更新了一种政权的性质，人类的新文化才有前提。马克思主义否定其以前的一切政权模式，但对文化却持尊重历史遗产的态度；尼采则认为，创造了一种新文化，则解决了人类的一切问题。

尼采的哲学，其成分一言以蔽之，不过是“文化至上”的哲学。或曰“唯文化论”的哲学。再进一步说，是“唯哲学论”的哲学。也是“唯尼采的哲学论”的哲学。

“借着这一本书（指他的《查拉图斯特拉》），我给予我的同类人一种为他们所获得的最大赠予。”

“这本书不但是世界上最傲慢的书，是真正属于高山空气的书——一切现象，人类都是躺在他足下一个难以估计的遥远地方——而且也是最深刻的书，是从真理的最深处诞生出来的；像一个取之不尽的源泉，任何盛器放下去无不满载而归的。”

语句的不连贯难道不像一名妄想症患者的嘟哝么？

“我用十句话说出别人用一本书说出的东西；说出别人用一本书没说出的东西。”

“这种东西（指他的书）只是给那些经过严格挑选的人的；能在这里作一个听者乃是无上的特权……”

“我觉得，接受我著作中的一本书，那是一个人所能给予他自己的最高荣誉。”

“能够了解那本书中的六句话（指《查拉图斯特拉》）——也就是说，在生命中体验了它们，会把一个人提升到比‘现代’人类中的优智者所到达的更高的境界。”

以上是尼采对他的哲学的自我评价。在他一生的文字中，类似的，或比以上话语还令人瞠目结舌的强烈自恋式的自我评价比比皆是。

而对于他自己，尼采是这么宣言的：

“我允诺去完成的最后一件事是‘改良’人类。”

“这个事实将我事业的伟大性和我同时代人的渺小性之间的悬殊，明显地表现出来了。”

当我得以完整地阅读尼采，我不禁为那些我非常敬仰的，中国现代史中极为优秀的知识分子感到难堪。

因为，我无论如何不能得出这样的结论——他们之所以优秀和值得后人敬仰，乃由于读懂了尼采的一本散文诗体的小册子中的六句话。

我只能这么理解——中国历史上那一场新文化运动，需要一位外国的“战友”；正如中国后来的革命，需要一位外国的导师。

于是自恋到极点的尼采，名字一次次出现在中国新文化运动的文论中。

这其实是尼采的殊荣。

尼采死前绝想不到这一点。

如果他生前便获知了这一点，那么他也许不会是四十五岁才住进耶拿大学的精神病院，而一定会因为精神的更加“高迈”更早地住进去……

在中国，我以为，一位当代知识分子，无论其学问渊博到什么程度，无论其思想高深到什么境界，无论其精神的世界自以为纯洁超俗到多高的高处，一旦自恋起来，紧接着便会矮小。

关于鲁迅与尼采

排除别人不提，鲁迅确乎是将尼采视为果敢无畏地向旧文化冲锋陷阵的战士（或用鲁迅习惯的说法，称为“斗士”“猛士”）才推崇他的。

对比鲁迅的文字和尼采的文字中相似的某些话语，给人以很有意思的印象。

尼采：

“我根本上就是一个战士，攻击是我的本能。”

“我的事业不是压服一般的对抗者，而是压服那些必须集中力量、才智和豪气以对抗的人——也就是可以成为敌手的那些对抗者……成为敌人的对手，这是一个光荣决斗的第一条件。”

“我只攻击那些胜利的东西——如果必要的话，我会等它们变成这样时才攻击它们。”

“我只攻击那些我在攻击时找不到盟友的东西”

“我不是一个普通的人，我是炸药。”

……

总而言之，尼采认为自己的“攻击”，是这个世界上唯一一种“超人”式的“攻击”。因而是他的“敌人”的自豪。

鲁迅：

“要有这样的一种战士——已不是蒙昧如非洲土人而背着雪亮的毛瑟枪的；也并不疲惫如中国绿营兵而却佩着盒子炮。他毫无乞灵于牛皮和废铁的甲胄；他只有自己，但拿着蛮人所用的，脱手一掷的投枪。”

“那些头上有各种旗帜，绣出各样好名称：慈善家，学者，文士，长者，青年，雅人，君子……头下有各样外套，绣出各式好花样：学问，道德，国粹，民意，逻辑，公义，东方文明……

“但他举起了投枪。”

即使“敌人”们发誓，其实自己有益无害或并无人害也不行。

“他微笑，偏侧一掷，却正中了他们的心窝。”

纵使“敌人”们友好点头也不行。

因为那战士“知道这点头就是敌人的武器，是杀人不见血的武器，许多战士都在此灭亡，正如炮弹一般，使猛士无所用其力。”

于是战士一次次举起投枪。

那样的战士，他是“真的猛士，敢于直面惨淡的人生，敢于正视淋漓的鲜血。”

鲁迅一生都在呼唤“这样的一种战士”，然而终不可得。

事实上“这样的一种战士”是要求太过苛刻的战士，因为几乎等于要求他视其以前的所有文化如粪土。

因而鲁迅只有孤独而悲怆地，自己始终充当着这样的战士。

他“于浩歌狂热之际中寒；于天上看见深渊。于一切眼中看见无所有；于无所希望中得救。”

他想到自己的死并确信：

“待我成尘时，你将见我的微笑！”

这都由于鲁迅对他所处的时代深恶痛绝。而那一个时代，也确乎的腐朽到了如此田地。

然而尼采真的是鲁迅所期望诞生的那一种战士么？

今天倘我们细细研读尼采，便会发现，写过一篇杂文提醒世人不要“看错了人”的鲁迅，自己也难免有看错了人的时候。

鲁迅认为他以前的中国文化只不过是“瞒和骗”的文化，认为他所处的那个时代的文化，只不过是“瞒和骗”的继续。认为中国五千年文化的真相，只不过是“吃人”二字。

鲁迅要从精神上唤醒的是自己的同胞。

尼采要从人性上“改良”的是全人类。

尼采认为在他以前，地球上的人类除少数智者，其余一概虚伪而又卑鄙，根本无可救药地活着。

因而慈悲者、说教者、道德家、知名的智者、学者、诗人，乃至贱氓（即穷愁而麻木的芸芸众生），一概都是不获他的“改良”，便该从地球上彻底消灭干净的东西。纵然少数他认为还算配活在地球上的人，也应接受一番他的思想（或曰哲学）的洗礼。

他唯一抱好感的是士兵。真正参与战争的士兵。

他鼓励一切士兵都要成为他理想之中的战士：

“你们当得这样，你们的眼睛永远追求一个仇敌——你们的仇敌。你们中有许多人且要一见面就起憎恨。”

“你们要寻找你们的仇敌，你们要挑动你们的战争。”

“你们当爱和平，以和平为对于新的战争的手段——并爱短期的和平甚于爱长期的和平。”

这句话的另一种说法是——为了发动更大的战争你们需有短暂的和平时期储备你们再战的锐气。

“战争和勇敢比博爱做着更伟大的事情。”

“你们问：‘什么是善？’——能勇敢便是善。”

“你们必须骄傲你们能有仇敌。”

“所以你们这样过着你们的服从和战斗的生活吧！长生算什么呢？战士谁愿受人怜惜？”

所以，希特勒向墨索里尼祝寿时，以尼采文集之精装本作为礼物相赠也就毫不奇怪。

所以，第二次世界大战中，德军向士兵分发尼采那《查拉图斯特拉如是说》的小册子，命他们的士兵满怀着“比博爱做着更伟大的事情”的冷酷意志去征服别的国家和人民，也就毫不奇怪。

所以，当德国士兵那么灭绝人性地屠杀别国人尤其犹太人时，可以像进行日常工作一样不受良知的谴责。

因为“查拉图斯特拉”说：“仇恨就是你们的工作。你们永远不要停止工作。”

当然，法西斯主义的罪恶不能完全归于尼采。

但，一种自称旨在“改良”人类的思想，或一种所谓哲学，竟被世界上最反动最恐怖的行为所利用，其本身的价值显然便是大打折扣了。

鲁迅却又终究是与尼采不同的。

鲁迅并不自视为中国人的、更不自视为全人类的思想的上帝。

鲁迅固然无怨无悔地做着与中国旧文化孤身奋战的战士，但他也不过就视自己是那样的一个战士而已。

并且，在很多时候，很多情况之下，他十分清醒地知道，自己却连那样的战士也不是的，只不过是这俗世间的一分子。

鲁迅自己曾在一篇文字中这样形容自己：

“（我）有一种自害的脾气，是有时不免呐喊几声，想给人们去添点热闹。譬如一匹疲牛罢，明知不堪大用的了，但废物何妨利用呢，所以张家要我耕一弓地，可以的；李家要我挨一转磨，也可以的；赵家要我在他店前站一刻，在我背上帖出广告道：敝店备有肥牛，出售上等消毒滋养牛乳。我虽然深知道自己是怎么瘦，又是公的，并没有乳，然而想到他们为张罗生意起见，情有可原，只要出售的不是毒药，也就不说什么了。但倘若用得我太苦，是不行的，我还要自己觅草吃，要喘气的工夫；要专指我为某家的牛，将我关在他的牛牢内，也是不行的，我有时也许还要给别家挨几转磨。如果连肉都要出卖，那自然更不行，理由自明，无须细说……”

鲁迅这一种自知之明，与尼采的病态的狂妄自大，截然相反。

鲁迅有很自谦的一面。

尼采则完全没有。

非但没有，尼采甚而认为自谦是被异化了的道德，奴性的道德。他那一种狂妄自大才是人性真和美的体现。

鲁迅是时常自省的。

尼采则认为自省之于人也是虚伪丑陋的。因为他拒绝自省，所以他才成为世界上独一无二的精神完人。并且一再地声明自己的身体也是健康强壮的。所以他，只有他，才有资格这样写书：《我为什么这样智慧》《我为什么这样聪明》《我为什么会写出如此优越的书》，我的书是“一部给一切人看也无人能看的书”……

鲁迅是悲悯大众的。

尼采不但蔑视大众，并简直可以说是仇视大众。他叫他们为“贱氓”。

他说：“生命是一派快乐之源泉；但贱氓所饮的地方，一切泉水都中毒了。”

他说：“许多人避人避地即是要逃避了贱氓；他憎恨和他们分享泉水、火焰和果实。”

他说：“许多人走到了沙漠而与猛兽一同感到了干渴，只是不愿同污脏的赶骆驼的人坐在水槽的旁边。”

他甚至无法容忍“贱氓”也有精神。

“当我看出了贱氓也有精神，我即常常倦怠了精神。”

“我的弟兄们，我觅到它了！这里在最高迈的高处，快乐之泉为我而迸涌！这里生命之杯没有一个贱氓和我共饮！”

“真的，我们这里没有预备不净者的住处！我们的快乐当是他们的肉体与精神的冰窖！”

即使今天，读着这样的文字，如果谁是“贱氓”中的一员，或仅仅是体恤他们的人，都不禁会内心颤栗的吧？

我感到这仿佛是以日耳曼民族的血统为世界上最高贵的血统的纳粹军官在大喊大叫。

……

尼采若是中国人，尼采若活在鲁迅的时代；或反过来说，鲁迅若能像我们今人一样得以全面地“拜读”尼采，那么，我想——尼采将是鲁迅的一个死敌吧？

怎么可能不是？！

鲁迅对尼采的推崇——一个由于不全面的了解而“看错了人”的历史误会；一位深刻的中国思想者对一个思想花里胡哨虚张声势的“德国病人”的过分的抬举。

鲁迅是一次中国严重的精神危机的报警者。

而尼采则不过是一种德国的精神危机暴发之后形成的新型病毒。

关于尼采的“超人”哲学

在尼采杂乱无章的、以热病般的亢奋状况所进行的思想或曰他的哲学妄语中，“超人”乃是他彻底否定一切前提之下创造出来的一种“东西”。用尼采自己的话说——他们是“高迈的人”，“最高的高人”。尼采自己则似乎是他们的“精神之父”。

“超人”究竟是怎样的人？

迄今为止，一切研究尼采的人，都不能得出结论。

因为尼采一切关于他的“超人”的文字，都未提供得出任何较为明晰的结论。

他不无愤怒地反对人们将他的“超人”与迄今为止世界上存在过的这一种人或那一种人相提并论。哪怕那是些堪称伟大的人，尼采也还是感到倘与他的“超人”混为一论，是对他可爱而高贵的“超人”孩子们的侮辱。

故我们只能认为那是迄今为止在地球上不曾出现过的人。是仅仅受精在尼采思想子宫里的胚胎而不是人。

既然业已受精成胎了，那么尼采自己是否能说明白他们的形态呢？

尼采自己也从没说明白过。

他只强调“超人”非是这种人，非是那种人；他似乎极清楚他的“超人”们究竟是什么样的一种人类，但就是不告诉世人。因为世人不是卑鄙虚伪的人，便是该被咒死一光的贱氓。

“超人就是大地的意义。”

尼采如是说。

“他就是大海。”

尼采如是说。

“诚然，人是条污秽的川流。一个人必须成为一个大海，可以容纳污秽的川流而不失其洁净”。

这话也说得极好。

“人是要超越自身的某种东西……一切生存者都能从他们自身的种类中创造出较优越的来。”

这个道理也是极对的道理。但并非尼采发现的道理。几千年以前的稍有思想的人便懂得这个道理了。

“上帝死了！——现在，是该由高人来支配世界的时候了！”

然而这一句话却是令人惊悸的了。

原来否定了一个上帝只为制造另一个上帝。

这“上帝”如是呐喊：

“你们更渺小了，你们渺小了的人民哟！你们破碎吧，你们舒服的人们！时候到了，你们将毁灭了！

“毁灭于你们的渺小的道德，毁灭于你们的渺小的怠慢（对尼采的哲学及尼采的“超人”孩子们的怠慢），毁灭于你们的乐天安命！”

这个上帝比“死了”的上帝更加严厉，“他”连渺小的人民乐天安命的渺小的权力都将予以毁灭予以剥夺。

“不久他们将变成干草和枯枝！”

“那一时刻就要到了，它已逼近了，那伟大的日午！”

读来不禁使人毛骨悚然。

尼采赋予他的“超人”们两种“性格”——优种的傲慢和征服者的勇猛。

这两种性格也是尼采极其自我欣赏的“性格”。

后来它们成为从将军到士兵的一切纳粹军人的集体精神。体现于纳粹军队的军旗、军服、军礼、军规、军犬乃至作战方式……

尼采生前，所谓尼采哲学在德国并不曾被认真对待；尼采死后的三十年间，他的思想渐在德国弥漫。人们从纳粹军国主义分子们不可一世的“精神气质”中，能很容易地发现尼采“超人”哲学的附魂。

细分析之，“超人”哲学是反众生反人类的哲学。是比任何一种宗教还反动的哲学。因为宗教只不过从德行上驯化世人，而“超人”哲学咒一切非是“超人”的众生该下地狱。它直接所咒的是众生普遍又普通的生存权。

太将尼采当成一回事的中国人（而且在这个世界上几乎只有中国人才这样），定会以尼采所谓“超人”哲学中，那些用特别亢奋的散文诗句所表述的“精神”来“纯洁”自身的炽愿，当成某种正面的思想境界来肯定和颂扬。但是此种代之辩解的立场是极不牢靠的。

因为一个问题是——如果某人不能成为那种精神上“高迈”的“最高的高人”将如何？

那么他还配是一个人么？

答案是肯定的——不配！

那么他便是虚伪卑鄙之徒，是贱氓，或有知识的行为文明的贱氓。甚而，简直是禽兽不如的虫豸！倘他们竟敢与“最高的高人”们共享某一食物，那么那食物“便会烧焦了他们的嘴”，仿佛“他们吞食了火了”。更甚而，“最高的高人”于是便有权“将自己的脚踏入他们的嘴里”。

但“最高的高人”们的“精神”所达到的“纯洁”的高度又是怎样的一种高度呢？

“在最高迈的高峰的夏天，在清冷的流泉和可祝福的宁静之中——这是我们的高处，是我们的家——在将来的树枝之上，我们建筑我们的巢；鹰们的利喙当为我们孤独的人们带来食物！”

“如同罡风一样，我们生活在他们上面！”

“并以我们的精神夺去了他们精神的呼吸！”

总之是坚决地不食人间烟火，亦不近人间烟火。

“最高的高人”们的居处已是如此的“高迈”，食物又是那样的稀少，他们的“精神”上的“纯洁”程度高到何种境界，也就难以想象了。

自从有人类以来，有几个人能修成为那样的人？

替尼采辩解的人们难道是么?

若并不是，便先已是虫豸了！便先已该被“最高的高人”们“将脚踏入他们嘴里”了！

尼采自己难道就是么?

其实也断断不是。

因为他活着的时候，几乎没有停止过的一种怨恨就是——世人首先是他的国人对他的哲学的不重视。

足见他又是多么的在乎凡人和贱氓们对他的感觉了。

尼采在这个世界上一生只找到了一个知音，便是丹麦人莱德斯博士——因为后者在自己国家的大学里开讲“尼采哲学”……

“超人”哲学——一种源于主宰人类精神的野心，通常每在知识者中形成瘟疫的思想疾病。

疗药——大力倡导“普通人”的哲学。

关于尼采与红卫兵

将尼采与中国“文化大革命”中的红卫兵联系起来，表面看似乎太牵强附会。然而这一种联系起来的思考，对中国是有意义也是有必要的。

事实上，抗日战争爆发以后，中国文化界便无人再鼓吹尼采。

国家将亡，民族将沦为奴族，谁还来谈怎样成为“最高的高人”呢？当“华人与狗不准入内”的牌子竖在自己国家的城市里，华人集体的人格尊严和个性解放，又能彰显到哪里去呢?

事实上，1949 年以后，在中国几乎听不到尼采的名字了。

“文化大革命”中的红卫兵，无论是中学的，高中的，还是大学的红卫兵，百分之九十九点九以上不知尼采其人。

但是，红卫兵的理念、意志、表述思想的语言以及口号，与尼采是多么的相似啊！

首先在彻底否定一切这一点上，两者是空前地一致的。

尼采认为——他以前的世界已经彻底的朽烂了，而且“散发着难闻的恶臭”——这又很容易使人联想到列宁评说资产阶级“僵尸”的话，但列宁显然是不屑于“利用”尼采的吧？

红卫兵认为——在自己们以前的中国，刚刚变成了“红色”的，却又由“红色”完全变成了“黑色”的。

尼采要从文化上对他以前的世界进行彻底的清算。

红卫兵也要对中国那样。

尼采蔑视他以前的一切道德标准、文化遗产和价值判断的原则。

红卫兵亦如此。

尼采要由自己“改良”人类。

红卫兵也同样“允诺”进行如此“伟大的事业”，虽然不曾有人拜托。

尼采认为自己是精神上的“最洁”者。

红卫兵认为自己们是政治上的“最纯”者。

尼采在精神上“唯我独尊”。

红卫兵在阶级立场上也“唯我独尊”。

尼采极为骄傲于他血液里的一种元素——勇猛！

“勇猛就是击杀！每一次击杀伴随着一次凯旋！”

红卫兵也是勇猛的。每一次勇猛的行动都伴随着破坏和鲜血。

“我总是想要将一只脚踏进他们（指贱氓）的嘴里！”

尼采这么说，红卫兵几乎这么做。倘谁真的能将脚踏入别人们的嘴里的话。

“我的热烈的意志，重新迫使我走向人类；如铁锤之于石块。

同胞们，石块中卧着一个影像，我意象中的影像！呀！它卧在最坚固、最丑陋的石块中！

于是我的铁锤猛烈地敲击他的囚牢，石块中飞起碎片。

我要完成它，因为一个影像向我移来了！

美丽的超人向我移来了，呀！同胞们……”

尼采如是说。

“红卫兵战友们，让我们高举起红色的铁锤，将旧世界砸它个落花流水！让我们砸出的火星汇成一片片新世界的曙光！让我们彻底砸烂旧世界，砸出一个红彤彤的新世界！……”

红卫兵在“文化大革命”中每振臂作如此大呼。

尼采强烈反对说教，但是他一再说教世人要不断地“超越自我”。他所授的方法是“自我刷洗”。

红卫兵“超越自我”之方法是“灵魂深处爆发革命”“狠斗‘私’字一闪念”。

……

两者之间惊人的相似那么多，那么多。

而最相似的一点是：

尼采说：“现在，这个世界当由我们来支配的时候到了！”

红卫兵们说：“我们来掌握中国命运的时候开始了！”

尼采的话印在尼采的书中。

红卫兵们的话，记载在当年的红卫兵小报中。

尼采有精神红卫兵情结。

红卫兵有“后尼采意志”。

这一种相似证明了一种真相。即——在人类的本性中，潜伏着强烈的欲念，总是企图居于主宰、统治、或用尼采的较温和的话来说是“支配”的欲念，它有时体现为反抗压迫的行动；有时驱使的仅仅是取而代之的野心。

尼采以他著书立说的方式，淋漓尽致地调动和彰显了他本性中的这一欲念。

“文化大革命”以它号召“造反有理”的方式，轰轰烈烈地调动和彰显了红卫兵们本性中的这一欲念。

用尼采一篇文章的标题来说，即《人性的，太人性的》之真相。

尼采哲学的一种真相。

关于尼采和中国知识精英

凡尼采思想的溶岩在中国流淌到的地方，无不形成一股股混杂着精神硫磺气味的尼采热。

“生长”于中国本土的几乎一切古典思想，以及后来支撑中国人国家信仰的社会主义思想，对于20世纪80年代初的中国大小知识分子们而言，已不再能真实地成为他们头脑所需的食粮。

中国人提出了一个渴望提高物质生存水平的口号——“将面包摆在中国人的餐桌上！”

面包者，洋主食也。在中国人看来，当时乃高级主食。

但中国知识分子们，更重要的是在头脑所需之方面，表露同样的渴望，提出同样的口号。故一边按照从前所配给的精神食谱进行心有不甘地咀嚼，并佯装品咂出了全新滋味的样子；一边将目光向西方大小知识分子丰富的思想菜单上羡慕地瞥将过去。

正如鲁迅当年因不闻文坛之“战叫”而倍感岑寂；中国那时的大小知识分子，无不因头脑的营养不良而“低血糖”。

正是在此种背景下，尼采“面包”来了；弗洛伊德“面包”来了。在大小中国知识分子眼里，它们是“精白粉面包”，似乎，还是夹了“奶油”的。

与水往低处流相反，“佛尼熔岩”是往中国知识结构高处流去的。

撇开弗氏不论，单说尼采——倘一名当时的大学生，居然不知尼采，那么他或她便枉为大学生了；倘一名硕士生或博士生在别人热烈地谈论尼采时自己不能发表一两点见解以证明自己是读过一些尼采的，那么简直等于承认自甘落伍了。如果一位大学里的讲师、副教授乃至教授，关于尼采和学生之间毫无交流，哪怕是非共同语言的交流，那么仿佛他的知识结构在学生和弟子心目中肯定大成问题了。

这乃是一种中国特色的，知识分子们的知识“追星”现象。或曰“赶时髦”现象。虽不见得是怎么普遍的现象，却委实的是相当特别的现象。此现象在文科类大学里，在文化型大小知识分子之间，遂成景观。在哲学、文学、文化艺术、社会学乃至人的价值取向和道德观诸方面，尼采的思想水银珠子，闪烁着迷人的光而无孔不入。

但是尼采的思想或曰尼采的哲学，真的那么包罗万象吗？

台湾有位诗人叫羊令野。他写过一首很凄美的咏落叶的诗。前几句是：

我是裸着脉络来的，
唱着最后一首秋歌的，
捧着满掌血的落叶啊，
我将归向我最初萌芽的土地……

普遍的中国大小知识分子，其思想貌状，如其所咏之落叶，好比剥去了皮肤，裸露着全部的神经。或裸露着全部的神经出国去感受世界；或裸露着全部的神经在本土拥抱外来的“圣哲”。每一次感受，每一次拥抱，都引起剧烈的抽搐般的亢奋——“痛并快乐着”。

从那时至今，对于中国大小知识分子影响之久、之广、之深，我以为无有在尼采之上者。而细分析起来，其影响又分为四个阶段。或反过来说，不少中国知识分子，借尼采这张“西方皮”，进行了四次精神的或曰灵魂的蜕变。

第一阶段：能动性膨胀时期。主要从尼采那里，“拿来”一厢情愿的“改良”者的野心。区别只不过是，尼采要“改良”的是全世界的人类；而中国的知识分子们，尤其文人型知识分子们，恰恰由于文化方面的自卑心理，已惭愧于面对世界发言，而只企图“改良”同胞了。这其实不能不说乃是一种积极向上的愿望和姿态，但又注定了是力有不逮之事。因为连鲁迅想完成都未能完成的，连“新文化运动”和“五四运动”都未能达到之目的，当代中国知识分子们，也是难以接近那理想的。一国之民众是怎样的，首先取决于一国之国家性质是怎样的。所谓“道”不变，人亦不变。所以，在这一时期，“尼采”之“改良”的冲动体现于中国知识分子们身上，是比尼采那一堆堆散文诗体的呓语式的激情，更富浪漫色彩的。

尼采的浪漫式激情是“个人主义”的；而当时中国知识分子的浪漫式激情却有着“集体主义”的性质……

第二阶段：能动性退缩时期。由于“改良”民众力有不逮，“改良”国家又如纸上空谈，甚至进而变为清谈，最后仅仅变为一种连自己们也相互厌烦的习气。于是明智地退缩回到自己们有“根据地”性质的领域，亦即“生长”于来自于的领域。

这当然只能退缩到文学、文化或所谓“学界”的领域。

那时他们的口头禅是“话语权”。它并不是一种法律所要赋予人并保证于人的“话语”的正当权利。对于社会大众是否享有这样的权利他们其实是漠不关心的。他们所要争夺到的是以他们的话语为神圣话语的特权“制高点”。这使他们对于自己的同类某时缺少连当局亦有的宽容，经常显得粗暴，心理阴暗和又刁又痞。并且每每对同类使用“诛心战术”的伎俩，欲置于死地而后快。

尼采想象自己是一位新神，要用“锤”砸出一个由自己的意志“支配”的新世界。

红卫兵认为自己们是仅次于“最高统帅”的新权威，声称要“千钧霹雳开新宇”。

尼采想象自己是一股“刚风”，要将他以前的人类思想吹个一干二净。

红卫兵形容自己们是“东风”，要“万里东风扫残云”。

是的，他们既像尼采般自大，也像红卫兵般狂傲。甚而，有点像盖世太保。他们取代的野心退缩了一下，立刻又在如鱼得水的良好感觉之下膨胀起来。

他们的一个特征是，几乎从不进行原创文本的实践。因为以此方式争夺到他们的“话语权”未免太辛苦，而且缓慢。他们也根本不愿潜心于任何理论的钻研，因为他们所要的并非是什么理论的成果。他们看去似乎是批评家，但是他们的所谓批评一向充满攻击性的恶意。他们有时也为了需要“大树特树”他们眼里的“样板”。但是被他们所“树”者或已经死了，或已经沉寂。这时他们的姿态就如“最高的高人”指认出某些仅次于他们但高于众人的“高人”。对死者他们显出活着的沾沾自喜的优胜；对沉寂者他们显出“拯救”的意味。

他们的无论什么体裁的文本中，字里行间跳跃着尼采文本的自恋自赏式的主观妄想。有些文字，简直令人觉得就是从尼采文体中“偷”来的。“偷”来的自高自大，“偷”来的浮躁激情，“偷”来的浅薄“深刻”以及“偷”来的极为表演的“孤独”……

那是饱食了“尼采面包”而从他们精神的“胃”里嗝出的消化不良的思想嗳气。

其时他们的另一口头禅便是“精英”。这一词在报刊上的出现率，与后来的“浮躁”等量齐观。它在他们的文章和语感中，浸足了“我们精英”的意识汤汁。其方式每以圈点“精英”而自成“精英”。既然已是圈点“精英”之“精英”，其“话语特权”当然天经地义至高无上。于是文化思想界的“精英”，似乎与商企界的“经理”一样多起来了。如是“精英”们中的某些，一方面表演着思想的“独立”，一方面目瞟着官场。在他们那儿，其实“最高的高人”，便是最高的高官。一日受青睐，其“独立”的思想，随即官化。他们有一种相当杰出的能力，哪怕仅仅揣摸透了官思想的只言片语，便如领悟了“真传”，于是附应，且仍能特别“精英”的模样……

然而后来有一种比他们所自我想象的那一种作用更巨大的作用，便是商业时代本身的能动性。后者以同样粗暴甚至以同样刁和痞的方式，在他们还没来得及取代什么的时候，取代没商量地取代了他们，连同他们所梦想的话语特权……

于是他们再也无处可以退缩，在最后的“根据地”萎缩了。

第三阶段：能动性萎缩时期。这一时期中国的“尼采弟子”们分化为两个极端相反的方面。他们中一部分人竟令人刮目相看地赶快去恭迎商业时代这一位“查拉图斯特拉”，并双膝齐跪捧吻“他”的袍裾，判若两人地做出他们曾一度所不齿的最最商业的勾当。从而证明了他们与尼采精神的本质的区别。因为尼采虽是狂妄自大的，但在精神上确乎是远离“商业游戏”的。

他们中的另一类人，却真的开始“回归”自我，在自己们的一隅精神世界里打坐修行。这一点足以证明他们原本就是具有某种精神追求标准的人。也足以证明他们先前所扮演的尼采式的社会角色，是发自内心的力图积极作为的一种知识分子的良好愿望，而非哗众取宠装腔作势的虚假姿态。

他们和前一部分人从来就没一样过。

尽管都曾聚在尼采思想的麾下。

对于前一部分人，尼采是一张“洋老虎”皮，披上了可使他们的狂妄自大和野心“看上去很美”；而对于他们，尼采是当时从西方飘来的唯一一团新思想的积雨云，他们希望能与之磨擦，产生中国上空的雷电，下一场对中国有益的思想的大雨。只不过尼采这一团云，并不真的具有他们所以为的那么强大的电荷……

他们无奈的精神的自我架篱自我幽禁，分明的乃是中国当代某一类思想型知识分子的心理失落、失望和悲观。

尼采那种仿佛具有无边无际的自我扩张力的思想，在中国进行了一番贵宾式的巡礼之后，又吸收了中国思想天空的潮气，湿漉漉地坠于中国当代某一类思想型知识分子的精神山头，在那儿凝成了与尼采思想恰恰相反的东西——一种中国特色的可称之为“后道家思想”的东西。一种“出世”选择与不甘心态相混杂的东西……

以上三个阶段，即从自我能动性的膨胀到退缩到自我幽禁的过程，也是许多根本不曾亲和过尼采的中国当代大小知识分子的精神录像。

尼采思想乃是在特定的历史时期，知识分子头脑中随时会自行“生长”出来的一种思想。有时它是相对于社会的一剂猛药；有时它是相对于知识分子自身的一种遗传病。

关于尼采其人

1844年，在德国，尼采相当幸运地诞生于一个较为富裕的家庭。这个家庭远离欧洲大陆的一切灾难，愁苦和贫困。这个家庭使他从幼年至青年一直过着无忧无虑的幸福生活。

用尼采的话说：“那就是我根本无须特别打算，只要有耐心，就可以自然而然地进入一个拥有更高尚和更优美事物的世界。在这个世界里，我可以自由自在地活着……”

尼采五岁丧父。

尼采感激并崇拜他的父亲——其父曾是四位公主的教师：汉诺威皇后、康斯坦丁女大公爵、奥登堡女大公爵、泰莱莎公主。她们都是德国最显贵的女人。当然的，他的父亲是一个极其忠于王朝的人。

尼采的“哲学”几乎嘲讽了从“贱氓”到学者到诗人的世上的一切人们，包括上帝，而唯独对于世上的皇族和王权现象讳莫如深。

尼采的祖先是波兰贵族。

但他对此出身并不完全满意。

尼采如是说：“当我想到在旅行中，甚至波兰人自己也会常把我当作波兰人时，当我想到很少有人把我看作德国人时，我就感到好像我是属于那些只有一点点德国人味道的人。”

但他强调：“一方面，我毫不费力地做一个‘优良的欧洲人’；在另一方面，也许我比现代德国人——即帝国时代的德国人，更为像德国人。”

但他强调：“不过，我的母亲在任何一方面，都是一个典型的德国人。我的祖母也是一样，她曾与歌德周围的人有过亲密的接触，经常出现在青年歌德日记里的‘爱莫丝琴’便是她。”

毫无疑问，尼采即使不是一个血统论者，也是极其看重出身、门第和血统的人。

故尼采认为：“我可以第一眼就看出那些隐秘在许多人性深处看不见的污秽，这种看不见的污秽可能是卑劣血统的结果。”

故尼采的“哲学”，充满了对有着“卑劣血统”的人，即“贱氓”们的鄙视。“贱氓”在尼采的“哲学”里，正是按“成分论”划分的人群，而非从其他意义上划分的人群。

尼采的成长备受呵护与关爱——他身旁一直围绕着唯恐他受了委屈的女人：母亲，祖母，两个姑姑和妹妹。在那样一个家庭里，对于一个丧父的男孩，那些女人们的呵护和关爱是多么无微不至多么甜腻便可想而知。

这是尼采成年后反感女性的第一个心理原因。

一种餍足后的反感。

尼采有过两次恋情，失败后终生未婚。

第二位女性“外表看起来可爱又有教养”。

没有结成婚姻的原因，从尼采这方面讲是“她企图将一位思想天才玩弄于股掌之上”。

后来婚姻对尼采遂成为不太可能之事——因为他已开始多少被人认为“精神有问题”。而这基本上是一个事实。

尼采的反宗教，确切地说反“上帝”心理，乃因他曾在大学修习过神学。不少与他同时代的青年知识分子，恰恰是在真正系统化地接受过神学教诲而后来成为宗教文化的批判者的。比如，曾是神学院学生的俄国的别林斯基。过分赞扬尼采否定“上帝”的勇气是夸大其词的。因为“上帝”于此之前差不多已经在世人心中“死了”。因为人类的历史已演进到了“上帝”该寿终正寝的时候了。

尼采是有教养的。他几乎能与周围任何人彬彬有礼地相处。当然，他周围的任何一个人都不会是一个“贱氓”。

尼采是有才华的。他在古典语言学和文学见解方面的水平堪称一流。

尼采的爱好是绝对优雅的——音乐和诗，而且品位极高。而且几乎成为他的头脑进行思想之余的精神依赖的爱好。

尼采是一个天生的思想者。是一个迷恋思想活动的人。甚至，可以说是一个思想狂。没有人能够说得清楚，究竟是“思想强迫症”使尼采后来精神分裂，还是潜伏期的精神病使尼采无法摆脱“思想强迫症”。

他的思想中最有价值的方面在我看来有两点：

一、一切道德应该尊重并建立在承认人首先是自私的这一前提之下，而不是建立在想象人应该是多么无私的基础之上。

二、这个世界发展的真相与其说是由争取平等驱动着的，毋宁说更是因竞争——确乎，尼采以前的人类历史证明了这一点。

但即使关于以上两点，也绝非尼采思想的“专利”。在他之前，东西方的哲学家们几乎无不论及此点。

尼采的生活方式是纯洁的——远避声色犬马。类似康德的那一种禁欲的生活方式。只不过比康德在乎对美食的享受。

“我甚至在音乐和诗歌方面也早已显示出伟大的天才。”

“我对自己有一种严厉清洁的态度是我生存的第一个条件”。

“恐怕他们（指他的国人）会评判过关于我的事情……”

“然后事实上很多年以来，我差不多把每一封我所接到的信，都看作一种嘲弄。”

“在一种善意待我的态度中，比任何怨恨的态度中有更多的嘲弄意味……”

“周围一片伪装……”

以上文字，比比皆是地出现在尼采的自传《瞧，这个人》中。

“尼采迷”们便认为这正是他狂得可爱和敏感得恨不能将其搂抱于怀大加抚慰的“鲜明的个性”之自我写照，然而世界上任何一位有责任心的精神病医生，都不会不从精神病学经验方面加以重视。

自恋，妄想，猜疑，神经质般的敏感——在今天，这些其实已成为早期诊断精神病的一种经验。

因而有才华的尼采首先是不幸的，其次是值得悲悯的，再次才是怎样看待他的“哲学”的问题……

尼采又是孤独的。

执迷地爱好思想的人，内心都是超常地孤独着的。头脑被妄想型精神病所侵害着的人，内心也都是超常地孤独着的。

尼采的心不幸承受此两种孤独。

诗人的气质，思想的睿智，思辨的才华，那以令人扼腕叹息地被精神病的侵害降低了它们结合起来所理应达到的高质量。

在他那优美散文诗体的思想絮片之下，在他那些亢奋的，激情灼人的，浪漫四溢的“哲学”礼花的绚丽后面，我们分明看到的是人类一颗最傲慢的心怎样被孤独所蚀损。

在这一点上尼采使我们联想到梵高。

尼采在无忧无虑的体面生活中，被“思想强迫症”逼向精神分裂；梵高在朝不保夕的落魄的生活中，被“艺术强迫症”逼向同样的命运。

他们反而在那过程中证明了各自毕竟具有的才华，此乃人类的一种奇迹。

尼采的孤独又体现着一部分人类之人性的典型性——即在人类那部分既“文化”了又执迷于思想的知识分子们的内心里，上苍先天地播下了孤独的种子。他们的理念路线，常诱导他们去思想这样一个亘古命题——人生的要义究竟在哪里？……

时常想起方志敏

是的，时常想起方志敏，想起他的《可爱的中国》——他在狱中写的《可爱的中国》。

我在小学五年级时知道了方志敏这个名字，语文课本中有他的一幅照片——修长的身材，消瘦的脸，头发很厚，两颊有胡碴儿，目光镇定而又坚贞，脚和手都戴着镣铐……那是典型的志士形象。

后来，长大了的我发现，画家们所画的苏武、文天祥、屈原，基本都是那么一种形象。赵丹所饰演的《在烈火中永生》中的许云峰，更是像极了照片上的方志敏。少年时期的我，还收藏过一幅俄罗斯画家的油画《拒绝忏悔》，画中就义前的俄国革命者，也有那样的脸和那样的目光。

任何与人发生既长久又密切之关系的事情，几乎全可使人形成独特气质，革命尤其如此。依我想来，在十八九世纪的俄国和法国，也许只有民主主义革命者的眼里，才具有镇定又坚贞的目光。除了他们，另外还有什么别种男人的眼里，会有那样的目光呢？那男人的精神的告白，即：

威武不能屈，
富贵不能淫，
贫贱不能移……

生命诚可贵，
爱情价更高。
若为真理故，
两者皆可抛。

曾有翻译家予以纠正，指出裴氏原诗中是“若为自由故”；正如有翻译家指出，俄罗斯民歌中“你看那匹可怜的老马”一句，其实应为“你看那可怜的姑娘”。究竟是否真的都是错误，我至今也不清楚。但相对于裴氏的诗，即使确是错译，我也还是宁愿将错就错，更接受那错了的译句。尽管，“真理”二字太空洞了，不像自由那么容易理解。但所谓“真理”，却肯定是包含着自由的。无自由，毋宁死，那么真理也便没了意义。

为人进出的门紧锁着，
为狗爬出的洞敞开着，
一个声音高叫着——
爬出来吧，给你自由！
我渴望自由，
但我深深地知道——
人的身躯怎能从狗洞子里爬出！
……

读这样的诗，于是不需要老师解释“浩然正气”一词了……

记得语文老师还讲了这样一则关于方志敏的故事：他被俘虏时，国民党的两名士兵看出他是共产党的大官，希望从他身上搜出金银珠宝，却仅得两枚大洋。不甘心，逼问他将金银珠宝藏在哪儿了。方志敏冷笑道：“不要异想天开，革命者不是为了金银珠宝才革命的，我的军饷并不比我的士兵们多……”

语文课堂一片肃然。上中学以后，从校图书馆借了一册《可爱的中国》，字大，书薄，算编者写的方志敏生平才五万多字。方志敏在《可爱的中国》中，将我们的中国比作儿女众多的母亲，将侵华的帝国主义列强比作恶魔。

恶魔们用它们的刀，在母亲的身体上砍出伤口，把各式各样粗粗细细的管子，从那些伤口插到母亲的身体里，争先恐后地贪婪地吸吮母亲的乳汁、血液和膏脂……它们还不肯罢休，还要生生地砍下母亲的手臂和腿足，打算将母亲彻底肢解……同胞们，我们母亲的儿女们，救救我们的母亲呀！……

如果有谁今天仍保留有《可爱的中国》这篇文章并且重读的话，那么一定会从中看到以上一段文字的。我不敢说烙印在我十三岁时的头脑里的记忆一定句句准确，岁月总是会冲淡许多记忆的，哪怕是很深刻的记忆。但是我敢发誓，那段文字肯定不是我的头脑臆生出来的……

而我现在之所以时常想起方志敏，乃因有人仍在我们祖国母亲的身体上弄出许多或深或浅或大或小的伤口来，仍把各式各样粗粗细细的管子从那些伤口插到母亲的身体里，仍偷偷摸摸甚至明目张胆地，贪婪地吸吮母亲的乳汁、血液和膏脂……

那些家伙，已不再是帝国主义列强分子，他们是我们的国人。和我们一样，他们也是我们祖国母亲的儿孙们。和我们不一样的是，他们对我们的祖国母亲毫无亲情可言，只拿她当成自己财富链上的“阿里巴巴的山洞”。他们对自己的同胞，像以前的外国资本家雇用的监工对我们的同胞一样凶恶……

我们祖国的有些地方，被他们弄得千疮百孔。为了钱，对于我们祖国母亲，对于自己的同胞，他们是什么可恶之事都干得出来的。比如一起起的“黑煤矿”“黑砖窑”事件……比如某些“豆腐渣工程”造成的伤亡惨剧……比如一处处环境破坏环境污染给国家给百姓造成的严重危害……他们可是我们中国人中的人啊！夫复何言？夫复何言！每当我想起方志敏时，我的心也会像当年的方志敏在狱中写《可爱的中国》时那么猛烈地疼一下。

我当然不在狱中。我是改革开放的受益者。我也明明白白——相比于中国改革开放的伟大成果，那些负面现象绝不是中国发展过程的主流现象。

但，我的心还是会疼一下。有时疼得很猛烈，有时也不仅仅微疼一下，还有时连微疼也不疼。比如报载，区区一个县，居然有二十六位之多的副县长！比如报载，满打满算十二个公务员的县一级单位，却要盖两千余平方米的大办公楼……比如报载，某县局以上干部，人人在县城以外都拥有三百平方米以上的豪华别墅，而那个县还是经济欠发达省份的贫困县……我的心，将更不容易再有什么疼的感觉了。但，还是禁不住偶尔想起方志敏……

微观天下事　不负案头书

指点江山，从不吝啬笔墨和力度

关于情感教育

——一堂大学情感教育课的讲稿

一、首先我们强调，本课程所言之“情感”二字，当然的，非仅指爱情那一种情感；也不是包括了亲情和友情关系便全部涵括了的那一种情感。不，不是这样的。我们的课程所关注、研讨、分析和提升的情感，很丰富，很广博。

马克思说:“人是一切社会关系的总和。”这“一切社会关系”，包括政治、经济、法律、科技，等等。自然，也包括人类的情感现象。也就是说，倘忽视人类社会的林林总总的情感现象，则“人是一切社会关系的总和”这一句话，是不能成立的。起码是有严重缺陷的概括。或换一种说法，人和社会和他人的一切社会关系，最终必然会呈现于人的情感方面。

二、谁教育谁?

师生共同接受教育。

师生相互教育。

我们共同地、自觉地自己教育自己。并且，将这一种自我教育，首先当成对自身有益的精神保健。

那么，究竟谁是教师呢？一言以蔽之——文化。古今中外人类文明发展至今的文化遗产中，蕴含着极为丰富的解读人类情感现象的正面的和反面的记录，都可作为我们的教材。

我要再强调一点，情感教育这一门课程，不是和我们的中文专业无关的课程，也不是中文专业的辅助课程，而是和我们的中文专业密不可分的课程。简直可以这样说，忽略人类情感现象的研究、分析、了解，中文其实已不再是中文，人类的一切文艺的文化的现象，便全都没有了文艺的和文化的精神可言。比如毕加索——如果我们不研究、不了解他和他一生所从事的绘画艺术之间的深刻的情感关系，不了解他和他所处的时代的情感关系，则我们就无法理解他的某些画。

当然，人类的全部文艺的文化的发展过程，是一个不断扬弃的过程。即使我们教学的是中文，中文和我们的关系，也远不及社会和我们的关系那么紧密。

故我们的眼，我们的耳，我们的心，不能只去看、听和想从前的人事，文艺中的人事，文化中的人事，更要关注现实。我们必然要立足于今天审视文化，也必然要借助文化来解析现实。

我们的情感教育所涉及情感现象较多，比如情调、情绪、情结、情愫、情操、情怀……

依我想来，情调是后天的，易变的；往往与时尚有关，甚至是某阶段比较刻意的、做作的一种表层面的情感现象，每每具有欺人性和自欺骗性，却又往往是自愿的，愉悦的。

而情绪，则是一种司空见惯的情感的冲动表现。每一个人都常有这样的情况，企图掩饰是一件极难之事。比之于情调，它是情感的真实流露。不一定可取，但肯定真实。一般情况下，它是一种应该予以宽容的情感表现，但同时，又是一种需要克制的情感表现。

情结乃是情感长期堆积于心而形成的意识块垒。通常并无大害，只不过使人一厢情愿地一往情深，但也可能导致人的情感偏执，于是远离了客观和真实。

情愫是可持续的、相对稳定的情感现象，每以相对稳定的价值取向为其基础。

情操乃是在情愫的基础之上升华了的一种情感现象。这一词汇的表意是决然正面的。它所体现的情感之质，高于人类所普适的情感之质。它并非人人都具有的一种情感现象。正因为如此，一个有情操可言的人，几乎必有良好的信仰和操守，于是可敬。

情怀是一种超越一般情感本能的，受理性引导而又与理性水乳相融的情感现象。世上没有一个人是没有什么情操可言而居然有情怀的；世上也没有一个人是有情怀的而居然毫无操守。

情怀乃是一种大情感，使人具有不寻常的情感之境界。这使有情怀的人有时有点儿像宗教徒。他们的信仰不一定与宗教有关，但肯定和人类情感的崇高方面有关。

最基本的情怀是人道主义以及对公平和正义的超一己利益关系的主张。

真正的公仆人物理应是对国家、对民族、对公众有着责任性质的真挚情怀的人。

国家和民族若有许多这样的人，幸也。

以上种种情感现象，都必然地生发于人的心里，亦作用于人的心，于是决定人的心理的明暗，于是体现为林林总总的言行：高尚、无私、爱、同情、宽容、感激、理解……

或相反：恨、妒、歧视、轻蔑、嫌恶、恐惧、自私自利……

而有时，情怀以相反的状态所表现的恰恰是它的优秀之质。

比如，对于不道德的、丑陋邪狞的人事所表现出的轻蔑和嫌恶，拒绝同流合污也。

诸位，我们每一个人，不分性别、年龄、职业、社会地位和贫富，几天内，至少有一次会受到以上正反两个方面的情感所影响。

我们的人性是有先天弱点和缺点的。

我们不必修行为圣人。

但我们若不互相进行情感的教育，若不师从于人类文化中的文明，我们则有可能渐渐成为邪劣之辈、丑陋之人，而我们却还不自知。

仅仅具有本能情感的人是没有进化的人。因为本能的情感，那是动物也有的。甚至，连动物身上，也偶尔表现出有超本能的情感。

诸位，没有以文化方式所进行的教育，人类的历史将停止在奴隶社会，而那时的人类是凶恶的。比地球上的任何一种动物都凶恶。

纸篓该由谁来倒空

——大学生思想道德新观察

一只纸篓——在教室门口，也在讲台边上，满的。我在讲台上稍一侧身，就会看见它。它一直在那儿，也应该就在那儿。

通常总是满的。插着吸管的饮料盒，抑或瓶子，还有诸种零食袋、团状的废纸，往往使它像一座异峰突起的山头。

教室门口没有一只纸篓如同家门口连一双拖鞋都没有，是不周到的；教室门口有一只满得不能再满的纸篓如同家门口有一双脏得不能再脏的拖鞋，是使人感觉上很不舒服的。

我每次走入教室，心里总是犯寻思。我想，似乎有必要对它满到那般程度做出反应。或言，或行。

“哪位同学去把纸篓倒一下啊？”

此言也。

我确信只要我这么说了，立刻便会有人去做。

自己默默去倒空纸篓。

此行也。有点儿以身作则的意思。

我想行比言更可取。于是我“作则”了两次，第三次还打算那么去做的，有一名同学替我去做了。

他回到教室后对我说：“老师，有校工应该做这件事，下次告诉她就行。”

将纸篓倒空，来回一分钟几十步路的事。教学楼外就有垃圾筒。女校工我认识，每见她很勤劳地打扫卫生，挺有责任感的。而且，我们相互尊敬，关系友好。我的课时排在上午三、四节。而她早晨肯定已将所有教室里的纸篓全都倒空过，只是上一、二节课的学生使纸篓又满了。无论是我去告诉她，还是某一名同学去告诉她，她都必会前来做她分内的事。但我又一想，她可能会认为那是对她工作的一种变相的批评。使一个本已敬业的人觉得别人对自己的工作尚有意见，这我不忍。

我反问：“有那种必要吗？”

立刻有同学回答：“有。”见我洗耳恭听，又说：“如果我们总是替她做，她自己的工作责任心不是会慢慢松懈了吗？”

我不得不暗自承认，这话是有一定的思想方法性质的道理的，尽管不那么符合我的思想方法。

我又反问：“是不是有一条纪律规定，不允许带着吃的东西进入教室啊？”

答曰：“有。但那一只纸篓摆在那儿不是就成了多余之物，失去实际的意义了吗？”

于是第三种看法产生了：“其实那一条纪律也应该改变一下，改成允许带着吃的东西进入教室，但不允许在老师开始讲课的时候还继续吃。”

“对，这样的纪律更人性化，对学生具有体恤心。”

于是，话题引申开来了。显然已经转到对学校纪律的质疑方面了。内容一变，性质亦变。

我说：“那不可能。大约任何一所大学的纪律，都不会明文规定那一种允许。”

辩曰：“理解。那么就只明文规定不允许在老师讲课的时候吃东西。将允许带着吃的东西在课前吃的意思，暗含其中。”

我不禁笑了：“这不就等于是一条故意留下空子可钻的纪律了吗？”

辩曰："老师，如果不是因为课业太多太杂，课时排得太满，谁愿意匆匆带点儿吃的东西就来上课呢？"

于是，话题又进一步引申开来了。内容又变了，性质亦又变了。而且，似乎变得具有超乎寻常的严肃性，甚至是企图颠覆什么的意味了。

当然，我和学生们关于一个纸篓的谈话，也只不过是课前的闲聊而已。

但那一个纸篓以后却不再是满的了，我至今不知是谁每次课前都去把它倒空了。

由此我想，世上之事，原本是"横看成岭侧成峰，远近高低各不同"的。这乃是世事的本体，或曰总象。缺少了这一种或那一种看法，就是不全面的看法。有时表面上看法特别一致，然而不同的看法仍必然存在。有时某些人所要表达的仅仅是看法而已，并不实际上真要反对什么，坚持什么。更多的时候，不少人会放弃自己的看法，默认大多数人的任何一种看法，丝毫也没有放弃的不快，只要那件事并不关乎什么重大原则和立场——比如一个纸篓究竟该由谁去把它倒空。这样的事在我们的生活中比比皆是，每一个人都可以随自己的意愿选择一种做法。只要心平气和地倾听，我们还会听到不少对我们自己的思想方法大有裨益的观点。那些观点与我们自己一贯对世事的看法也许对立，却正可教育我们——一个和谐的社会，首先应是一个包容对世事的多元看法合理存在的社会。不包容，则遑论多元，不多元，则遑论和谐。

在我所亲历的从前的那些时代，即使是纸篓该由谁来倒空这样一件事，即使不是在大学里，而是在中小学里，也是几乎只允许一种看法存在的。可想而知，那是一种被确定为唯一正确的看法。另外的诸种看法，要么不正确，要么错误，要么极其错误，要么简直是异端邪说，必须遭到严厉批判。比如从纸篓该由谁倒的问题，居然引申到希望改变一条大学纪律，并且因而抱怨学业压力的言论，即是。久而久之，人们的思想方法被普遍同化了，也就普遍趋于简单化了。仿佛都渐渐地习惯于束缚在这样的一种思维定式中，即人对世事的看法只能有一种是正确的，或接近正确的。与之相反，便是不正确的，甚或是极其错误的。如此一来，既不符合世事的总象，也将另外诸种同样正确的看法，划到“唯一正确”的对立面去了。其实，人对世事的看法，不但确乎有五花八门的错误，连正确也是多种多样的。正因为有人对世事的五花八门的错误的看法存在，才有人对世事的多种多样的正确的看法形成。世人对世事所公认的那一种正确的看法，历来都是诸种正确的看法的综合。这个世界上从来没有谁能够独自对某件事——哪怕是一件世人无不亲历之事，比如爱情吧——形成过完全正确的看法。

论慈善事业之当下意义

这里所言当下，乃中国的当下。

这里所言慈善，却非某一人或某些人的德行话题。

而是相对于中国的国家话题；而是相对于中国的一项事业的话题。

中国有13亿多人口，那么，这个话题当是相对于13亿多人口的一个当下话题。

无须讳言，“慈善”二字，新中国成立以后曾被长久地故意地回避。仿佛是一个不合时宜的话题。甚或，仿佛是一个政治上极其有害的话题。似乎一公开倡导慈善，反而国将不国，民将不民了。

今天看来，今天想来，显然是一种错误的认识。也显然是一种关于国家理论的，值得反省的、羞耻的认识。

这样说，是否意味着完全抹煞了中国在人道助济方面的种种努力，种种能动性，种种业已做过的事情呢?

否。

事实当然是，中国在人道助济方面，自新中国成立以后，便渐渐形成了一套中国特色的机制。并且在这种机制的实际操作过程中，渐渐形成了中国特色的方式、方法和经验。

我在读小学时，是不缴学费的。

我在读中学时，曾是享受助学金的学生。

从前，一名城市小学生享受免费入学和一名中学生享受助学金，其批准是这样的——首先由家长代学生申请，由所在街道评议；若顺利通过，由街道小组长盖章，呈报街道委员会主任；街道委员会照例进行新一番调查了解，倘贫困状况属实，上报“公社”……

从前，“公社”在城市里，乃是代表政权的。乃是党中央及中央政府的“派出”部门，如同“派出所”是公安部的“派出”单位。“公社”亦无权终决，须呈报区人民政府。享受助学金的中学生，每要由市教育局会同市民政局统一限数审核……不像现在，但凡是一所学校，无论大中小，校方即有绝对的权力实行关怀。

综上所述，那一种助济，体现为一种政党行为，一种政府行为，一种具有极其显然的政治色彩的政治行为。

所以，助济意味着是党的恩德，是国家的恩德。

受助济者，也一定要对党表示感激，对国家表示感激。

而慈善救济之事，其实在任何一个时代，任何一个民族，在国家和政府行为之外，仍有非常之深广的能动空间。慈善心怀一旦在一个国家蔚然成风，一旦被普遍的公众认同为必要的社会措施和社会精神，则一个国家纵然在物质方面是欠发达的，在民族气质方面也会有不至于过分自卑沮丧的理由。

从前的中国，恰在此点上思维政治化，方法僵化。僵化到什么程度？僵化到非但不能大力倡导，有时反而对自发愿望心存戒惕的地步。这一种不正常的情况，近年随着中华慈善总会的成立，以及党中央对慈善事业的高度重视和支持，才开始扭转。

从前，助济是党的事，是政府的事，具体说，是民政部门的事。中国的各级民政部门，至今仍起着功不可没的，举足轻重的作用。比如助济受灾地区的民众度过危难，重建家园。这一种助济，从前和现在和将来，都必然是，而且只能是国家行为。不是，反而不正常。没有国家行为担纲，国家便丧失了国家义务。一个人和一些人的，公众的和民间的慈善积极性，只能是国家助济行为的响应和补充。慈善的机构，没有必要好大喜功，力争替代国家义务。因为国家行为国家义务，从根本上讲，绝非民间积极性和能动性所替代得了的。

但，任何一个国家，以及它的任何一个时代，像一切事物一样，是有细节的。恰恰在其细节处，尤见国家理念和民众精神相统一的国家品质。

而一个国家的最高品质，乃是它的人道品质。

除此，不可能有什么另外的其他的最高品质。

归根结底，一个国家一个时代的文明程度，要以其人道品质在国家和时代细节处体现得如何来评定。无此体现，遑论精神文明；无此体现，物质文明便失去了方向。

而仅仅像从前一样依靠民政部门，在当下之中国，已力有不逮，实难顾及社会种种贫富悬殊的细节。一切的保险机制，也实难做到像中国从前农村对“五保户”那样的心理抚慰加实际照顾的关怀。须知，在中国，在当下，一切保险机制首先服务于的——是有能力保险的人们。而根本无能力实行自我保险的中国人，人人皆知不是一个小数目。

这就是为什么，美国既是世界上保险机制最为发达的国家之一，同时也是世界上慈善事业最为周到的国家之一的原因。

据我所知，仅纽约一市，便有一百多家各种性质的慈善机构。全美有一千多家。慈善金额近七千亿美元。约半数是政府拨款，由慈善机构支配于助济行为。另半数为公司及民众捐款。

一个国家的政府，一个市的政府官员，若在其财政支出方面，没有将其每年用于慈善事业的款项计划在内并予以公布，在发达国家是匪夷所思的，是不能原谅的政府失职行为。而媒体代急需助济的人们呼吁关心，其实并非是在暗示公众快掏腰包，而是在对许许多多慈善机构广而告之。在这些国家，国家拨用于慈善事业的款项，是最没有什么争议的。

现在，继中华慈善总会的诞生，全中国各大中城市，都已相继成立了慈善协会。

又据我所知，上海的慈善金额，已经在短短的几年里增长到二三亿元。据言上海市原市长黄菊，亲自倡导了“上海慈善一日”。每年同一天，带头为慈善事业的发展捐款。

而北京，据我所知，目前真正的慈善金额，才仅仅二三百万元。

是否北京的社会细节，比上海更经得起俯身观察呢?

我看未必。

中国已然“入世”，北京曾经承办奥运会，宣称要成为文明之都，文化之都，要承办一次“人文奥运”——那么，北京作为中国的首都，在其社会细节方面，就应该经得起世界的俯身观察!

中国之改革开放的成就，确乎是举世公认的。但在这成就的背后，在中国之当下社会的细节处，贫而无助，病而无助，弱而无助的现象，既不但咄咄逼人，有时简直因天灾人祸比比皆是!

因而我想说，慈善事业之在中国，当是一个万岁万万岁的事业。

就说北京吧，仅近两三年，媒体就多次报道过如下之事：老人病倒于路旁，因无人问津而凄惨死去；被送往医院的交通事故罹难者，因无人代交押金而遭拒抢救室门外；儿童和少年患病住进北京的医院，父母却因无力承担医药费而几欲寻短见……

如果北京也像纽约一样，有一百多个，不，哪怕仅仅十几个慈善机构，首都的社会细节，亦足令首都人欣慰矣!

通常情况之下，不是中国人已变得麻木不仁，毫无人道心可言，而是实在不知道该做些什么才好。

有火情，人们已经知道该做什么了，首先的，起码的做法是打“119”。失窃了人们也知道该做什么了。危病突发已有了急救中心。

倒很少有人明白，面对需要表现人道精神的事情该做什么。

在有些国家，做起来那么的容易，只需往某一个慈善机构挂一次电话就行了。其余之事，都会有人及时赶来做。某些慈善机构的电话，像火警电话一样老幼皆知。它们将这一点，视为荣耀。公众用牢记住它们的电话号码的方式，证明着自己对它们的鼓励。

严重的事情，大抵也首先发生于社会的细节处。

忽略了对社会细节的重视，待严重的事情发生时不知所措，那是很咎由自取的。

慈善事业，正是一种从精神到物质两方面于社会细节处体恤民生的事业。

慈善之光，在社会的细节处，关爱着不幸者的生存。从而使社会不在细节处发生溃疡。

慈善之光，在社会的细节处，足以有效消弭贫富悬殊造成的心理敌对，足以唤起公众对自己的国家的亲爱，足以保障一个国家的长治久安。对于中国，足以保障我们改革开放所取得的成果，足以使中国更令世界刮目相看。

祈祝中国及首都的慈善事业健康发展。它的健康发展，比领导同志逢年过节的照例访贫问苦，意义要重大得多啊！

不能保护，难以文明

谈到文明，人们每言构建。所以，我们的地球家园，构建之成果比比皆是，但文明缺憾，同样比比皆是。而这一反差，在我们中国，分明更是不争的事实。

近年，情况确乎好转了不少。普遍我们的同胞，都渐渐开始明白自然生态环境、历史遗址、野生动物需要加以保护的道理了。这是值得欣慰的。单说在保护野生动物方面，我国制定的法律法规越来越多、越来越细了；监管的力度，也越来越大了。但保护它们，是否真的成为我们的本能了呢？我不敢妄下结论。

不久前的一天，偶然听到几个孩子在争论，引起了我的思考。一个孩子说："你属蛇的，我顶怕蛇了，你叫我怎么能跟你成为好朋友呢？"属蛇的孩子说："别怕我，世界上如果没了蛇，老鼠就成灾了……""那又怎么样？用药把老鼠都药死！""要是没有了老鼠，蛇吃什么？连蛇也没有了！""谁在乎世界上有没有蛇了呀！""没有了蛇，以后的人连蛇的印象都没有了！""没有就没有！你有龙的印象吗？你有凤的印象吗？你不照样活得好好的？影响你什么了呀？""对人类有影响，生物链会断掉的！""又扯什么生物链了！恐龙都灭绝了，人类少点儿什么了呀……"这些个孩子争论不休。

于是我又联想到了另一件事，几位朋友相聚，其中一人知道我也是野生动物保护协会的特邀作家，不无挖苦意味地说：“野生动物当然是应该保护的，但我最烦夸大其词的宣传，仿佛少了某一物种，人类就会灭绝似的！至于吗？我问你，少了鳄鱼，人类的命运真就大难临头了吗？”

我一时不知该怎么回答。

“对于那些死于黑矿井、黑砖窑的农民工，你们这种人多一些悲天悯人的情怀不是更好吗？”他的第二句话，令我面红耳亦，许久哑口无言。

接连数日，我一直在想那些孩子们的争论和那位朋友的挖苦。现在，终于思考出了一点儿心得，便是生物链之学说，我个人是信服的，但那是生态学方面的很专业的道理。许许多多我们的国人，其实是半信半疑的。要使一个生活在北京的中国人相信非洲草原上如果消失了猎狗对自己会直接构成多大危害，个中道理肯定是大费口舌的。即使信了，那也不过是由于对自然法则的一种害怕，害怕报复而已。人心有敬畏，当然比没有好。

但仅仅有畏惧，似乎还不够，还不足以证明文明。因为远古的我们的先祖，其实内心对自然界种种现象的敬畏，比今人多得多。但他们不仅互相残杀，还人吃人。

我的意思是——对自然生态环境的保护，如果于害怕报复的心理之外，再加上“感恩”二字来认识，也许才更容易成为深深植根于心的本能意识。而对野生动物的保护，我们的认识其实也应更丰富一些。“关爱生命”这句话不应仅仅理解为关爱自己的生命，理解为关爱同类的生命也还是有局限的。

人类完全可以通过对野生动物的关爱来提升人作为人的爱心和情怀。那么，爱自己的同胞，也就不必再是道德律条，而是自然而然之事了。同时，也不会再有人将爱护同胞和爱护野生动物孰重孰轻的问题当成一个现实的问题了……

文明的尺度

某些词汇似乎具有无限丰富的内涵，因而人若想领会它的全部意思并非一件简单的事情。

比如宇宙。

比如时间。

不是专家，是不太能说清楚的。

即使听专家讲解，没有一定常识的人，也是不太容易真的能听明白的。

但在现实生活之中，却仿佛谁都知道宇宙是怎么回事，时间是怎么回事。

为什么呢?

因为宇宙和时间作为一种现象，或曰作为一种概念，已经被人们极其寻常化地纳入一般认识范畴了。

大气层以外便是宇宙空间。

一年十二个月，一天二十四小时，每小时六十分钟，每分钟六十秒。

这些基本的认识，使我们确信我们生存于怎样的一种空间，以及怎样的一种时间流程中。

这些基本的认识对于我们很重要，使我们明白作为单位的一个人其实很渺小，“奄忽若飙尘”。也使我们明白，“人生易老天难老”，时间即上帝，人类应敬畏时间对人类所做种种之事的考验。

由是，我们的人生观价值观大受影响。

对于普通的人们，具有如上的基本认识，足矣。

“文明”也是一个类似的词。

东西方都有关于“文明”的简史，每一本都比霍金的《时间简史》厚得多。世界各国，也都有一批研究文明的专家。

一种人类的认识现象是有趣也发人深省的——人类对宇宙的认识首先是从对它的误解开始的；人类对时间的概念首先是从应用的方面来界定的。

而人类对于文明的认识，首先源于情绪上，心理上，进而是思想上、精神上对于不文明现象的嫌恶和强烈反对。

当普遍的人类宣布某现象为第一种“不文明”现象时，真正的文明即从那时开始。正如霍金诠释时间的概念是从宇宙大爆炸开始的。

文明之意识究竟从多大程度上改变了并且还将继续改变着我们人类的思想方法和行为方式，这是我根本说不清的。但是我知道它确实使别人变得比我们自己可爱得多。

二十世纪八十年代我曾和林斤澜、柳溪两位老作家访问法国。有一个风雨天，我们所乘的汽车驶在乡间道路上。在我们前边有一辆汽车，透过其车后窗可以看清，车中显然是一家人。丈夫开车，旁边是妻子，后座是两个小女儿。他们的车轮扬起的尘土，一阵阵落在我们的车上。而且，那条曲折的乡间道路没法超车。终于到了一个足以超车的拐弯处，前边的车停住了。开车的丈夫下了车，向我们的车走来。为我们开车的是法国外交部的一名翻译，法国青年。于是他摇下车窗，用法语跟对方说了半天。后来，我们的车开到前边去了。

我问翻译：“你们说了些什么？”

他说，对方坚持让他将车开到前边去。

我挺奇怪，问为什么。

他说，对方认为，自己的车始终开在前边，对我们太不公平。对方说，自己的车始终开在前边，自己根本没法儿开得心安理得。

而我，默默地，想到了那法国父亲的两个小女儿。她们必从父亲身上受到了一种教育，那就是——某些明显有利于自己的事，并不一定真的是天经地义之事。

隔日，我们的车在路上撞着了一只农家犬。是的，只不过是“碰”了那犬一下。只不过它叫着跑开时，一条后腿稍微有那么一点儿瘸，稍微而已。法国青年却将车停下了，去找养那只犬的人家。十几分钟后回来，说没找到。半小时后，我们决定在一个小镇的快餐店吃午饭，那法国青年说他还是得开车回去找一下，说要不然的话，他心里很别扭。是的，他当时就是用汉语说了“心里很别扭”五个字。而我，出于一种了解的念头，也决定陪他去找。终于找到了养那条犬的一户农家，而那条犬已经若无其事了。于是郑重道歉，于是主动留下名片、车号、驾照号码……

回来时，他心里不“别扭”了。接下来的一路，又有说有笑了。

我想，文明一定不是要刻意做给别人看的一件事情。它应该首先成为使自己愉快并且自然而然的一件事情。正如那位带着全家人旅行的父亲，他不那么做，就没法儿“心安理得”。正如我们的翻译，不那么做就“心里很别扭”。

中国也大，人口也多，还有一部分人口其实还没达到物质方面的小康生活水平。腐败、官僚主义、失业率、日益严重的贫富不均，所有负面的社会现象，决定了我们中国人的文明，只能从底线上培养起来。二十世纪初，全世界才十六亿多人口。而现在，中国人口仅略少于一百年前的世界人口总和而已。

所以，我们不能对于我们的同胞在文明方面有太脱离实际的要求。无论我们的动机多么良好，我们的期待都应搁置在文明底线上。而即使在文明的底线上，我们中国人一定要改变一下自己的方面也是很多的。比如袖手围观溺水者，这是让我们的某些同胞一向并不“心里别扭”的事，我们要想法子使他们以后觉得仅仅围观而毫无营救之念是“心里很别扭”的事。比如随地吐痰，当街对骂，从前并不想到旁边有孩子，以后人人都应该想到一下的。比如中国之社会财富的分配不公，难道是天经地义的吗？我们听到了太多太多堂而皇之天经地义的理论。当并不真的是天经地义的事被说成仿佛真的是天经地义的事时，上公共汽车时也就少有谦让现象，随地吐痰也就往往是一件大痛其快的事了。

中国不能回避一个关于所谓文明的深层问题，那就是——文明概念在高准则的方面的林林总总的“心安理得”，怎样抵消了人们寄托于文明底线方面的良好愿望。

我们几乎天天离不开肥皂，但肥皂反而是我们说得最少的一个词；“文明”这个词我们已说得太多，乃因为它还没成为我们生活内容里自然而然的事情。

这需要中国有许多父亲，像那位法国父亲一样自然而然地体现某些言行……

阅读“金钱文化”

我们大多数世人，或更具体地说——90% 甚至 95% 以上的世人，与金钱到底是一种什么样的关系呢？我的意思是在说，或者是在问，或者仅仅是在想——那种关系果真像我们人类的文化和对自身的认识经验所记录的那样，竟是贪而无足的么？

我感觉到这样的一种情况——即在我们人类的文化和对自身认识的经验中，教诲我们人类应对金钱持怎样的态度的理念，是由来久矣，并且多而又多的；但分析和研究我们与金钱之关系的真相的思想成果，却很少很少。似乎我们人类与金钱的关系，仅仅是由我们应对金钱持怎样的态度来决定的。似乎只要我们接受了某种对金钱的正确的理念，金钱对我们就是无足轻重的东西了，对我们就会完全丧失吸引力了。

在我们人类与金钱的关系中，某种假设正确的理念，真的能起特别重要的作用么？果而那样，思想岂不简直万能了么？

在全世界，在人类的古代，金即是钱，即是通用币，即是永恒的财富。百锭之金往往意味着佳食锦衣，唤奴使婢的生活。所以富人的日子一旦受到威胁，首先将金物及价值接近着金的珠宝埋藏起来。所以直到现在，虽然普遍之人的日常生活早已不受金的影响，在谈论钱的时候，却仍习惯于二字合并。

在今天，在中国，“文化”已是一个泡沫化了的词。已是一个被泛谈得失去了“本身义”并被无限“引申义”了的词。

不是一切有历史的事物都能顺理成章地构成一种文化。

事物仅仅有历史只不过是历史悠久的事物。

纵然在那悠久的历史中事物一再地演变过，其演变的过程也不足以自然而然地构成一种文化。

只有我们人类对某一事物积累了一定量的思想认识，并且传承以文字的记载，并且在大文化系统之中占据特殊的意义，某一事物才算是一种文化“化”了的事物。

这是我的个人观点。

而即使此观点特别的容易引起争议，我们若以此观点来谈论金钱，并且首先从“金钱文化”说起，大约是不会错到哪里去的。

外国和中国的一切古典思想家们，有一位算一位，哪一位不曾谈论过人与金钱的关系呢？可以这么认为，自从金钱开始介入我们人类的生存形态那一天起，人类的头脑便开始产生着对于金钱的思想或曰意识形态了。它们一而再，再而三地呈现在童话、神话、民间文学、士人文学、戏剧以及后来的影视作品和大众传媒里。它们的全部的教诲，一言以蔽之，用教义最浅白的“济公活佛圣训”中的一句话来概括那就是——“死后一文带不去，一旦无常万事休”。

数千年以来，“金钱文化”对人类的这一种教诲的初衷几乎不曾丝毫改变过，可谓谆谆复谆谆，用心良苦。

只有在现当代的经济学理论成果中，才偶尔涉及我们人类与金钱之关系的真相，却也每几笔带过，点到为止。

那真相我以为便是——其实我们人类之大多数对金钱所持的态度，非但不像“金钱文化”从来渲染的那么一味贪婪，细分析，简直还相当理性，相当朴素，相当有度。

奴隶追求的是自由。

诗人追求的是传世。

科学家追求的是成果。

文艺家追求的是经典。

史学家追求的是真实。

思想家追求的是影响。

政治家追求的是稳定……

而小百姓追求的只不过是丰衣足食，无病无灾，无忧无虑的小康生活罢了。倘是工人，无非希望企业兴旺，从而确保自己们的收入养家度日不成问题；倘是农民，无非希望风调雨顺，亩产高一点儿，售出容易点儿；倘是小商小贩，无非希望有个长久的摊位，税种合理，不积货，薄利多销……

如此看来，大多数世人虽然每天都生活在这个由金钱所推转着的世界上，每一个日子都离不开金钱这一种东西，甚而我们的双手每天都至少点数过一次金钱，我们的心里每天都至少盘算过一次金钱——但并不因而都梦想着有朝一日成为富豪或资本家，银行账户上有着千万亿万，于是大过奢侈的生活于是认为奢侈高贵便是幸福……

真的，细分析，我确确实实地觉得，人类之大多数对金钱所持的态度，从过去到现在甚至包括将来，其实一向是很健康的。

一直不健康的或温和一点儿说不怎么健康的，恰恰是“金钱文化”本身。这一种文化几乎每天干扰我们对这个世界的正常视听要求和愿望，似乎企图使我们彻底地变成仅此一种文化的受众，从而使其本身变成摇钱树。这一种文化的一个显著的特征那就是——当其在表现人的时候几乎永远的只有一个角度，无非人和金钱的关系，再加点性和权谋。它的模式是——“那公司那经理那女人，和那一大笔钱。”

我们大多数世人每天受着这一种文化的污染，而我们对金钱的态度却仍相当理性，相当朴素，相当有度。我简直不能不这样赞叹——大多数世人活得真是难能可贵！

再细加分析，具体的一个人，无论男女，无论有一个穷爸爸还是富爸爸，其一生皆大致可分为如下阶段：

童年——以亲情满足为最大满足的阶段。

少年——以自尊满足为最大满足的阶段。

青年——以爱情满足为最大满足的阶段。

中年前期——以事业满足为最大满足的阶段。

中年后期——以金钱满足为最大也许还是最后满足的阶段。

老年前期——以自尊满足为最大满足的阶段。

老年后期——以亲情满足为最大满足的阶段……

大多数人大抵如此，少数人不在其例。

人，尤其男人，在中年后期，往往会与金钱发生撕扯不开的纠缠关系。这乃因为——他在爱情和事业两方面，可能有一方面忽然感到是失败的，甚或两方面都感到是失败的，沮丧的。也许那是一个事实，也许仅仅是他自己误入了什么迷津；还因为中年后期的男人，是家庭责任压力最大的人生阶段，缓解那压力仅靠个人作为已觉力不从心，于是意识里生出对金钱的幻想。我们都知道的，金钱除了不能解决生死问题，除了不能一向成功地收买法律，几乎可以解决至少可以谈论人面临的许许多多困扰。但普遍而言，中年后期的男人已具有着与其年龄相一致的理性了。他们对金钱的幻想仅仅是幻想罢了。并且，这幻想折叠在内心里，往往是不说道的。某些男人在中年后期又有事业的新篇章和爱情的新情节，则他们便也不会把金钱看得过重。

在经济发达的国家，人们的追求，包括对人生享受的追求，往往呈现着与金钱没有直接关系的现象。“金钱文化”在那些国家里也许照旧地花样翻新，但对人们的意识已经不足以构成深刻的重要的影响。我们留心一下便不难得出这样的结论——那些国家的文化的文艺的和传媒的主流内容往往是关于爱、生、死、家庭伦理和人类道德趋向以及人类大命运的。或者，纯粹是娱乐的。

因为在那些国家里，中产阶级生活已经是不难实现的。

而中产阶级，乃是一个与金钱的关系最自然，最得体，最有分寸的阶级。

在经济落后的国家，普遍的人们也反而不太产生对金钱的强烈又痛苦的幻想。因为那接近着是梦想。他们对金钱的愿望是由自己们限制得很低很低的。于是金钱反而最容易成为带给他们满足的东西。

在发展中国家，特别在由经济落后国家向经济振兴国家迅速过渡的国家，其文化随之嬗变的一个显著事实那就是——与“金钱文化”同步的迅速繁衍和对大文化系统的吞食；和对人们日常生活的方方面面的几乎无孔不入的侵略式影响。人面对之，要么采取个人式的抵御姿态；要么接受它的冲击它的洗脑，最终变得有点儿像金钱崇拜者了。在这样的国家这样的时代，充斥于文化文艺和媒体的经常的主要的内容，往往是关于金钱这一种东西的。在这样的国家这样的时代，文化和文艺往往几乎已经丧失掉了向人们讲述一个纯粹的，与金钱不发生瓜葛的爱情故事的能力。因为这样的爱情故事已不合人们的胃口，或曰已不合时宜，被认为浅薄了。于是通俗歌曲异军突起，将文化和文艺丧失了的元素吸收去变成为自身存在的养分。通俗歌曲的受众是青少年。是以对爱情的向往为向往，以对爱情的满足为满足的群体。他们沉湎于通俗歌曲为之编织的爱情帷幔中，就其潜意识而言，往往意味着不愿长大，逃避长大——因为长大后，将不得不面对金钱的左右和困扰。

在这样的国家这样的时代，贫富迅速分化，收入差距迅速悬殊，人对金钱的基本需求的底线一番番被刷新。相对于有些人，那底线不断地不明智地一次次攀升；相对于另一些人，那底线不断地不得已地一次次跌降。前者往往可能由于不能居住于富人区而混乱了人与金钱的关系；后者则往往可能由于连生存都无法为计而产生了人对金钱的偏狂理解。

归根结底，不是人的错，更不是时代的错，也当然不是金钱的错，而只不过是——在特殊的历史阶段，人和金钱贴紧于同一段社会通道之中了。当同时钻出以后，人和金钱两种本质上不同的东西（姑且也将人叫作东西吧）又会分开来，保持必要的距离，仅在最日常的情况之下发生最日常的“亲密接触”。

那时，大多数人就可以这样诚实又平淡地说了：金钱么？它不是唯一使我万分激动的东西，也不是唯一使我惴惴不安的东西，更不是我人生中唯一重要的东西。我必须有足够花用的金钱，而我的情况正是这样。

归根结底，爱国主义——正是由这一种人对金钱相当理性、相当朴素、相当有度，因而相当良好的感觉来决定的。

哪一个国家使它的人民与金钱的关系如此这般着了，它的人民便几乎无须被教导，自然而然地爱着他们的国了……

微观天下事　不负案头书

站在历史的高度看世界

俯瞰商业时代

世界的历史始终是一个人如何寻找面包和黄油的记载。

——洛思《人类的历史》

红盖头，“新娘子”

红盖头已然由自己的手替“新娘”掀去了。它还拿在自己手里。自己一时间愕异地瞪着那一张浓妆艳抹的脸儿——“她”的漂亮显而易见地是超出了自己的企盼和想象。“她”诱惑意味儿十足地向自己媚笑着。分明地，“她”极其性感，称得上是一个勾魂摄魄的美人儿……

但——“她”的漂亮又似乎那么的妖冶，使自己不禁地对“她”的品德究竟怎样产生大的怀疑。何况此前，也就是在“她”没被娶进家门的时候，对“她”的那些风流韵事，自己早就耳闻多多了。于是凝视“粉面桃腮”“花容月貌”，一切怀疑仿佛便都非是无根据的了。事实上“她”也的确够虚荣，够放荡的，水性杨花而且势利眼，而且还是个彻底的拜金主义者。将“她”调教成贤妻良母，明摆着需要一个相当长的“过渡时期”。需要充满了矛盾、争吵和冲突的“磨合阶段”。需要高超的驾驭“她”的能力和心理承受方面的实力。有时甚至需要取悦于“她”。为了最终达到能够驾驭“她”调教“她”

成为可敬的贤妻良母的目的，也需要放弃许多以前的原则，改变许多以前的思想方法。哪怕在以前看来那都是足可引为自豪的，足可流芳百世的好原则好思想的典范。

于是“她”的诱惑显出邪狞来……

于是“她”的笑靥在自己看来伪若妩媚的陷阱……

性感自然便性欲旺盛。性欲旺盛自然便也会刺激和鼓舞起自己的性能力……

后悔了吗？不！

谁会面对一个风情百种正值芳龄的妇人而后悔不该娶了“她”呢？

只不过在以下几方面实在是没多大把握——自己真的能驾驭得了“她”么？真的能管束得住“她”那放荡的不贞不专的性情么？真的能靠其实并不丰厚的家业笼络住“她”那一颗贪图荣华嫌贫爱富的心么？真的可以指望“她”和自己组建成一个和睦的家庭举案齐眉白头到老么？真的可以指望“她”以身作则教诲出有作为有教养的下一代和下几代么？倘驾驭不了“她”管束不住“她”笼络不住“她”可如何是好呢？“她”肚子里是不是已经暗怀着别人们的“杂种”了呢？一旦生出些完全不像自己，一长大就离家出走，从此忘家弃父背祖对家对父对祖丝毫也没有责任感义务感和起码亲情的不肖子孙，自己将会落得个什么样的下场呢？……

我凝视商业时代，常感到中国和它的关系，正如同一个“再婚”的男人和自己已娶进了家门，已由自己替“她”掀去了红盖头，看着又爱又心存种种疑虑，又陌生又受到着诱惑，又抱有莫大的希望又没法儿完全信赖的妇人的关系一样。

这一种关系，使中国和商业时代的“洞房花烛夜”，不免地忧喜参半。有心欲道：“娘子，‘愿为双鸿鹄，奋翅起高飞’。又恐伊人那厢‘沉恨细思，不若桃杏，犹解嫁东风’。”

在中国这一个男人业已五千余岁的漫长经历中，一九四九年十月一日乃是他刻骨铭心的一次“婚姻”。“前妻”的音容笑貌给他留下的记忆是那么的难以磨灭。“她”有着美好的“理想主义”的基因。因为“她”是从一个叫马克思的很伟大的犹太人以毕生的精力所从事的关于“共产主义”的思想之中孕生出来的，是半个多世纪以前，一些中国的有志青年去西方为中国父亲寻访到的。马克思是“她”和中国的“月下老人”。青年周恩来的一首诗则能表达他们当年的宏愿大志。诗曰：

大江歌罢掉头东，
邃密群科济世穷。
面壁十年图破壁，
难酬蹈海亦英雄。

他们要为中国父亲迎娶回一位前所未有的“理想伴侣”。要为中华儿女们恭请回一位伟大的母亲。“她”堪称是划时代的。“她”那无比年轻的、丝毫也不沾染有人类历史污迹的，并因此而感到无比自豪的风采，使当年的中华儿女极易联想到中国古代传说中炼石补天的神母女娲。“她”那毫不动摇毫不畏惧地向自己“横空出世”以前的一切世纪宣战的，不战胜毋宁死的雅典娜般的精神气概，使一切贫穷的、落后的、以严酷的剥削和压迫制度为统治手段的国家的儿女膜拜顶礼，甘于为“她”而破釜沉舟，而赴汤蹈火，而前仆后继，而肝胆涂地，而粉身碎骨。

“她”有一半儿的俄国——不，准确地说是“苏联”血统。因为“她”是在“苏联”向全世界证明了“她”存在的划时代的伟大意义的。中国人将“她”迎娶到中国，付出了成千上万的儿女们的生命的代价。其中许多是中国父亲最优秀最卓越的儿女。与此相比，中国历史上一切求新生、求富国、求强民、求“永远站起来”的悲壮奋斗，都显得黯然失色了！与此相比，世界上一切国家一切民族同样性质的奋斗，似乎也都显得容易了。

中国这一古老的男人，曾怎样地喜悦于感奋于此一次“婚姻”所带来的十年“蜜月”啊！

中国的的确确地“从此站起来了”！

“她”曾使中国显得多么的朝气蓬勃啊！

但是，“她”在“苏联”的划时代的成功，使“她”的思维方式难免地“苏维埃模式”化了。其后“她”便引导中国变成另一个“苏联”。从政治到经济，“苏联”发生过的，中国无一例外地重演了。“苏联”没发生的，中国也惯性式地发生了。“她”使中国患了“苏联综合征”。“斯大林神话”的破灭，使“苏联综合征”在“苏联”总体爆发，这对中国意味着是巨大的危机。“文化大革命”是毛泽东为了避免类似事件在中国发生所采取的应急手段，其目的当然是出于自救意识，但手段于目的缘木求鱼，结果无异于自贱和自虐，使中国陷入了十年之久的一场“浩劫”。

于是中国与“教条社会主义”或曰“书本社会主义”的“婚姻”难以为继。

于是中国告别传统的教条的书本的“社会主义”，转向改革开放。这也好比“休妻”，休掉加于中国身上的旧模式。

“休妻”也是出于自救意识。如果说“人民公社”“大跃进”“文化大革命”是“她”由于“更年期”作祟导致“内分泌紊乱”导致“中枢神经系统障碍”的结果，那么“文化大革命”告终之际的“她”则就分明地显出“更年期后”的病态恹恹力不从心了。

“休妻”之举乃势在必行的选择，也是唯一明智的选择。然而毕竟地，“她”对于中国“站起来了”是功不可没的。如果“她”真的是人，将最有资格唱光荣“有你的一半儿，也有我的一半儿”。

三十多年前，当中国知识分子在天安门广场扯开写有“小平你好！”的字幅时，那意味着向那一位令人尊敬的政治人物发出紧急呼吁——“为了中国，拜托了，赶快做”！

鲁迅日记的最后几页中，也曾记下过“赶快做”三个字。

当时之中国百废待兴，不但需要做，而且的确需要刻不容缓“只争朝夕”地“赶快做！”

二十世纪八十年代初，我曾积极而又自觉地充当改革开放的马前卒。尽管在中国这个古老的大棋盘上，本无须我起什么作用。我是一颗自行地从棋子盒里蹦上棋盘硬充“车、马、炮”的卒子。热忱，真诚，义无反顾，一往无前，被言行谨慎胆小怕事的中老年人视为“异端”也不在乎。非是为了实现什么个人野心，而纯粹是受一种时代使命的感召和驱使。当年我才三十几岁，正是热血男儿之年龄。觉得经历了一些大事件，其实并没有什么异于我的同代人的不寻常经历。觉得已经相当成熟了其实头脑仍简单得很。“天下兴亡，匹夫有责”——还有比积极自觉地充当中国改革开放之马前卒更能体现兴国责任和时代使命的么？

新中国成立以后的中国运动频繁。去年运动，今年运动，朝也运动，夕也运动，每一场运动，又似乎总是和国家命运紧密相关。因而中国人的头脑中渐渐形成了一条逻辑，仿佛只要有一场运动搞对了而不是搞错了，搞好了而不是搞糟了，搞到底了而不是半途而废了，那么中国肯定就从此国泰民安兴旺发达了。

所以，当年“思想解放”叫“运动”，“改革开放”也是被当成一场“运动”来理解的。中国知识分子“文化大革命”后第一次评职称那一年，许多朋友曾请我帮他们起草过“自我申报鉴定”。现在回想起来，他们不分年轻年老，无一例外地要求我一定别忽略了重要的一条，即在改革开放运动中的表现云云。不久前我去单位资料室翻阅旧报，发现当年的报上经常抢眼夺目的通栏大标题也是“改革开放运动”。既曰运动，时间总不至于太长吧？“运动”二字，使普遍的中国人对于改革开放的时间性的估计是短暂的。普遍的中国人绝没有想到它会延续四十年之久。绝没有想到在四十年后的今天看来，分明地，它似乎只不过依然处在刚刚开始似的阶段。

当年的报刊上、广播电台电视台里，官员和知识分子和文化人乃至国有企业的管理者们口中，所说最多的话语之一是“阵痛”。其实当年中国人说“痛”的时候，还并没有谁真的被改革开放弄伤了。当年说“痛”是非常夸张的，起码当年的腐败没有到如今这么严重的程度，当年贫富悬殊没有到如今这么咄咄逼人的程度，当年工人下岗也没有到如今这么多的程度，当年说“痛”是由于心理承受力实在太脆弱。如今真的使许许多多的人感到很痛却不言“痛”了，“欲说还休，欲说还休，却道天凉好个秋”。的的确确可以被认为各方面的承受力都增强了。

当年，许许多多的中国人在改革开放这面大旌旗下，站在距中国政治大舞台极远极远的边缘为自己的国家击鼓呐喊，不遗余力，其实呼唤的不是未来，而是过去。是中国和它的“前妻”那一段朝气蓬勃又喜气洋洋的短暂的“蜜月”。是的，许许多多的中国人的希望其实只不过是——在他们的不遗余力的击鼓呐喊声中，由某一位或某几位自己最信赖的，对中国之命运最具主宰能力和权威的人物，高明地将保留在自己头脑中的那一段美好的回忆，直接剪辑在二十世纪八十年代初的改革开放的后面，从而那么着组成一部历史和现实巧妙连接天衣无缝的“中国故事”。

这个期望值似乎一点儿也不高，但是历史将注定了会重演一遍。

当年便知道改革开放这位中国的“再婚”之“新娘”居然还有另一个名字叫“商业时代”的中国人，实在是不太多的。

然而如今“她”已经被迎娶进中国的“洞房”了！

“她”的红盖头已经被中国的手替“她”缓缓掀掉了！

“她”正坐在喜床沿儿诱惑意味儿十足地向中国媚笑着……

“她”似乎在默默地问——中国，我的真名叫“商业时代”，“改革开放”那不过是你一厢情愿的叫法。我随便，入乡随俗，任你怎么叫我都成。你这五千余岁的“二婚头”男人究竟打算不打算和我从此以后长过下去？长过下去你得听我的！按你以前的过法那可不成！

中国放眼世界，在二十世纪的最末一页，“商业时代”是它唯一能“娶”

的“新娘”。而且，迄今以后，世界“婚姻介绍所”的档案库中，也只存在“商业时代”这一种类型的“待嫁女”了。一切国家，无论奉行怎样的主义，无论坚持怎样的体制，无论情愿或不情愿，最终都是要与“商业时代”“结婚”的。早早晚晚而已。早“娶”了“商业时代”的，非但并未被“她”搅得国无宁日，“四邻不安”，反而受益多多。这一点，也是中国放眼世界看得分明的。中国其实已没了别种样的选择。除非打算与“前妻”破镜重圆，再立山盟海誓。而这又不符合最广大的中国人的意愿。

从前好的，自己回去，

将来好的，跟我前去！

中国当然知道——这是鲁迅的话……

历史，曾定商人声名狼藉

商业活动是人类史的基本内容。

“地球村”这一个词是一个舶来词。

在宇宙中，地球实在是太渺小了。尽管称地球为“村”，开始体现出人类对自身存在意义这一最基本的问题的极度谦虚的美德，但若按照《时间简史》的天才作者，杰出的理论物理学家史蒂芬·霍金的观点看来，这极度谦虚的美德无疑仍意味着是极度的夸张。说是“村”至少将地球夸大了几十亿倍。

我常想，如果我是历史教师——小学的也罢，中学的也罢，大学的也罢，在第一节课上，我将告诉学生些什么呢?

我肯定会这样说——人类历史所记载的一切最重大的事件，尤其那些最惊心动魄的事件，比如改朝换代，比如战争，其实都只不过是人类史中最微小的章节罢了。相比于漫长的人类历史，正如同“地球村”和整个宇宙的关系。

好比一个人所能记住的，往往是他或她生命历程中极特殊的日子和极特殊的事件。对于时间概念而言，对于具体的某个人，那些日子和那些事件，可能意味着便是他或她生命历程的大部分乃至全部内容。一个人在二十岁那一年被判了无期徒刑的结果就是这样。但是连上帝也不能将整个人类关进监牢，也不能对整个人类判处无期徒刑。

那么人类更多更多的时间里在做什么呢？

我觉得一个学生如果将他所学过的历史中那些大事件发生的原因、年代以及结束的时间背得滚瓜烂熟，却对以上的问题懵懂不知所答，那真是白学历史了。

人类更多更多的时间里在做什么？

我觉得一位教历史的教师，如果日复一日年复一年地只管在课堂上倒背如流绘声绘色地讲述某些大事件，而根本忽略了对以上问题的解答，那么几乎是在做着“篡改”历史真相的事了。

因为这起码会导致一种最为简单可笑同时当然也是极其荒唐极其错误的理解——仿佛只要将一个又一个大事件“剪辑”起来，便是人类社会发展的全部了似的。而所有那些大事件加起来，可能也不会超过人类历史时间总和的百分之一。

那么我们可以得出这样的结论——百分之九十九的时间里，人类历史的真相其实是，并没有发生什么惊心动魄的大事件。不是情节跌宕的章回小说演义的那样，而是从容不迫地进行着的极为寻常的缓慢前进。

正是这一点，既被一切形成文字了的历史所摈除和排斥，又最接近着人类的真的历史的真相。

托尔斯泰对“历史”二字有过相当贴切的解释。

他说：“历史是国家和人类的传记。”

伏尔泰则认为：“古代的历史只是些脍炙人口的寓言罢了。”

艺术讲述人们体现了什么。文学讲述人们感受了什么。宗教讲述人们信仰什么。哲学讲述人们思考什么。

历史讲述人们曾做了什么。

休谟在此一点上对历史持最不以为然的态度。他说：“人类在一切时代和一切地方都是非常相同的，历史在这个特殊的方面并没有告诉我们什么新奇的东西。”看得出，他不满于历史对人类“非常相同的”方面被隐去了，避而不提，讳莫如深。洛思回答了休谟的质疑。他说：“世界的历史始终是一个人如何寻找面包和黄油的记载。”我觉得他的话有一定的道理。只不过俄国人寻找的是“土豆加牛肉”。中国人寻找的简单朴素一些，是“大米干饭炒豆芽”。同时“安得广厦千万间，大庇天下寒士俱欢颜”而已。小时候，我常见一些女孩儿们一边跳皮筋一边这么唱：

姥姥问，吃的啥？
大米干饭炒豆芽！
爷爷问，香不香？
半月一顿咋不香！

而民歌中所体现的中国农民们的温饱要求，比城里女孩儿们“大米干饭炒豆芽”的向往还要简单还要朴素：

家有二亩地呀，种上那大地瓜，
一家人吃全都靠着它！
到了秋天，地瓜熟了，
大轱辘车呀，轱辘轱辘转呀，
转到了咱的家，
一家人笑哈哈！……

只不过洛思“看到”的，仅仅是人类在物质方面的“寻找”。而且，这“寻找”的“内容”，早已超出了“面包和黄油”的范围。人类几乎变成了地球上最凶猛的腔肠怪物，不停地耗费资源，不停地创造商品，不停地消费商品。在百分之九十九的时间里，人类生生死死，代代繁衍，事农，事工，操百业，行为最终都纳在“商”的“调控”之下。

所以我又常想，肯定的，“商”若非是人类历史最基本的最重要的活动，起码也是最基本的最重要的活动之一。

以人类商业发展的脉络和轨迹梳理人类历史，阐述人类历史的沧桑进退，与以阶级斗争的观点，以宗教的观点，以文化的观点，和以改朝换代的大事件演绎历史的方法相比，倒可能是更符合规律的。阶级斗争和改朝换代，无疑影响着阶级矛盾的缓激和改朝换代的成败。前者对后者的影响，要比后者对前者的影响深远得多。区别在于，后者对于前者的影响，有时好比台风对海洋的影响；而前者对后者的影响，却好比是季节变化对气象的影响。归根结底，台风仍只不过是气象现象之一种。

在人类历史上，商曾是最声名狼藉的一业。古今中外，许许多多的伟人和名人，都是非常厌恶商业鄙视商人的，比如柏拉图，比如亚里士多德，比如培根。他们由厌恶商业而厌恶贸易厌恶商人进而厌恶金钱以及财富，或也可反过来说，他们在他们各自所处的时代，眼见人们疯狂地贪婪地不择手段地完全不顾道德地追求金钱聚敛财富的现象比比皆是，于是由对金钱和财富的厌恶与鄙视，进而导致厌恶和鄙视一切商人，厌恶和鄙视贸易乃至商业。有趣的是，在他们的言论中，有过一个共同的比喻，那就是都曾将商人比作“富有的白痴”。以他们的修养和教养，这比喻证明了的厌恶和鄙视已无须多说。

但是也有和他们差不多同样伟大的人物并不赞同他们。

比如孟德斯鸠。

他说：“贸易和商业使纯朴的风俗腐败，这是柏拉图的责难之点；但我们又几乎经常看到相反的事实，贸易和商业正在使野蛮之邦日趋典雅与温厚。”

比如爱默生。

他说：“我们都咒骂商业，但今后的历史学家们将会看到，商业建立了美国，摧毁了封建制。它还将消灭奴隶制。”

他对商业的高度赞美，是与培根们对商业的厌恶和鄙视程度一样的。

他甚至说：“这个世界最伟大的进步，就是自私自利的、讨价还价的商业的出现。”

他甚至还赞美被普遍的世人斥为万恶之源的金钱。

他公然说：“金钱，这个在生活中被虚假地认为是最无聊的东西，这个在公开场合谈起来脸就红的东西，它的实际作用和它的规律却像玫瑰花一样美丽。”

最厌恶商业的声音的确发自于一些知识者之口。

《无原则的生活》的作者梭罗曾大发牢骚地说：“这是一个商业的世界，这里是永无止境的喧闹。我每夜几乎都被汽车的喷气声吵醒。它打断了我的睡梦。这个世界上已没有了休息，你如果能有一次看到一个人在休息那也是好的啊！这世上除了工作，工作，工作，别的什么也没有了。我简直不能容易地买个本子把我的思想记录下来。到处都被金钱统治着。有个人看到我在路边停了会儿，他就会理所当然地认为我正在计算我的工资呢！如果谁从阳台上摔了下来致残，造成了痴呆，那么他终生最大的遗憾肯定是他从此无法经商了。在这个世界上，没有任何东西能比不断地发展商业与诗歌、哲学，甚至与生活本身相对立的了！”

他说得不错，诗歌这一最悠久最古典的文学体裁，几乎就要在全世界绝迹了。这不能说和商业的迅猛的发展完全没有关系。虽然一九九六年的诺贝尔文学奖授给了一位写了一辈子诗的波兰女性，却似乎鼓励不了已属“珍奇动物”的诗人们的没落心情。

梭罗不是上帝。如果他是，我想他会毫不犹豫地将他所处的商业时代判处无期徒刑，投入监狱。假如世界上有关押时代的监狱的话。

正因为他做不到，所以他用自己的一本书，将商业时代宣布为“无原则的生活”。

但是另一个人针锋相对地说：“我不知道任何其他什么事情比商业更与革命的态度截然对立了。商业天生就与那种暴力的感情无缘。它热爱温和，喜好握手，有意识地避免争端。它是忍让的，折中的。除非在一些绝对必要的情况的迫使之下，它从不寻找极端的解决办法。商人使人们互相独立，使人们对私人的重要性予以极高的评价和重视；它引导人们去处理自己的事情，并教会人们怎样才能处理好这些事情。它必然使人们寻求友好关系并谨慎地避免战争。”

说这番话的人是托克维尔，他的《论美国的民主》是比《无原则的生活》更著名的一本书。

梭罗在《无原则的生活》中还说：“人能够获得超出自己需要的金钱的各种方式，几乎毫无例外地导致了堕落。有时使自己堕落，有时使别人堕落。”

而普鲁塔克说：“正确地使用金钱是比使用武器更高的成就。”

梭罗的人生观、世界观，看来是与中国的道家思想、佛家思想灵犀相通的。

他还说：“中国古代哲学家都是一些在金钱和财富方面几乎一无所有，而内心精神生活博大丰富的人物。我们如果能多理解他们，多学习他们，人们就会明白，一个人活着并不需要太多的东西。世界也根本不需要那么多的财富。”

这个“老外”是非常主张人应该安贫乐道的。

他满怀激情地教导世人：“视贫穷如园中之花草而像圣人一样地耕植它吧！”

他认为：“一个人甚至在济贫院里，也要爱那一种生活。因为生活在济贫院里的人，肯定也有愉快、光荣和尊严的时候。夕阳反射在济贫院的窗上，是和照在富人家的窗上一样明亮的。济贫院门外的积雪，也肯定会和富人家门外的积雪一样地在早春融化……”

但是这位终生思想激情不泯的“老外”似乎大智若愚地避开了这样一个前提——世人不可能都成为老子、庄子或梭罗。那样的话，十之七八的世人也许早就饿死了，或者又集体地归隐回祖先栖生过的山洞里去了。当和平持久，商业时代自然孕成。当一个商业时代已经孕成，大多数世人的状态，除了按照商业时代的价值观念去生活，去作为，还能够按照另外的什么状态去生活去作为呢？

他还说：“寻找旧的吧！回到那里去！万物不变，是我们自己在变。只要你保留住你的思想，上帝保证你不需要社会。如果我得整天躲在阁楼的一角，像一只蜘蛛一样，但只要我还能思想，世界对于我不是一样的大么？”

比之一切厌恶商业时代的思想家，梭罗是最极端也是最激烈的一个。

如果他地下有灵，知道他所推崇和隔洋喜欢的中国，也正紧紧地搂抱住“商业时代”这个在他看来简直是娼妓一样的时代狂亲狂吻呜咂有声，他肯定会十分难过的吧？

这是他的错。因为他不清楚，普遍的中国人和西方人一样，也是非常爱享受、爱奢侈、爱金钱和爱财富的。“商业时代”其实也很符合绝大多数中国人对时代的选择。一个中国人如果沦落到了济贫院里，并不会像他隔洋想象的那么热爱济贫院的生活。

但我们无须过分认真地批驳他。

因为爱默生有一番话，似乎正可以援引了说给梭罗听——“教士和某些道德家在斥责人们渴求财富方面有着共同之处。但是，如果人们按他们的话来理解他们，并且真的停止对财富的追求，这些道德家们将不顾一切地在人们之中重新燃起另一种欲望之火——而那很可能是权欲之火。如果人类毫无欲望，文明就衰败了。”

在爱默生和梭罗之间，我更能接受爱默生的思想。尽管我实在没法儿像他那么坚定不移旗帜鲜明甚至不无赞美意味地宣讲商业时代的伟大之处，但是我也并不反感梭罗。只不过觉得他率真得过于迂腐，偏执得过于简单罢了。他的率真的偏执之中，不失极可爱的成分。他毕竟是思想家，另外许多话是很智慧的。

比如："多余的财富只能买多余的东西。"

比如："人的灵魂必需的东西，是不需要花钱买的。"

比如："奢侈生活产生的果实都是奢侈的。"

同样，对商业时代一向持理智的温和的批判态度的培根，也有许多极为精辟极为深刻的名言。

比如他说："金钱和财富好似肥料，如能使民众受益则像施在了土地里。"土地缺少肥料仍不失为土地，肥料不作用于土地却只不过散发出臭气而已。

亚里士多德在他所处的那个商品货币时代已相当发达的古希腊现实中，对于贫富悬殊现象的深深忧虑，对于贵族和富人们豪奢极欲的生活的尖锐无情的批判，今天看来对于世人依然具有警醒的意义。

他说："这就是富人——过度浪费，庸俗无节制，为了一件小小的事件而耗资巨大，安排阔绰乏味的场面。这样做的目的仅仅是为了炫耀他的富有，认为会被人羡慕……"

他说："富人目空一切，拥有财富使他丧失了理智，似乎人间一切快乐都属于他所有，财富和金钱成了他衡量一切事物的唯一价值标准。而且还幻想金钱可以买到一切。总之，由富有而导致的典型特征是——富有的白痴。"

今天，在与商业时代拥抱亲吻的中国，我们不是也几乎随时随处可以看到亚里士多德所辛辣讽刺的富人么？

后世的史学家们，在分析强盛一时、商业繁荣一时的古希腊帝国灭亡的原因时，指出社会财富分配的极端不公，贵族和富人的穷奢极欲也是主要的一条，显然根据是相当充分的。

萧伯纳对商人的刻薄辛辣也是当年在英国出了名的。

在一次宴会上，一位大腹便便的富商走到萧伯纳跟前，没话找话地说：“萧伯纳先生，您为什么总是这么瘦啊？看了您这副样子，外国人一定会以为我们英国一直在闹饥荒呢？”

萧伯纳瞥了富商的大肚子一眼，冷冷地回答：“那么看了您这副样子，外国人一定就同时明白我们英国闹饥荒的真正原因了！”

还有一次，萧伯纳在海滩上遇到了一位家财万贯的房地产商。他倒是对萧伯纳挺崇拜的，希望萧伯纳能给他签个名留作纪念。萧伯纳用手杖在沙上写下自己的名字，冷冷地说：“那么请收下吧。最好能让我领教领教，你是怎样连地皮一起刮走的！”

以上两件事，不仅在当年几乎人人皆知，而且在后世广为流传。

萧伯纳曾经这样说过：“全部文明的记录，就是一部金钱作为更有力刺激而失败的记录。”

他的话包含有这样两重意思：一、商业与人类文明，尤其与资本主义文明的关系是密不可分的，前者几乎贯穿于后者的“全部记录”；二、但这一种关系在本质上又是失败的。

为什么又是失败的呢？

他接着说：“大多数的普通百姓并没有平等的机会去致富，而少数利欲熏心的家伙却在极有限的机会下轻而易举地成为百万富翁。使人们大为惊奇的是他们的德行和他们的财富形成鲜明的反衬。使我们不得不认真地思考并加以怀疑，商业时代究竟是不是我们找到的一个救世主？”

在萧伯纳所处的时代，他的怀疑，包括他的愤慨的指责与批判自有道理与根据。

相比于富人们对社会财富的贪婪的占有和聚敛，他“统计过，培养一个穷孩子的费用，包括破衣服在内，只不过需要二先令”。

我对外币缺乏常识。

一英镑是否等于十先令呢？

他当年的统计使我不禁地联想到了今天中国咄咄逼人的贫富悬殊的现象，以及今天中国那千千万万因为难以支付极少的钱便上不起学的穷孩子。

所幸我们毕竟有一个“希望工程”。

萧伯纳们，和亚里士多德和梭罗们，在他们所处的世纪和时代，目睹的是原始的“商业”。原始的商业的的确确具有邪恶性。

爱默生们对商业时代的歌功颂德，却更是以他们的预见性为自信的。

而我们看到的事实是，商业这个资本主义文明的“配偶”，如今又的的确确在许多方面改邪归正，由当初那妖冶放荡、虚荣贪婪的“新娘”，修炼成了一个善于抚养资本主义文明，有不可轻视和低估的能力呵护整个资本主义体制的“贤妻良母”。

正是“她”的这一种嬗变，使二十世纪的世界，开始以乐于接受的态度对待之了。

商业将更加紧密地贯穿于世界文明记录的未来……

“俱往矣，数风流人物，还看今朝！”

今天，在商业时代的深远“海域”里“弄潮”的，已是另一类“新生代”了。

他们年轻却见多识广，从商经验极其丰富。他们以文质彬彬的外表，不动声色地掩饰着也许只有自己才清楚到底有多大的勃勃雄心。他们起码有大学学历，甚至是博士、“博士后”，或者是“洋插队”回来的外企外商全权代理人什么的。他们精通外语，善于“包装”自己，广为结交对自己的事业有助之人，尤善走上层路线。他们谙熟商业法律，谁企图骗他们上当门儿都没有。而他们钻商业法规空子的行为，又能做得那么的不显山不露水天衣无缝。他们双手紧紧按住自己的钱袋儿，双眼每时每刻都在商界扫描着。一旦盯住了时机，其反应之快宛如矫鹰擒兔一般。他们中更有的人本身即是科研后起之秀，并是一纸抵万金的某项专利的拥有者。比起他们的科研前辈，他们将科研与市场经济紧密结合的头脑，灵活得前辈们脑筋急转弯也还是望尘莫及。

他们的综合素质之高，根本不是十年前那些“骑着摩托背着秤”的人所能匹比的。

正是他们的涌现，无情地从商域排挤和淘汰了前者们，确立并巩固了自己们的主角地位。使前者即使存在着，也只不过变为一些“大群众”的角色罢了。

正是他们的涌现，促推着中国的商业时代进入了第二阶段——从“猪往前拱，鸡往后刨”、鱼龙混杂、泥沙俱下到混沌渐分、层次渐清的阶段；从主要是以“倒”和“贩”激活市场到主要是以新商品新材料新技术丰富市场的阶段；从满足基本商品需求到满足名优商品需求的阶段；从无序到开始有序的阶段。新技术、新材料、新产品，乃是确保商业生命力强盛的三大要素。二十世纪八十年代末九十年代初的几年里，中国的商业时代曾呈现出最乌烟瘴气的现象。商业不择手段只顾赚钱其他似乎什么都不顾了的贪婪性，也暴露得最为淋漓尽致。“假冒伪劣”商品正是在那几年里泛滥成灾，比比皆是，仿佛到了无法可治的地步。

某某领导在电话里生气地指责：将我当成什么了？难道我们的同志们现在不分什么人的钱都一概照接了么？！这还是为公。那中饱私囊的官员，对商的亲爱有加，与对百姓的冷漠无情，早已形成极鲜明的对照了。

又据报载，一位经商大款，席间当着些社会名流一语惊人——某某副市长算什么，我一个电话，让他半小时内出现在我面前，他不敢三十五分钟才到！

言罢掏出手机拨号下达“指示”，副市长果然半小时内超前到达！

我的一位在电视台工作的记者朋友告诉我：一次他出差外地，在歌舞厅消遣，适逢一大款向一歌星小姐献花，还未下台，有人却又向她献花，朗朗曰：“这一束花，是在座的 ×× 副市长命我献给您的！并为您点歌一首……”

世界的丑陋在全世界，卖淫、走私、贩毒、色情业的方兴未艾，文化的色情化，贿赂的丑闻，无不与商业瓜葛甚密。十之八九，是在合法经商的招牌之下进行的。连昔日韩国的总统，也东窗事发，原来曾被商所俘过，在全世界的睽睽注视之下站在了被告席上，并且被判处死刑。

那些日子里韩国是多么的举国激愤啊！出租汽车司机大瞪着两眼将车摇摇晃晃地开上了人行道。警察发现他滴酒未沾。他是由于心理被刺激成那样儿。他接受不了他们的前总统原来是一个勒索巨贿的家伙这样一个铁证如山的事实。

而一个月薪一百万韩元的政府较高级官员，于头脑清醒之时算了一笔账，结论是他若想挣到他们的前总统受贿那么大数目的一笔钱，得工作四十余年。他算完这笔账倒不愿意清醒着了。于是跑去酒馆里喝得酩酊大醉，并用酒瓶子击碎了酒馆的玻璃，当众搂抱住女招待非礼无忌起来……

但是谁若问韩国人还要不要商业时代了？回答将是肯定的——当然还要！

一个理智的国家理智的民族，明白商业时代再有一百条一千条不好，却仍有另外一百条一千条别的任何时代所不可能带给人们的好处，却仍是人类最好的选择。

总统索贿巨款，将他绞死就是了么！

韩国人尽可以许多许多次地选出一个总统，而对商业时代的选择却是不容反复的。一旦动摇了它的基础再要重新恢复它的基础，最短大约也需二十年。韩国人是明白这一点的。世界上几乎所有高度民主的国家的大多数公民，也都是明白这一点的。一个繁荣的商业局面光临的时代，对于这些国家的普遍的人们来说，不啻是上帝对世间的一次巡礼。而总统对他们算什么呢？不过是比较认可的一名公仆罢了！

诚如托克维尔在《论美国的民主》第二卷中所言：“民主社会中我们不知道还有什么其他东西能比商业更伟大、更辉煌了。它吸引了大众的注意力，丰富了大众的物质和精神需求的想象，把所有的旺盛精力都吸引过来。

无论是谁，无论是任何偏见，都不能阻止人们通过商业而致富的愿望。民主社会中，所有大笔财富的取得都要靠商业的增长。”

然而商业这支“玫瑰”，对于与之久违了的中国人而言，却未免太是光怪陆离、杂乱无章、浮华而又浮躁了。它使人欲膨胀，人心贪婪。它使腐败现象如同倒片机将蝴蝶变成毛毛虫的令人厌恶的过程放映给人看。它使一小部分人那么不可思议地暴发，使他们中某些人暴发之后为富不仁……

所希冀的和已经面临的似乎根本不是一码事，于是许许多多的中国人迷惘、困惑、失落、痛心疾首而且愤懑了。开始以娼妓般的语言诅咒商业时代。

但这似乎主要是几年前的情况。

几年前商业在中国的混浊的初级阶段，确实是“刺”多“蕾”少的。

现在它的“刺”已被共和国的法修剪掉了一些。现在它当年的一些“蕾”开花了。

现在，普遍的中国人，已经能够比较冷静比较明智比较客观比较平和地凝视商业时代了。

谁若问普遍的中国人——我们是否应该将商业时代这看起来总有点儿离经叛道的“新娘子”再一次逐出国门?

普遍的中国人寻思一下，大约会宽容地这样回答：让“她”留下吧！世上哪有没毛病的“媳妇”，我们日后慢慢调教“她”吧。

这么想和这么说，都无疑意味着一个民族的成熟。

而这一种成熟，又完全可以认为，是对商业时代改变了太理想主义的期望。

中国是一个动辄容易陷入理想主义思维怪圈的民族。

而西方人却早就对商业时代的本质有所洞察了。

《民主主义和教育》一书的作者杜威说：“认为商业的事情在它自身的范围内可以‘自觉’地成为一种理想的文化，认为它可以把为社会服务作为自身的宗旨，并让它来代表社会的利益和良心——这样的想法是极其荒谬的。

先生们，我们在承认商业贡献的同时，绝对不可以把它想象得很温良。因为这不符合事实。我们要给它套上鞍镫。我们跨在它背上的时候，要穿带马刺的靴子。只有在这一种情况下，它才能收敛它自私自利原则之下的欲望，满足自己的同时也对社会作些回报。”

杜威的这段话，对当前的中国人，尤其当前的中国首脑们，是非常有参考意义的。

一切有关商业的法规、法令，都是为了更好地驾驭它，是使它更大限度地造福于社会的“鞍镫”和“缰辔”。同时也是不断激励它按照社会福利的总目标奋进的“马刺”。优秀的骑手和坐骑之间，常常达到一种“合二为一”似的最佳境界。这也是国家和商业时代之间的最佳境界。

税法是商业法规、法令中最重要的一条。

密尔在《功利主义》一书中说：“买卖人对一切顾客买一样的东西收一样的价钱，并不随顾客出钱能力的大小而高低他的价目，世人都认为这是公道的，而不是不公道。但是若以此原则制定税法，就与人的人道主义和社会利便的感觉太不相容了。国家应对富人特别制定某几项高税。因为我们冷静分析不得不承认，国家这台机器，历来为富人的效劳比为穷人的效劳多。”

卢梭在他的《政治经济学》中则说得更明白：“如果富人显示阔绰的虚荣心可以从许多奢侈之物中获得极大的满足，那么让他们在享受奢侈时增加一些开支，正是征收这种税的充分的理由。只要世界上有富人存在，他们就愿意使自己有别于穷人。而国家也设计不出比以这种差别为根据的税源更公平更可靠的税源。”

世界上许多商业发达的国家都早就这样做着了。

中国将如何开始呢？

再给它点儿时间吧。

如果，一个时代为了“造”出一个富人，不惜以产生三个甚至数个穷人为代价，那么不管它是不是商业时代，不管多少有思想的人极力加以赞颂，它总是要完蛋的。

罗斯金在《到此为止》一书中说："既然穷人无权占有富人的财产久为人知，我同样也希望，富人无权占有穷人的财产这一事理明昭天下。"

一切鲸吞、瓜分、巧取豪夺、挥霍浪费国家财产的人，都既不但对国家犯罪，同时也对人民犯罪，犯有制造贫穷罪和占有穷人财产罪。因为道理是那么的明白——那一部分财产原本是靠劳动者积累的。国家原本是可以用它救助一部分穷人，消灭一部分贫穷现象的。

萧伯纳在他的小说《巴巴拉少校》前言中说："金钱大量地聚积在一部分人手里，对他们来说多得没有什么价值了，而对另一部分人来说则少得可怜难以为生时，它就变成该诅咒的东西了。"

这样的现象往往是由于——"给四个人每天三先令，让他们干十到十二小时的艰苦劳动；而却常常向另一个人提供不劳而获的机会，使其轻而易举地便会得到一千或一万英镑"。

这绝不是一个健康的、成熟的、人人衷心拥护的商业时代的特征。

健康的、成熟的商业时代的基本特征应该是——普遍的人们为了挣到使自己过上丰衣足食的生活的钱其实并不太难；某些个人企图挣比这更多的钱其实很不容易。

在中国，目前相反的现象还随处可见。

但是要消除这一种现象，中国又只有万桨齐动，中流击水。回头恰恰无岸。

商业时代的一切负面弊端，只有通过商业的进一步发展才能疗治。这一点是走过来了的国家向我们证实了的。好比一个在冰天雪地中决定何去何从的人，思考必须变得极为简单——哪里升起着炊烟哪里就是继续前行的方向。而商业的炊烟，一向袅袅升起在时代的前面。商业不在其后插路标。它不但一向一往无前，而且总是随之带走火种。你需要火，那么就只有跟随它。国家是人类的公产，就像个人是国家的公民一样。人类进入了商业时代，任何一个国家"公民"都只能"跟着感觉走"，迁移不到外星球去。中世纪的罗马教堂曾发放过“赎罪券”——这意味着上帝也曾集资。宗教经商，赎罪靠钱，古今中外，莫不如此。商人是商业的细胞。商业是人类社会的动脉。商业其实从来不仅是人类的表象活动，也不仅是由它影响着人类的意识形态。它本身便是一种最悠久的最实际的意识形态的变种。它使政治像经济。它使外交像外贸。它使经济学像发财经。它使我们几乎每一个人的灵魂都有一半儿像商人。它使商人像马克·吐温说的那一种人——“如果金钱在向我招手，那么无论是《圣经》、地狱，还是我母亲，都绝不可能使我转回身去。”它使道德观念代代嬗变。它使人文原则更弦易张。它给一切艺术随心所欲地标价。不管是最古典的还是最现代的，最俗的还是最雅的。它使法绕着它转。今天为它修正一款，明天为它增加一条。以至于法典最厚的美国，律师们喟叹当律师太难了。它殷勤地为我们服务，甚至周到至千方百计净化我们每天所吸的空气和每天所饮的水的地步，但同时一点儿也不害臊地向我们伸手要钱。你不需要几万元一套的马桶，但是有别人需要。有需要便有利润，于是商便合法地生产之……你不需要全金的水龙头，但是有别人需要。有需要便有利润，于是商便合法地生产之……

它还制造格林童话里的国王才睡的黄金床……

它还在月球上开发墓地。将来肯定也要在月球上开发旅游热线。人觉得地球上的商品已经太多太多，但明天商业还会向人提供令人感到新奇的东西。商业早已开发到了人的头脑里，人的心灵里。人的思想人的精神其实早已入股商业了。人还敢嘴硬说人拒绝商业时代么？人有什么资格拒绝有什么资本拒绝？人每天的心思一半左右与商业时代有关。它本身微微地摇摆一次，万亿之众的命运和生活就不复再是原先的状态了！物理学家说：人是熵的减少者。化学家说：人是碳原子的产物。生理化学家说：人是核酸与酸的相互作用器。生物学家说：人是细胞的聚体。天文学家说：人是星际的孩子。而商业时代说：我是人类的奶娘。过去是，现在是，将来仍是。谈到将来，便确实产生了一个终极关怀的话题。人类不再吮“她”的乳汁行不行呢？这话题太沉重，也太遥远。还是不讨论吧！邓小平同志的一种思想方法，不失为很实际的方法——如果我们的智慧不够，不妨留给下一代人去解决……

商业的本质是寂寞

我凝眸注视商业时代，渐悟它的本质其实是寂寞的。

像我这一代中的许多人一样，在大学时期——亦即一九七四年至一九七六年“四人帮”被一举粉碎之前，我已经是一名彻底的“文化大革命”的思想抵牾分子了。在当时的复旦校园，谁思想上若是这样，一旦被揭发或自我“暴露”，个人命运的后果是不堪设想的。“文化大革命”后期的专制政治对于“思想异类”分子的惩办是冷酷无情的，从教师到学生，任谁都不得不更加言行谨慎地自我保护。我的表现也毫不例外，只不过与别人相比，常因口舌放纵招致政治嫌疑罢了。我十分感激我的老师们，没有他们当年遮挡着我，我也许注定了会做牺牲品的。而实际情况乃是——十之七八的人，都和我一样，早已是彻底的“文化大革命”的背叛者了。又好比一幕大戏，在接近尾声的紧锣密鼓中，众多的角色都渐显出了背叛的意识。“凤头、猪肚、豹尾”，形容大文章的这六个字，用以形容“文化大革命”最恰当不过了。它的开始是那么的独特，它的过程所包容的事件是那么的复杂丰富，它的结尾又是那么的精彩，典型的“史笔”风格。

而二十世纪七十年代末八十年代初，我曾积极自觉地充当思想解放的马前卒。我是一颗企图自行地从棋子盒里蹦上棋盘硬充马前卒的棋子。这当然很可笑，但也很真诚。非是为了实现什么个人野心，是受一种政治热忱的驱使。当年哪一个三十多岁的中国小知识分子不曾受过这一种政治热忱的激励呢？这难道不也是中国小知识分子的一份儿时代荣耀么？如果说当年也有杂念的话，那杂念的成分分析一百遍，不过便是这样罢了……

我和我这一代中的许多人，站在距中国政治大舞台最远最远的边缘击鼓呐喊，不遗余力，自是为了能对中国的改革开放稍微起一点儿推波助澜的作用。那时我并不能明了，改革开放最终要呼唤来的乃是一个商业时代。我想我的许多同代人也不能明了。其实我们呼唤的不是未来，而是过去，是新中国成立以后“反右”之前那一段短暂的中国梦的片断。它在我们的思想中留下了一种乌托邦的美好光彩。我们希望在我们不遗余力的击鼓呐喊声中，由某些主宰中国历史进程的人物，高明地将它剪辑在二十世纪八十年代初的思想解放运动的后面。这是我这一代中不少人的思想局限性。我是头脑里残存着这一种局限性的他们中的一个。

然而如今中国的一只脚已经迈入了商业时代。它如同大潮过后，从海底渐渐隆起的又一块大陆。它使我们陌生使我们愕然的同时，我们已经随潮被推到它的脊背上了，已不可能退回到原先的陆地上。商业时代！它光怪陆离，它浮华而又浮躁，它使人欲膨胀，它使人心贪婪，它使官员腐败的现象如同倒片机使蝴蝶从银幕上变成毛虫一样令人厌恶，它使一小部分人暴发，暴发之后甚至为富不仁，它砸烂了许多人的“铁饭碗”，砸烂之后甚至使他们懵懂无措地陷入不知出路在何方的窘况……

所要的和已面临的根本不是一码事！

这恐怕便是相当一部分中国人迷惘、困惑、失落与愤懑的原因吧。我和他们一起诅咒过它。我诅咒时，甚至并不能明了，我所诅咒的究竟是商业时代本身，还是它有时被以简单得不能再简单的方式移置在中国的现代历史进程中所发生的种种溃烂……

但是，现在我已经能极冷静地凝视商业时代了。

首先我终于明白，将二十世纪五十年代初期的短暂而又充满憧憬的早期中国梦的片断，剪辑在经过思想解放运动的二十世纪八十年代的后面，构成的将依然是一部“剪辑错了的故事”。

其次我终于明白了这样一个道理——当时代宣布改变了以后，绝大多数人是只能也随着改变的。若时代变而人不变，那得有极其雄厚的资本和异乎寻常的资格。你如果企图超脱于商业时代之外，那你必得有祖传的产业足够养活你和你的家。果而有之，你消费祖业的方式，也必是商业时代的方式。你的消费倾向，也必受商业时代的影响。你如果不得不以商业时代的规则谋职谋薪，不管你思想上以多么激烈的姿态抵抗它，你实际上已经屈服于它了。最广大的工人，包括那些失业的下岗工人，最终是注定了都不得不归依于它的。农民也是。几乎百分之百的大小知识分子也是。我也根本没有与之抗衡的资本和资格。我的“抗衡”，倘非用“抗衡”一词的话，恐怕也只能体现在如下方面——远避它的奢华一面，因为那非是为我营造的风景。控制住自己所从事的文学创作的倾向不过分的商业化，因为那我自己便会觉得我变成了一个专门糟蹋文学的人。但同时又必须容忍艺术、文学包括我自己的作品被某种程度地蒙上商业色彩的现象。

谈到我自己的作品，这是有时连我自己也做不了主的。“某种程度”，应以不辜负广大喜爱文学的读者的期望为前提，而不仅仅以发表或出版的官方限制为前提。后一种前提是对自己的低标准要求而非高标准要求。在这一种情况之下，我将原谅自己的“偶尔失足”，我自己对自己的原谅无疑会比广大读者对我的原谅稍微宽厚点儿，但我一定约制自己不由“偶尔”滑到“再三再四”的程度。因为我所坚持的是现实主义。现实主义的主要宗旨是面对现实的文学性“发言”，包括文学性的指判式“发言”。我清楚，我若再“失足”，我的现实主义“发言权”也就由自己取消了。纵观世界，非商业色彩的艺术和文学已属凤毛麟角。我不想声明我一定加入凤毛麟角的行列，因为我做不到，还因为我不认为只要带有商业色彩了，艺术便不再艺术，文学便不再文学了。清高如郑板桥者，也为自己的画明码标价过的。更因为我开始意识到，一个商业时代的小说家，靠稿费尽家庭经济责任，而又能相对严肃地进行长久的创作，乃是很“诚实的劳动”之一种。比之不能这样，而不得不向国家伸手讨索，讨索不到就牢骚满腹怨天尤人强。比我年轻的一批作家、编剧，某些人是很善于经营自己的。他们理当更善于经营自己。因为我这个年龄的作家从国家获得到的，比如房子、基本工资、职称，他们将不再那么容易获得到了。我到上海时，李子云大姐问我是否已是作家中的富翁，我只有笑笑，问她何以会这样想。她说都在传你《年轮》拿了几十万元，《浮城》一书又拿了几十万元，那你不已是百万富翁了么？我只好又笑。我创作《年轮》电视剧，每集含税二千五百元。我交《浮城》稿时，编辑说每千字八十元，我吓了一大跳。因为闻所未闻。自己主动提出不要比国家规定的稿酬标准高出那么多，高出一点儿，每千字四十元就满足了。发行得好，愿补就再给补些。发行得很好。但我的稿酬是按每千字四十元外加印数稿酬算的。当时我甚至分不清印数稿酬和版税有什么区别，还曾打电话去向张抗抗请教。此前我的三四百万字的作品，乃是由每千字七元、十元、十三元、十五元、二十元至三十元出版的。

我真的不希望比我年轻的作家们向我说，这除了是“迂”不再是别的什么。他们以后的命运将和我们大为不同。他们中的大多数将不得不变为脱离体制的自由职业者，他们不比我多些商品意识情形将会很糟糕……

一个成熟的商业时代也许是世界上大多数国家最理性最明智的选择，起码目前是这样。成熟的商业社会，需要一个国家与周边国家的和平友好关系的保障，需要国内政治稳定的保障。这两个商业时代的保障，其实首先已是与老百姓利益相关的重要保障。

我凝眸注视商业时代，渐悟它的本质其实是寂寞的，是一种大寂寞。和平使国际外交主要成为外交家们的事，政治意识淡薄使政治主要成为政治家们的事。商业时代的惊心动魄的大决策，几乎无一不与商业相关，而且仅仅反映在极小一部分人之间。有钱的开始有闲，有闲最能生出寂寞之感。缺钱的疲于奔命地挣钱，也就顾不上寂寞。连寂寞都顾不上的活法，无疑简单乏味到极点了。商业社会的特征，的的确确乃是金钱支配许多社会方面许多人命运的特征。它有时太令人厌恶。但细想想，又不见得比政治支配许多社会方面许多人的命运更不堪承受到哪儿去。全民政治化是庸俗的政治，全民商业化恰恰是成熟的商业时代的标志。商业时代的文学也将是寂寞的，因为成熟的商业时代将善于调解和处理许许多多社会问题社会矛盾，给文学剩下的仅仅是“社会题材”的“边角料”。文学不屑于咀嚼这些“边角料”，因而归于人的心灵。但面对寂寞的人的心灵，文学还没形成文学以前，便先自倍感寂寞了。成熟的商业时代是断难产生史诗性文学的时代……

现在的中国，当然非是成熟的商业时代。一部分人仿佛被摈弃在它的门外，进不去，又退回不到原来的社会坐标上，这是它趋向成熟，还是夭折在混沌状态的大问号。进不去又退不回的人越来越多，它的混沌状态将越持久。而持久对它是危险的……

目前文学针对现实发出的种种感应之声，是中国的另一足也迈入商业时代之前的尴尬的诉说乃至呼号。而之后，几乎一切艺术和文学的品格，都必须或深或浅地印上商业的编号。当中国也果真成熟为一个商业时代了，文学对现实的感应之声也就越来越微弱了。那时它不那样是不可能的。正如目前要求它对时代本身的尴尬性放弃诉说和呼号是不可能的。

那时的作家将比文学更其寂寞。但是人民却会渐渐安于一个成熟的商业时代的寂寞。归根结底，对某一时代的优劣的评估，主要是以人民而非作家们的感觉来判断。相对于人民，时代甚至可以完全忽略作家们的感觉不予理睬，而且不丧失它什么最基本的原则。

中国人对玫瑰的刺究竟领教多少？

诚如爱默生所言——“商业是像玫瑰花一样美丽的。”

但他的话意味着——你要玫瑰，就得同时连它的刺一起要。

这世界上还没培育出无刺的玫瑰。

这世界上还没有一个国家的商业时代“美丽”到像爱默生所盛赞的程度。

商业这支玫瑰的刺，有时确实是含有毒素的。它蜇人之后，人的疼痛的后果，比被马蜂蜇了一下严重得多。它的气味儿充满社会，社会仿佛就变成了一个大批发市场或交易所了。而许许多多的人，其实并不甘愿生活在一个类似大批发市场或交易所的社会里。这的确也是商业时代令人厌恶的一面。

韩非子曾说过：“渔者持鳝，妇人拾蚕，利之所在，皆为贲、诸。”

意思是——鳝似蛇，蚕似蠋，人见蛇则惊骇，见蠋则毛乍，然而因利，“皆为贲、诸”，都成了勇士。

古文中又曾说过：“匠人成棺，不憎人死，利之所在，忘其丑也。”

饲蚕养鳝，劳动者谋生之计，其实无可厚非。何况，对于见惯了蚕的妇女，见惯了鳝的渔夫，并不觉得蚕和鳝很可怕。蚕还被南方的女人们叫作“蚕宝宝”呢。百姓的谋生，和商人的谋利，是有极大区别的。所以我虽引用了韩非子的话，倒并不赞同他的观点，只不过算作介绍中国古代知识分子对利的看法罢了。

我的观点是——人为谋生而勇，只要不犯法，不害人，其实是可敬的。

商人为谋利而勇，是不是同样可敬，就得具体分析了。

比如开棺材铺的老板，如果整天都在巴望着闹瘟疫，世人死得越多越好，我内心里就难以对他有什么好印象了。当然那古文的原意，指的不是这样的老板，而是做棺材的匠人。“不憎人死”，也不过是不在乎自己的行当与死人的紧密关系罢了。

但现实生活中，许多商人的心理，又确确实实和某些开棺材铺的老板是一样的，又确确实实整天都在巴望着闹瘟疫，世人死得越多越好。莎翁的名剧《威尼斯商人》就对他们进行了入骨三分的写照。

利己是商业的原则。

投机是商业的智谋。

昨兮今兮，亘古如兹。

一八六一年，一个移居英国的日本人某天早晨读报时，看到了英国王子病情恶化的消息，于是大喜过望，他知道发财的机会来了，他奔走于伦敦和附近的城市，低价抢购黑衣服黑布。几天后，王子去世了，在全英国的悲痛气氛中，他高价抛卖黑衣服黑布，一转手赚了约合九千万日元。

商业的利润几乎总是伴着商人的投机行为源源不断滚入他们的钱柜。一个不善于投机的商人几乎不配是一个商人，起码不配是一个好商人。

商业的利己原则往往是与社会和人心的情理原则背道而驰的，它有时伤害社会和人心的情理原则，确实像流氓强奸少女一样。

文明的“玫瑰”的“刺”，有时也如此这般地令他人反感令社会不齿，不能不说商业确有“恶习难改”的一面。在中国，从商业时代的初级阶段到现在，闹剧、俗剧、丑剧更是不胜枚举。

比如从动物园里租了老虎囚于店堂招徕顾客便是一例。报载，某省菜市商场开张大吉之日，为了营造轰动效应，竟租用一架直升机，打算来个“天女散花”，自空中撒下数万元人民币。其他拉大旗作虎皮的事例也屡屡出现。

我知道这样一件事：某“个体企业家”为了高攀上层人物，赞助某社会公益活动一百五十万元。条件只有一个——名字见报，形象上电视，但一定要坐在某某领导身旁。一切疏通就绪，他却在头一天晚上因嫖娼被公安机关拘留，此时他的衣袋里还揣着第二天上午的请柬。于是活动不得不取消。

世界多元了么？

某些国际局势分析专家和学者们，希望我们普遍的中国人能接受这么一种对世界的乐观判断，或曰看法——世界正在变得多元起来，多元化是世界未来的大趋势，是不以哪一些个人的意志为转移的，也是不以哪一个国家的意志为转移的。

干脆说吧，“哪一个国家”当然指的是美国。

因为全世界都看得很清楚，美国正企图使世界变得一元化，也就是使世界变得“美国核心”化。一切世界上发生的事情，只要美国认为应该是怎样的，那么便应该是怎样的——美国的这一种国家意志，越来越明显，越来越公开，越来越不加掩饰，也越来越自以为是，自以为有理，自以为有权。

美国对于世界的未来，分明的有它自己的目标，自己的设计，自己的一套想法。那是美国的国家理想。其蓝图当然是这样的——世界终于“大同”了，而美国也终于成为了全世界各国的唯一“国上国”。那时，美国将谆谆教导全世界各国牢记这样的美国语录：领导世界的核心力量是美国，指导世界的理论基础是“美国核心”主义；那时，对于美国的国家意志，全世界各国“理解要执行，不理解也要执行，在执行中加深理解”；那时，对于美国的“国上国”地位，全世界各国的态度只能是“忠不忠，看行动”；那时，全世界各国应该自觉遵守这样的原则——不利于美国的话不说，不利于美国的事不做，而且，最好连想都不要想。不管那些话如果不说，世界上将多么的少了正义的声音；不管那些事如果不做，将多么的危害本国的利益，将多么的对不起本国的人民；那时，如果有的国家并不看美国的眼色行事，美国将对之不客气，轻则经济制裁，重则武力解决……

关于世界的未来，其实是一个语焉不详的暧暧昧昧的话题。因为未来太是一个不确定的时间概念。50 年以后是未来，100 年以后是未来，200 年以后还是未来。不言 200 年以后那么久的未来吧，单说 50 年以后的未来。那时，大约三分之二的今人都死光了，不管世界变成了什么样子，反正也不关自己的事了。即使美国人干脆间接地或直接地主宰着自己国家的命运了，也是不会有人质问自己们当初的乐观的。哪怕有人把自己们从另一个世界拖回来了予以质问，也可以说——才 50 年啊，别急啊，再等 50 年看我们当初的判断也不迟啊！何况，50 年以后也会有人像今人一样预言乐观的未来。

未来永远在现在的前边，像月亮在夜行者的前边；有时离人那么近，仿佛你紧走几步就能几乎垂直地站在它的下边了；有时坠得那么低，仿佛你一旦站在它的下边了，蹦个高，就可以摸到它一下了。而人若以为真的能那么做到，必像夸父一样累死无疑。

未来有时根本上就是一个托词。

是人对现实无可奈何一筹莫展却又不愿承认的一个托词。是将现实问题留给以后的人们去面对去应付的一个冠冕堂皇的借口。有时体现智慧，更多的时候是自欺欺人。比如今天全世界面对美国气使颐指公然凌驾和摆布联合国安理会于股掌之上的默认，究竟是智慧还是不争，实在是说不清楚的事。

然而全世界都看得很分明，当美国人，确切地说是美国的某些政治家和军事家们谈论未来的时候，那未来却肯定地不是什么托词不是什么借口，而是一个既明确又清晰的目标。而几乎百分之百地体现着他们对未来的思考。美国式的思考。

他们的“星球大战”计划基于他们的这一种思考。

他们的“导弹防御系统”基于他们的这一种思考。

他们加速发展“军事信息化”的理念基于他们的这一种思考。

他们业已是世界上的头号军事强国了（强大得连俄中这样的世界大国的军事力量都根本不能与他们同日而语），却还要增加军备开支。也是基于他们的这一种思考。

他们的一切政治的、军事的、外交的、经济的甚而包括文化的行为，细分析之，无不基于他们的这一种思考。

现在的美国，几乎可以做到这样——我打你，指哪儿打哪儿；你打我，十次有八九次打不着我。

现在的美国，几乎可以做到这样——想从军事上摧毁哪一个国家，就几乎能以最小的代价摧毁哪一个国家。像以色列人将坦克开到阿拉法特官邸的窗下，并军事囚禁了他漫长的一百余天那样。当然，对于俄罗斯这样的军事大国，且人口众多地域广阔，它也许要那么费点事。

现在的美国，对于世界的未来归根结底是如此思考的——我打你，指哪打哪；你打我，让你根本打不着。

于是现在的世界局势似乎成了这样的——对于世界的未来，全世界似乎都在装聋作哑；而美国却朝它所设想的世界的未来大步迈进。

如果哪一天，美国的某一届总统是沙龙式的人物，世界怎么办?

全世界似乎都挺相信美国绝不会选一位沙龙式的人物做他们的总统。

但是全世界难道不是都看得很清楚——沙龙的后台正是美国；美国近年的两位总统身上，沙龙的气味一位比一位强。可谓后来者居上。

说“全世界”自然是片面了，不对了。

毕竟，还有一个叫“约旦”的小国，公开对美国的某些做法表态反对。

毕竟，当布什为美国之梦到德国和俄国进行游说时，两个国家的人民举行了抗议示威游行。

毕竟，这世界上还有些人，为着世界的未来，在现在时做出了些反应。

这是世界的未来的希望。

除非，全世界各国都百分之百信赖或百分之百臣服地将世界的未来百分之百地干脆交付给美国去按照美国的目标经营。

美国——笼罩世界未来的巨大的也是最大的阴影。

这乃是我们的世界现在时的一个真相……

世无大国

依我看来，迄今为止，这世上还并无一个大国出现。

这里所言之“大”，不唯指领土的广阔，不唯指人口的众多，也不唯指经济和军事力量多么的了得，还指一个国家的品格怎样。

正如一个人，虽具有种种强的优势，却从不以强称霸，更不以强欺弱，才配视为是一个“大写的人”。反之，体貌大耳，德性低，劣也。

一个“大写的人”，那也是难免会与别人发生矛盾的。这样的一个人，如果自己错了，是从不拒言“我道歉”的。

所谓“君子坦荡荡”。

是的，以我的眼看来，人类的历史上，至今还未出现一个具有此种国家品格的大国。

我们中国的领土倒是够大，人口居世界首位，但我们在经济和军事力量两方面还都不算特别强。

我记得中央电视台的节目主持人曾采访过一位美国的中国问题研究专家，女性，我们的节目主持人也是年轻的女性。

女主持人问：“您对中国目前的世界地位有什么评价？”

美国的中国问题研究专家反问：“你的意思是问中国是不是已经强大了吗？”

女主持人点点头。

美国的中国问题研究专家微微一笑，答曰：“你们早就是大国了。”

她的反问和她的回答，耐人寻味，给我留下了极深的印象。

尤其是现在她嘴角那一抹笑，使我的中国心被刺疼了一下。

在那美国的中国问题研究专家看来——中国也只不过就是大而已。

我们从来便大，但却从来也没真的强大过。早年的八国联军以区区数千人长驱直入地占领了一个有四亿五千万人口的国家的都城，说明大和强大是多么的不同，后来的侵华日军又用“三光政策”再次向我们说明了大和强大的不同。

今日之中国，外汇储备虽已在世界上数一数二，但说到底，那是十三亿多同胞的大多数，以充当世界上很低廉很低廉的劳动力的方式换来的，被十三亿多这庞大的分母一除，分数值其实还是少得可怜的。何况我们远忧近虑多多，即使不再用成堆来形容，那也还可说是成筐，成笸箩。故我们虽大，却内虚。

所以中国在国际舞台上一向自谦地说：“我们仍是一个发展中的国家。”

正因为我们还算不上是一个真正强大了的国家，某些别国才敢于不时地挤对我们，在国际关系中时不时地给我们某种脸色看，甚至给我们小鞋穿。

我是相信我们中国一旦真正强大起来了，那也一定会是一个国际形象温良的通情达理的君子大国的，因为那是我们这个国家这个民族的理想。“和为贵”是我们这个民族的一种文化基因，我相信如果将来世上又大又强并且不讳言“道歉”二字的国家的话，那么必是中国。

但依我看来，今日之中国，离自己理想还远着呢。

那美国的中国问题研究专家的话，以及她那一抹笑，之所以使我的心感到被刺疼了一下，不仅因为她的尖刻，也还因为我们某些中国人自己的妄大——他们分明觉得，我们中国已然真的又大又强了。故一旦居位，说话办事，便总是会尽量做足大而且强的架势。那种财大气粗铺张浪费，每令了解国情底细的中国人瞠目结舌，也每令对中国多少有点儿研究的外国人嘲颜一笑——就是那位美国的女的中国问题研究专家的那一抹笑……

那么美国是否便配是世界上的第一大国了呢?

虽然美国的领土并不是最大，虽然美国的人口并不是最多，但美国的综合国力尤其它的军事实力确乎是世界上最强的。

但遗憾是，它也只不过是一个强国而已，国家品格上却是相当成问题的。第二次世界大战以后，它干过不少蝇营狗苟的事情，向别国派特务，派间谍，派杀手；搞煽动，搞颠覆，搞军事恐吓——在我们这个世界上，它曾是搞那些摆不到台面上的事最多的国家。如果华盛顿、林肯、杰菲逊和罗斯福仍活着，是会替美国汗颜的。它却从没因为做过以上那些丑事向任何受其危害的国家道过歉。比如它多次派特务刺杀古巴领导人卡斯特罗的行径就是令人嫌恶的，为了刺杀成功，居然跟意大利黑手党勾勾搭搭，实在是太有损美国的国格的。在这些令人不齿的方面它今天倒是改了不少，但动辄摆出全世界军事大佬的威风对别国进行武力压迫，依然是它的惯伎。美国近年发动了一次又一次国际战争，姑且不论那些战争的对错，死在美国狂轰滥炸之下的别国的平民百姓，却从不曾听到过代表美国的内疚之声——亏它还是一个自诩信仰基督精神的国家!

而美国从不曾因自己的罪过说过“美国道歉……”

它在国际谴责声浪中经常所说的话仅仅是——“遗憾”而已。

对于美国这一个国家，世界上的人是分等级的。美国人肯定是一等人，别国人是二等三等甚或低等人。这一种国家意识，其实和当年的日本、德国很相似。而另一个事实乃是——普通的美国人对别国平民百姓的看法，反而比其几届总统们和政客们更人性化一些。

该道歉而不真诚地道歉的国家，综合实力再强，那也还是国家品格方面的“矮子”。

日本最是一个该道歉而不真诚道歉的国家，故所谓“大日本帝国”，今天在许多别国看来，仍只不过是“小日本”们的国，而且一直给世人以鬼里鬼气的感觉。

英国也曾对全世界号称“大英帝国”，而且自诩“日不落帝国”。从前的英国极其霸道，也曾是一个穷兵黩武的国家，像今天的美国一样，以全世界的“总舵把子”自居。但是现在，它除了亦步亦趋地紧傍美国，勾肩搭背，借势充当“二爷”，便再也找不到半点儿大国的感觉了。

傍别国的国，无论傍的名堂如何，总归是大不起来的。

有剑桥大学、牛津大学和伦敦大学的英国，有莎士比亚的英国，有乔叟的英国，有华兹华斯和狄更斯、勃朗特三姐妹，有大英博物馆的英国，它本不该是现在这么没出息的……

叫人不知对它说什么好。

德国必将会是一个令全世界忘其前史刮目相看的国家。

因为它由于是第二次世界大战的罪魁祸首而向全世界道歉了。

尽管世人对勃兰特那具有戏剧性的一跪众说纷纭，但能以敏感的眼来看世界的人肯定都看到了，德国是从那一年起真正开始脱胎换骨的……

曾被视为“红色帝国”的苏联不复存在了，“俄国”却死而复生，它再也不可能是“北极熊”。然北极除了白熊，还有另一种了不起的动物——“北极犬”。北极犬具有令人肃然起敬的耐力，是北极的驼。依我看来，当今之俄罗斯，如同北极犬。

俄罗斯国家肯定会走出低谷的。

然一个现任总统号召青年为民族多生孩子的国家，证明它比从前是“苏维埃共和国”主体的时候人少多了……

19 世纪以后的法国，似乎有几分人类理想国的模样的，不愧是人类近代思想文化“启蒙运动”的摇篮之国，孟德斯鸠、伏尔泰、狄罗德、卢梭、雨果们的灵魂，没有白白影响这个人类近代史上最早的“共和国”。然而它毕竟不够大亦不够强，故第二次世界大战伊始，德军几乎易如反掌地占领了巴黎，证明一个国家仅靠思想和文化的骄人成果是挡不住法西斯的……

回望历史，国家出现，业已悠久千余年。大国徒大，强国徒强，一个又大又强且在国内国际两方面都堪是楷模的国，确实还没出现。

倒是世界上的某些小国，反而在国家品格方面更令我这个中国人敬意由衷。比如比利时、丹麦、冰岛、卢森堡、挪威、瑞典、瑞士等，虽然它们都很小，但近代以来，都越发接近是“君子国”。世界和谐，在小一方。

倘让我在当代的世界上选一位最受人民爱戴的国家元首，那么我将会毫不犹豫地为丹麦女王玛格丽特二世高举我的双手。

她曾是当代最年轻漂亮的女王，也是世界上最普通的女王，还是最穷的。

她的王宫是清水衙门，是丹麦节约水和电的模范“单位”。在王宫开支特别拮据的时期，女王翻译文学作品，以稿费补贴日常费用，但她却从没要求政府增加过王宫的年金。因为她从不拿自己的生活水平和别国的君王或元首们比，而总是拿自己的生活水平和本国的普通百姓相比。她虽身为女王，从没将丹麦人叫作“子民”。谈到丹麦人，她一向发自内心地说“我的公民们”。

她多才多艺，是名副其实的翻译家、考古学家、刺绣家、服装设计师，还是桥牌高手和芭蕾舞爱好者。

她敬业乐业，认真从事“女王”这一工作——她自己的话。

每周三，她准时接见对国家有诉求的一切丹麦人，如同中国的一位有使命感的“人大代表”。

在1972年至1984年间，任何一名到丹麦去的外国旅人，如果预先见过女王的照片，那么都有可能在哥本哈根的某一条街上，认出从容不迫的骑着辆一般自行车的女王，那是她去上班，或者下班。倘自行车前筐里有西红柿、马铃薯，那么便是女王从集市上买菜回来，西红柿和马铃薯是女王所爱吃的……

她以女王身份参政议政的能力，连最激进的左翼人士亦心悦诚服。

在丹麦，几乎没有人利用政治讲坛非议本国的君主立宪制度。没有“立宪”，只有王权，任何一个国家都不会产生那么“美好”的女王。

女王的人格魅力成为丹麦和谐社会不可或缺的元素。

如果柏拉图活到20世纪七八十年代，他一定会高兴地说："看，那就是一个理想国。"

丹麦是安徒生的祖国。

玛格丽特实在是太具有童话色彩的女王。

也许，表面看来，这世界乃是由大国和强国来操控的，但在世界的深层规律中，小国们的状态才更具有进步的启示性……

微观天下事　不负案头书

“人生”是个伪命题

人性如水

天地之间，百千物象，无常者，水也；易化者，水也；浩渺广大难测深浅不分边际者，水也；小而如珠豆甚或微不可见者，水也。

人性如水。

一壶水沸，遂蒸发为气，弥漫满室，削弱干燥；江河湖海，暑热之季，亦水烟若幔，成雾，进而凝为云，进而作雨。雨或霏霏，雨或滂沱，于是电闪雷鸣，每有霹雳裂石、断树、摧墙、轰亭阁；于高空遇冷，结晶为雹；晨化露，夜聚霜……总之一年四季，十二月份二十四节气，雨、雪、霜、雹、露、冰、云、雾，无不变形变态于水；昌年祸岁，也往往与水有着密切的关系。乌云翻滚，霓虹斜悬，盖水之故；碧波如镜，水之媚也；狂澜巨涛，水之怒也；瀑乃水之激越；泉乃水之灵秀；溪显水性活泼；大江东去一日千里，水之奔放也……

人性如水。

水在地上，但是没有什么力量也没有什么法术可以将它限制在地上。只要它“想”上天，它就会自由自在地随心所欲地升到天空进行即兴的表演。于是天空不宁。水在地上，但是没有什么力量也没有什么法术可以将它限制在地上。只要它“想”入地，即使针眼似的一个缝隙，也足可使它渗入到地下溶洞中去。这一缝隙堵住了，它会寻找到另一缝隙。针眼似的一个缝隙太小了么？水将使它渐渐变大。一百年后，起先针眼似的一个缝隙已大如斗口大如缸口。一千年后，地下的河或地下的潭形成了。于是地藏玄机。除了水，世上还有什么东西能像水一样在天空，在地上，在地底下以千变万化的形态存在呢？

人性如水。

我们说“造物”这句话时，头脑之中首先想到的是“上帝”。或法力仅次于“上帝”的什么神明。但“上帝”是并不存在的呀。神明是并不存在的呀。起码对如我一样的无神论者们而言是不存在的。水却是实在之物。以我浅见，水即“上帝”。水之法力无边。水绝对当得起是“造物”之神。动物加植物，从大到小，从参天古树到芊芊小草，从蜗蚁至犀象，总计百余万种类，哪一种哪一类离得开水居然能活呢？哪一种哪一类离开了水居然还能继续它们物种的演化呢？地壳的运动使沧海变成桑田，而水却使桑田又变成了沧海。坚硬的岩石变成了粉末，我们认为那是风蚀的结果。但风是怎样形成的呢？不消说，微风也罢，罡风也罢，可怕的台风、飓风、龙卷风也罢，归根结底，生成于水。风只不过是水之子。“鬼斧神工”之物，或直接是水的杰作，或是水遣风完成的。连沙漠上也有水的幻象——风将水汽从湿润的地域吹送到沙漠上，或以雨的形态渗入到很深很深的沙漠底层，在炎日的照射之下，水汽织为海市蜃楼……

人性如水。

水真是千变万化的。某些时候，某种情况下，又简直可以说是千姿百态的。鸟瞰黄河，九曲十八弯，那亘古之水看去竟是那么的柔顺，仿佛是一条即将临产的大蛇，因了母性的本能完全收敛其暴躁的另面，打算永远做慈爱的母亲似的。那时候那种情况下，它真是恬静极了，能使我们关于蛇和蟒的恐怖联想也由于它的柔顺和恬静而改变了。同样是长江，在诗人和词人们的笔下又竟是那么的不同。“万里长江飘玉带，一轮明月滚金球”，意境何其浩壮幽远而又妙曼啊！“乱石穿空，惊涛拍岸，卷起千堆雪”，却又多么的气势险恀，令人为之屏息啊！人性亦然，人性亦然。人性之难以一言而尽，似天下之水的无穷变化。

人性如水。人性确乎如水啊！

水成雾；雾成露；一夜雾浓，晨曦中散去，树叶上，草尖上，花瓣上，都会留下晶莹的露珠。那是世上最美的珠子。没有任何另外一种比它更透明，比它更润洁。你可以抖落在你掌心里一颗，那时你会感觉到它微微的沁凉。你也能用你的掌心掬住两颗，三颗，但你的手掌比别人再大，你也没法掬住更多了。因为两颗露珠只消轻轻一碰，顷刻就会连成一体。它们也许变成了较大的一颗，通常情况下却不再是珠子；它们会失去珠子的形状，只不过变成了一小汪水，结果你再也无法使它们还原成珠子，更无法使它们分成各自原先那么大的两颗珠子。露珠虽然一文不值，却有别于一切司空见惯的东西。你可以从河滩上捡回许许多多自己喜欢的石子，如果手巧，还可以将它们粘成各种好看的形状。但你无法收集哪怕是小小的一碟儿露珠占为私有。无论你的手多么巧，你也无法将几颗露珠串成首饰链子，戴在颈上或腕上炫耀于人。这就是露珠的品质，它们看去都是一样的，却根本无法收集在一起，更无法用以装饰什么，甚至企图保存一整天也不是一件容易之事。你只能欣赏它们。你唯一长久保存它们的方式，就是将它们给你留下的印象“摄录”在记忆中。露珠如人性最细致也最纯洁的一面，通常体现在女孩儿和少女们身上。我的一位朋友曾告诉我，有次她给她的女儿讲《卖火柴的小女孩》，她那仅仅四岁的女儿泪流满面。那时人家里还普遍使用着火柴。从此女孩儿有了收集整盒火柴的习惯，越是火柴盒漂亮的她越珍惜，连妈妈用一根都不允许。她说等她长大了，要去找到那卖火柴的小女孩并且将自己收集的火柴全都送给卖火柴的小女孩。她仅仅四岁，还听不明白在那一则令人悲伤的故事中，其实卖火柴的小女孩已经冻死。是的，这一种露珠般的人性，几乎只属于天真的心灵。

人性如水。

山里的清泉和潺潺小溪，如少年和少女处在初恋时期的人性。那是人自己对自己实行的第一次洗礼。人一生往往也只能自己对自己实行那么一次洗礼。爱在那时仿佛圣水，一尘不染；人性第一次使人本能地理解什么是“忠贞”。哪怕相爱着的两个人儿都一个字也不认识，从没听谁讲解过“忠贞”一词。关于性的观念在现代的社会已然“解放”，人性在这方面也少有了动人的体现。但是某些寻找宝物似的一次次在爱河中浮上潜下的男人和女人，除了性事的本能的驱使又是在寻找什么呢？也许正是在寻找那如清泉和小溪一般的人性的珍贵感受吧？

静静的湖泊和幽幽的深潭，如成年男女后天形成的人性。我坦率地承认二者相比我一向亲近湖泊而畏避深潭。除了少数的火山湖，更多的湖是由江河的支流汇骤而成的，或是由山雪溶化和雨后的山洪形成的。经过了湍急奔泻的阶段，它们终于水光清漪波平如镜了。倘还有苇丛装点着，还有山廓作背景，往往便是风景。那是颇值得或远或近地欣赏的。通常你只要并不冒失地去试探其深浅，它对你是没有任何危险性的。然而那幽幽的深潭却不同。它们往往隐蔽在大山的阴暗处，在阳光不易照耀到的地方。有时是在一处凸探着的山喙的下方，更有时是在寒气森森潮湿滴水的山洞里。即使它们其实并没有多么深的深度，但看去也仍给人以深不可测的印象。海和湖的颜色一般是发蓝的。所以望着悦目。江河哪怕在汛季浑浊着，却是我常见的，对它们有一种熟悉的感觉。然而潭确乎的不同。它的颜色看去往往是黑色。你若掬起一捧，它的水通常也是清的。然而还入潭中，又与一潭水黑成一体了。潭水往往是凉的，还往往是很凉很凉的。除了在电影里出现过片断，在现实生活中偏喜在潭中游泳的人是不多的。事实上与江河湖海比起来，潭尤其对人没什么危害。历史上没有过任何关于潭水成灾的记载，而江河湖海泛滥之灾全世界每年到处发生。我害怕潭可能与异怪类的神话有关。在那类神话中，深潭里总是会冷不丁地跃出狰狞之物，将人一爪捕住或一口叼住拖下潭去。潭每使我联想到人性“城府”的一面。“城府”太深之人不见得便一定是专门害人的小人。但是在这样的人的心里，友情一般是没有什么位置的。正义感公道原则也少有。有时似乎也有，但最终证明，还是没有。那给你错误印象的感觉，到头来本质上还是他的“城府”。如潭的人性，其实较少体现在女人身上。“城府”更是男人的人性一面。女人惯用的只不过是心计。但是有“城府”的男人对女人的心计往往一清二楚，他只不过不动声色，有时还会反过来加以利用，以达到自己之目的。

一切水都在器皿中。盛装海洋的，是地球的一部分。水只有在蒸发为气时，才算突破了局限它的范围，并且仍存在着。

盛装如水的人性的器皿是人的意识。人的意识并非完全没有任何局限。但是它确乎的可以非常之巨大，有时能盛装得下如海洋一般广阔的人性。如海洋的人性是伟大的人性，诗性的人性，崇高的人性。因为它超越了总是紧紧纠缠住人的人性本能的层面，使人一下子显得比地球上任何一种美丽的或强壮的动物都高大和高贵起来。如海洋的人性不是由某一个人的丰功伟绩所证明的。许多伟人在人性方面往往残缺。具有如海洋一般人性的人，对男人而言，一切出于与普罗米修斯同样目的而富有同样牺牲精神的人，皆是。不管他们为此是否经受过普罗米修斯那一种苦罚。对女人而言，南丁格尔以及一切与她一样心怀博爱的她的姐妹，也皆是。

如水的人性亦如水性那般没有长性。水往低处流这一点最接近着人性的先天本质。人性体现于最自私的一面时，于人永远是最自然而然的。正如水往低处流时最为“心甘情愿”。一路往低处流着的水不可能不浑浊。汪住在什么坑坑洼洼的地方还会从而成死水，进而成腐水。社会谴责一味儿自私自利着的人们时，往往以为那些人之人性一定是卑污可耻并快乐着的。而依我想来，人性长期处于那一种状态未必真的有什么长期的快乐可言。将水引向高处是一项大工程。高处之水比之低处之水总是更有些用途。否则人何必费时费力地偏要那样？大多数人之人性，未尝不企盼着向高处升华的机会。当然那高处非是尼采的“超人”们才配居住的高处。那种“高处”算什么鬼地方？人性向往升华的倾向是文化的影响。在一个国家或一个民族里，普遍而言，一向的文化质量怎样，一向的人性质量便大抵怎样，一个男人若扶一个女人过马路，倘她不是偶然跌倒于马路中央的漂亮女郎，而是一个蓬头垢面破衣烂衫的老妪，那么他即使没有听到一个谢字，他也会连续几天内心里充满阳光的。他会觉得扶那样一个老妪过马路时的感觉，挺好。与费尽心机勾引一个女郎并终于如愿以偿的感觉大为不同，是另一种快活。如水的人性倒流向高处的过程，是一种心灵自我教育的过程。但是人即为人，就不可能长期地将自己的人性自筑水坝永远蓄在高处。那样子一来人性也就没了丝毫的快乐可言。因为人性之无论于己还是于他人，都不是为了变成标本镶在高级的框子里。真实的人性是俗的。是的，人性本质上有极俗的一面。一个理想的社会和与之相适应的文化不该是这样的一把剪刀——以为可以将一概人之人性极俗的一面从人心里剪除干净；而是明白它，认可它，理解它，最大限度地包容它；同时，有不俗的文化在不知不觉之中吸引和影响我们普遍之人的人性向上，而不一味儿地“流淌”到低洼处从而一味地不可救药地俗下去……

我们俗着，我们可以偶尔不俗；我们本性上是自私自利的，我们可以偶尔不自私自利；我们有时心生出某些邪念，我们也可以偶尔表现了高尚一下的冲动；我们甚至某时真的堕落着了，而我们又是可以从堕落中自拔的……我们至死还是没有成为一个所谓高尚的人，有道德的人，脱离了低级趣味的人；但是检点我们的生命，我们确曾有过那样的时候，起码确曾有过那样的愿望……

人性如水，我们实难决定水性的千变万化。

但是水啊，它有多么美好的一些状态呢！

人性也可以的。

而不是不可以——一个社会若能使大多数人相信这一点，那么这个社会就开始是一个人文化的社会了……

种子的力量

播在“心地”里的一切的种子，皆会发芽、生长。它们的生长皆会形成一种力量。那力量必如麦种隆起铺地砖一样，使我们“心地”不平。甚至，会像发芽的麦种鼓破木箱、发芽的豆子鼓裂缸体一样，使人心遭到破坏。

当然，种子在未接触到土壤的时候，是没有任何力量可言的。尤其，种子仅仅是一粒或几粒的时候，简直那么的渺小，那么的微不足道，那么的不起眼，谁会对一粒或几粒种子的有无当成回事呢？

我们吃的粮食，诸如大米、小米、包谷、高粱……皆属农作物的种子；桃和杏的核儿，是果树的种子；柳树的种子裹在柳絮里，榆树的种子夹在榆钱儿里；榛树的种子就是我们吃的榛子，松树的种子就是我们吃的松子……都是常识。

据说，地球上的动物，包括人和家畜家禽类在内，哺乳类约四五千种之多；仅蛇的种类就在两千种以上；鸟类约万种；鱼类三万种以上。而我们常见的蜘蛛竟也有三万余种；蝴蝶的种类同样惊人的多……

那么植物究竟有多少种呢？分纲别类地一统计，想必其数字之大，也是足以令我们咂舌的吧？想必，有多少类植物，就应该有多少类植物的种子吧？

而我见过，并且能说出的种子，才二十几种，比我能连绰号都说出的《水浒传》人物还少半数。

像许多人一样，我对种子发生兴趣，首先由于它们的奇妙。比如蒲公英的种子居然能乘“伞”飞行；比如某些植物的种子带刺，是为了免得被鸟儿吃光，使种类的延续受到影响；而某类披绒的种子，又是为了容易随风飘到更远处，占据新的“领地”……关于种子的许多奇妙特点，听植物学家们细细道来，肯定是非常有趣的。

我对种子发生兴趣的第二方面，是它们顽强的生命力。它们怎么就那么善于生存呢？被鸟啄食下去了，被食草类动物吞食下去了，经过鸟兽的消化系统，随粪排出，相当一部分种子，居然仍是种子。只要落地，只要与土壤接触，只要是在春季，它们就“抓住机遇”，克服种种条件的恶劣性，生长为这样或那样的植物。有时错过了春季它们也不沮丧，也不自暴自弃，而是本能地加快生长速度，争取到了秋季的时候，和别的许多种子一样，完成由一粒种子变成一棵植物进而结出更多种子的“使命”。请想想吧，黄山那棵“知名度”极高的“迎客松”，已经在崖畔生长了多少年啊！当初，一粒松子怎么就落在那么险峻的地方了呢？自从它也能够结松子以后，黄山内又有多少松树会是它的“后代”呢？飞鸟会把它结下的松子最远衔到了何处呢？

我家附近有小园林。前几天散步，偶然发现有一蔓豆角秧，像牵牛花似的缠在一棵松树上，秧蔓和叶子是完全地枯干了。我驻足数了数，共结了七枚豆角，豆荚儿也枯干了。捏了捏，荚儿里的豆子，居然的相当饱满。在晚秋黄昏时分的阳光下，豆角静止地垂悬着，仿佛在企盼着人去摘。

在几十棵一片松林中，怎么竟会有这一蔓豆角秧完成了生长呢？

哦，倏忽间我想明白了——春季，在松林前边的几处地方，有农妇摆摊卖过粮豆……

为了验证我的联想，我摘下一枚豆角，剥开枯干的荚儿，果然有几颗带纹理的豆子呈现于我掌上。非是菜豆，正是粮豆啊！它们的纹理清晰而美观，使它们看上去如一颗颗带纹理的玉石。

那些农妇中有谁会想到，春季里掉落在她摊床附近的一颗粮豆，在这儿会度过了由种子到植物的整整一生呢？是风将它吹刮来的？是鸟儿将它衔来的？是人的鞋在雨天将它和泥土一起带过来的？每一种可能都是前提。但前提的前提，乃因它毕竟是将会长成植物的种子啊！

我将七枚豆荚都剥开了，将一把玉石般的豆子用手绢包好，揣入衣兜。我决定将它们带回交给传达室的朱师傅，请他在来年的春季，种于我们宿舍楼前的绿化地中。既是饱满的种子，为什么不给它们一种更加良好的，确保它们能生长为植物的条件呢？

大约是一九八四年，我们十几位作家在北戴河开笔会。集体散步时，有人突然叫道：“瞧，那是一株什么植物呀？”——但见在一片蒿草中，有一株别样的植物，结下了几十颗红艳艳的圆溜溜的小豆子，红得是那么的抢眼，那么的赏心悦目，红得真真爱煞人啊！

内中有南方作家走近细看片刻，断定地说：“是红豆！”

于是有诗人诗兴大发，吟“红豆生南国，春来发几枝”之句。

南方的相思红豆，怎么会生长到北戴河来了呢？而且，孤单单的仅仅一株，还生长于一片蒿草之间。显然，不是人栽种的。也不太可能是什么鸟儿衔着由南方飞至北方带来并且自空中丢下的吧？

年龄虽长，创作思维却最为活跃浪漫的天津作家林希兄，以充满遐想意味的目光望那艳艳的红豆良久，遂低头自语：“真想为此株相思植物，写一篇纯情小说呢！”

众人皆促他立刻进入构思状态。

有一作家朋友欲采摘之，林希兄阻曰：不可。曰：愿君勿采撷，留作相思种。数年后，也许此处竟结结落落地生长出一片红豆，供人驻足观赏，岂非北戴河又一道风景？

于是一同离开。林希兄边行边想，断断续续地虚构出一则缠绵悱恻的爱情故事，直听得我等一行人肃静无声。可惜十几年后的今天，我已记不起来了，不能复述于此，亦不知他其后究竟写没写成一篇小说发表……

我是知青时，曾见过最为奇异的由种子变成树木的事。某年扑灭山火后，我们一些知青徒步返连。正行间，一名知青指着一棵老松嚷："怎么会那样！怎么会那样！"——众人驻足看时，见一株枯死了的老松的秃枝，遒劲地托举着一个圆桌面大的巢，显然是鹰巢无疑。那老松生长在山崖上，那鹰巢中，居然生长着一株柳树，树干碗口般粗，三米余高。如发的柳丝，繁茂倒垂，形成帷盖，罩着鹰巢。想那巢中即或有些微土壤，又怎么能维持一棵碗口般粗的柳树的根的拱扎呢？众人再细看时，却见那柳树的根是裸露的——粗粗细细地从巢中破围而出，似数不清的指，牢牢抓住巢的四周，并且，延长下来，盘绕着枯死了的老松的干。柳树裸露的根，将柳树本身，将鹰巢，将老松，三位一体紧紧编结在一起，使那巢看上去非常的安全，不怕风吹雨打……

一粒种子，怎么会到鹰巢里去了呢？又怎么居然会长成碗口般粗的柳树呢？种子在巢中变成一棵嫩树苗后，老鹰和雏鹰，怎么竟没啄断它呢？

种子，它在大自然中创造了多么不可思议的现象啊！

我领教种子的力量，就是这以后的几件事。

第一件事是——大宿舍内的砖地，中央隆了起来，且在夏季里越隆越高。一天，我这名知青班长动员说："咱们把砖全都扒起，将砖下的地铲平后再铺上吧！"于是说干就干，砖扒起后发现，砖下嫩嫩的密密的，是生长着的麦芽！原来这老房子成为宿舍前，曾是麦种仓库。落在地上的种子，未被清扫便铺上了砖。对于每年收获几十万斤近百万斤麦子的人们，屋地的一层麦粒，谁会格外珍惜呢？而正是那一层小小的、不起眼的麦种，不但在砖下发芽生长，而且将我们天天踩在上面的砖一块块顶得高高隆起，比周围的砖高出半寸左右……

第二件事是——有位老职工回原籍探家，请我住到他家替他看家。那是在春季，刚下过几场雨。他家灶间漏雨，雨滴顺墙淌入了一口粗糙的木箱里。我知那木箱里只不过装了满满一箱喂鸡喂猪的麦子，殊不在意。十几天后的深夜，一声闷响，如土地雷爆炸，将我从梦中惊醒。骇然地奔入灶间，但见那木箱被鼓散了几块板，箱盖也被鼓开，压在箱盖上的腌咸菜用的几块压缸石滚落地上，膨胀并且发出了长芽的麦子泄出箱外，在地上铺了厚厚一层……

于是我始信老人们的经验说法——谁如果打算生一缸豆芽，其实只泡半缸豆子足矣。万勿盖了缸盖，并在盖上压石头。谁如果不信这经验，膨胀的豆子鼓裂谁家的缸，是必然的。

我们兵团大面积耕种的经验是——种子入土，三天内须用拖拉机拉着石碾碾一遍，叫“镇压”。未经“镇压”的麦种，长势不旺。

人心也可视为一片土。

因而有词叫“心地”，或“心田”。

在这样那样的情况下，有这样那样的种子，或由我们自己，或由别人，一粒粒播种在我们的“心地”里了。可能是不经意间播下的，也可能是在我们自己非常清楚非常明白的情况下播下的。那种子可能是爱，也可能是恨；可能是善良的，也可能是憎恨的，甚至可能是邪恶的。比如强烈的贪婪和嫉妒，比如极端的自私和可怕的报复的种子……

播在“心地”里的一切的种子，皆会发芽、生长。它们的生长皆会形成一种力量。那力量必如麦种隆起铺地砖一样，使我们“心地”不平。甚至，会像发芽的麦种鼓破木箱、发芽的豆子鼓裂缸体一样，使人心遭到破坏。当然，这是指那些丑恶的甚至邪恶的种子。对于这样一些种子，“镇压”往往适得其反。因为它们一向比良好的种子在人心里长势更旺。自我“镇压”等于促长。某人表面看上去并不恶，突然一日做下很恶的事，使我们闻听了呆如木鸡，往往便是由于自以为“镇压”得法，其实欺人欺己。

唯一行之有效的措施是，时时对于丑恶的邪恶的种子怀有恐惧之心。因为人当明白，丑陋的邪恶的种子一旦入了“心地”，而不及时从“心地”间掘除了，对于人心构成的危险是如癌细胞一样的。

首先，人自己不要往“心地”里种下坏的种子；其次，别人如果将一粒坏的种子播在我们心里了，那我们就得赶紧操起我们理性的锄子……

“人之性如水焉，置之圆则圆，置之方则方”——古人在理之言也。

人类测试出了真空的力量。

人类也测试出了蒸汽的动力。

并且，两种力都被人类所利用着。

可是，有谁测试过小小的种子生长的力量么？

什么样的显微镜，才能最真实地摄下好的种子或坏的种子在我们“心地”间生长的速度与过程呢？

没有之前，唯靠我们自己理性的显微倍数去发现……

学中文有什么用

诸位：在回答你们的问题之前，我也希望能对你们有所了解。

你们中，有哪些同学是中文系的？

有哪些同学当年高考时所报第一志愿是中文系？

所报第一志愿并非中文系，既已是中文系学生，对用四年的时光在大学里学中文，又持何种态度？

原本未报中文系而被调配到中文系的同学，对中文又持何种态度？

我们大学的“人文学院”由两个学科组成，即汉语言专业与中文系。汉语言专业是我校在全国较为著名的专业，每年的录取分数线一向颇高，据说前几年学生毕业后的择业情况也不错——那么，汉语言专业的同学，对中文选修课持何种态度？

原本专执一念所报的乃是汉语言专业，高考失利，不得已成了中文系学生，且与汉语言专业相近咫尺，是否会长期陷于“身在曹营心在汉”的状态？

外语专业对中文选修课业持何种立场？

大家对“中文”是怎样理解的？它除了培养人从事与中文相关的职业的一般能力，你们是否认为它对人还有其他的意义？大家比较承认它对人还有其他的意义，抑或从理念上根本否认和排斥它对人还有其他的意义？或口头上虽也承认它对人还有其他的意义，而内心里却是鄙薄的？

凡此种种，我以为，在中文系老师和学生之间，具体而言，在我和大家之间，都是有必要进行交流和讨论的。我们教学双方所能达到的共识越多，则越容易互动，于是教者明白该教些什么，怎样教；学者明白为什么值得学，怎样自觉一点学……

在我回答诸位的问题之前，我反过来首先向诸位提出了如上等等问题，肯定都是大家没有思想准备的吧？大家一时无法回答或其实很不愿意回答也没什么。那么，恳请诸位允许我自己先来谈谈我对以上某些问题的纯粹个人的看法，以及我对于大家的中文态度和立场的初步评估。

对于当年高考时所报志愿是中文系的同学，我相信我将省却很多唇舌，不必反复强调性地企图讲明白一个陈旧话题——中文有什么用？这“用”字，当然是首先针对个人而言的。它不是针对国家、民族、社会这样的大概念而言的。它对后者意味着什么，那是根本无须浪费时间讨论的。其意义摆放在任何国家、任何民族与之母语的关系中，那都是连儿童也完全能理解的。

我们在谈论中文和中国当代大学生，尤其是与当代中文系大学生的关系时，为什么又说那个“有什么用”的话题是一个“陈旧的话题”呢？因为早在近百年以前，国立清华学校，亦即今天的清华大学，关于“学中文有什么用”就已展开过多次的讨论和辩论了。

说明什么呢？

说明在那时，普遍的人们，包括学子们，包括已然学着中文的学子们，对于学中文与自己之人生前途的关系，便很有些“欲说还休”了。

当时的中国和今天的中国，情形自然不能同日而语。但有一点却是相似的——出国留学特别方便，而且成为时代的潮流。

当时的热门学科像今天一样，也是商业经济、法律、医学以及某些理工学科。这些学科学有所成之后，就业国外的机遇较多，回国后，往往也容易摇身一变，成为经理，镀了“洋金”的律师、医生，或开办工厂或几乎是顺理成章地成为教授——当时的中国很缺理工科教授……

而学了中文的人，职业的选择几乎只有两种途径——要么留洋回来做教中文的教授；要么去办份同人的文学报刊，或干脆做以笔耕为生的自由职业者。

这最后一种人生，无论当时或现在，无论在任何国家、任何时代，都往往会导致陷入艰涩的人生，是绝不如做演员的人生那么风光和滋润的。而办报办刊，没了广告的支持，连低微的收入也往往朝不保夕。尤其是某报某刊倘太过的文学和文化起来，又往往就接近着慢性自杀了。而文人们，也就是学中文被认为学而有成的人们，又大抵地，偏偏地，几乎是一贯地、本能地，非将一报一刊渐渐办得文学和文化起来不可。结果也就可想而知。当然，幸而有他们那样心甘情愿地办着那样的报那样的刊，许许多多热爱文学的青年，才经由那样的报那样的刊的发现和培养，后来成了著名的诗人和作家，才为我们留下了那个时期的许多优秀作品。但他们自己的人生，确乎是清苦的。清苦到不得不经常以文艺的“界”的名义，向社会发出请求救济的呼吁。至于当教授，最初的收入是很丰厚的，比现在一般大学教授们所能达到的社会经济地位还要高出许多倍。那时大学少，教授少，国运不昌，却也还是养得起。可能凭“中文”资本当上教授者，毕竟凤毛麟角。何况，后来也都很落魄，“越教越瘦”了；相互间借点儿钱买米度日，是常事……

所以当年便有“学中文有什么用”的质疑。

已然教着中文学着中文的，自然希望在讨论之中长长自己的志气，指出那“有用”的方面给社会看，给他人看，给自己看。

讨论和辩论出了一个乐观的结果没有呢？

当时没有。

而且，除了教着中文学着中文的人们自己，别人也根本没什么兴趣参加那个话题的讨论。

一九四九年以后，情况大为不同。

新政权在发展经济建设的同时，也大力发展文化事业。文化的事业，自然要依赖“中文”人才。于是，“中文”一下子便变得很“吃香”了。

直至“文化大革命”前，“中文”学子毕业后的工作，大抵是“坐在屋里”的那一种。当年因“风吹不着、雨淋不着、日晒不着”，多么令人羡慕自不待言。尤其，各行各业的工资是相同的。在工资相同的前提之下，中文毕业生从事“脑力劳动”的工作性质，其优人一等一比就比出来了。

“文化大革命”十年就不去谈了。

“文化大革命”后，中国人的工资还是基本相同的。“文化大革命”的重灾区即文化的意识形态的领域，开始进入恢复期，需要大批的中文毕业生。那时的中文学子，和现在各大学的最热门学科的学子一样，往往还没毕业，其优秀者，便已被文化乃至意识形态部门预招了。

到了二十世纪九十年代中期，情况又大为不同了。中文毕业生过剩了，供大于求了。中国其他产业、行业开始日渐兴盛了。于是大学里的其他学科日渐热了起来，强大了起来。而中文受冷落了，萎缩了。中文学子因而一届比一届迷惘了、沮丧了，似连将来的人生都成大问题了。

尤其，中国的工资制度改变了。几乎一切与中文相关的职业，收入都处于社会的中下水平了。如果仅从这一点上比，自然越比越迷惘、越失望。“中文股”在社会职业股市的大盘上，似乎注定地将永远处于“熊市”了，眼见其他“职业股”指数一再上升，中文学子们又怎能不自卑不忧患呢？

但我想指出的是——第一，中国人口太众，仅仅是中文学子供大于求吗？我看不是这样。要不了几年，几乎一切大学各学科的学子们，都将日渐地供大于求。只不过中文学子们较早一点儿体会到供大于求的苦涩罢了。第二，既然几乎一切学科的学子们进出校园，都将面临供大于求的局面，那么，也就都必得有充分的“知识附加”和“知本转移”的自觉和能力。

不必问，我知道诸位中，将来想到外企工作的人很多。为什么一心想到外企？工资高嘛。在未来的几年，尤其是北京上海这样的大城市，外企将会更多。但外企再多，也多不过想要到外企工作的学子。一方以加法增多，一方以乘法增多。于是一个事实是，除了少数高等人才，普遍的外企的工资，都是下降了的。谁嫌工资少了吗？那么让开，后边还排着长队呢！

二十年前，仅凭外语好，便是进入外企的通行证了。因为外国老板们不会中国话，对中国缺乏了解。会外语的中国人，在他们眼中就是块宝。许多事儿他们都有点儿倚重于你，似乎离开你便会寸步难行。

十年前，仅凭外语好依然可以。但人家已不必倚重于你，你只不过是一般员工。你稍有不适，炒你的鱿鱼没商量。

现在，仅凭外语好，已不能成为进入外企的过硬的通行证了。因为外语已不再是少数受过高等教育的中国人的特长，而是许许多多中国大学毕业生的基本从业条件了。而某些老外，中国话也讲得很“溜”，对中国之风土民俗，人情世理，政治文化经济的方方面面，比刚跨出校门的中国大学生心中有数得多。

所以，一个问题是——你要到外企去工作吗？那么，你的英文水平，就要加上另外的什么了。

对于你，英文 + ？

你首先要自问；接着要决定；再接着要去那样充实你自己。

这就是“知识附加”的思想自觉。在大学里就要开始。

对于中文学子，问题也是同样的，而且尤为重要——中文 + ？

自然的，可以加上英语。这不太难。

但一个现象是，对于某些中文学子，在这个问题上所持的反而是一种“取代法”的思维。既因学着中文而迷惘，而沮丧，自然的便企图干脆舍弃了中文，以英文作为硬性从业资本取代之。而这在未来的求职竞争中，是相当不利的，甚至是相当有害的。

为了诸位的未来所谋，我对诸位的建议是——你们万不可以用“取代法”对待自己的中文学业。取而代之，只不过仍是 $1 \approx 1$。你们一定要有用加法打理自己未来人生的能动意识。

中文 + 英文——这对于诸位不难。于是你们丰厚了自己一些。仅仅这样还不够，还要有另外一种能动意识，即从最广的意义上理解中文的超前意识。说超前，其实已不超前了。因为时代的迅猛发展，早已先于诸位的意识，将从前时代的、传统的中文理念扩展了，甚至可以说颠覆了。

只要我们客观地想一想，就一定会承认——其实中文学科毕业之学子的择业范围，比以往的时代不是更窄了，而是更宽了。对国内国外的公共关系；广告设计；一个企业的宣传策划活动；一个企业的文化环境；一切的文化公司……都仍为中文学子留有发挥能力的空间。即使电台、电视台，表面看已人满为患，但据我所知，其实很缺有真能力的中文人才。

比如，你到了一个公司，人家为了试用你，对你说——请为我们的新产品想出一条绝妙的广告语吧！

你若回答——我学中文不是为了干这个的。

那么请你走人。因为能否想出一条绝妙的广告语，有时确乎直接证明的就是一种中文水平，连给一家公司起个朗朗上口的名字也是这样。

我有两位德国朋友，一男一女。男的中文名字叫“花久志”；女的中文名字叫“古思亭”。其实就是德文名字“华裘士”和“古斯汀”的谐音中文名。尤其“古思亭”这一中文名字，起得何等的好！能说和中文水平无关？

假设——一部外国电影，或一部外国电视剧，你能起出《翠堤春晓》《魂断蓝桥》《蝴蝶梦》这样的名字吗？中国曾是一个诗国，你想不出来，你学的那些唐诗宋词，在最起码的事情上，都没起什么作用啊！

又比如，你到了一个公司，人家要你为公司的什么纪念活动，设想会标——你若说，我不会，这不是我学的专业，这是广告设计专业的事儿……

那么请你走人。在人家那儿，这叫“创意”。在人家那儿，这类“创意”，直接就和中文有关，直接就能证明你的中文水平如何。事实上也是，体现于许多方面的许多一流的经典的“创意”，都与一个人的“活的”中文水平有关。

就说我们中国为申办二〇〇八年北京奥运会设计的会标吧，没有一种

“活的”中文思维，是设计不成的。

不是中文过时了，没用了，是人再像从前那样理解中文，学了中文再抱着从前那样的中文就业观去择业的传统思想，与社会和时代不合拍了。而社会和时代，对于具有“活的”中文水平的人，那还是大大的需要的。

在未来的时代，不但中文学科毕业的人要随时准备进行人生的成功的“知本”转移，其他学科毕业的人，也将不同程度地面临“知本”转移的社会和时代的考验。

在“知本”转移方面，我以为，中文学科毕业的人，其实反而更具有主动优势，能动性、灵活性较之其他学科毕业的人也更大些。

“知本”二字，是我从报上学的词，无非就是从业的知识资本，这里姑且用之。

据我所知，一些理工院校毕业的当代学子，反而在电台、电视台和文化企事业单位工作得很自信，这都是“知本”转移的例子。

据我们所知，法国现在唯一的，也是现在全世界唯一的一位海军女中将，便是法国二十世纪七十年代的文学硕士。

如果让医学院牙科专业的学子毕业后来一次成功的“知本”转移，倘无其他骄人特长，意味着什么不言自明。

但，如果电视台公开招聘节目策划人，中文学子应聘时的表现，不应太逊于广播学院毕业的学生吧？这二者之间真的有什么大区别吗？从前是有的。如果人家的专业又加上了较好的中文从业水平，当然表现就比你好。如果你的中文水平高于对方，再附加上和对方差不多水平的电视节目创意能力，那就说不定你比对方的表现好了。实际工作中谁更是强者，那就得让考察者拭目以待了。如果你的中文不是很有水平，不是在“活的”中文能力方面较强，而是很“水”，甚至那一种能力被你在大学时期便舍弃了，而用仅仅的英语能力“取代”了，结果以后不能从容面对“知本”转移的考验，那就怨不得别人，也怪不得中文了……

当然，大学里中文本身的教学，也存在着一个“活”起来、内容丰富起来、较紧密地结合社会和时代对中文之新要求的问题。

在今天，大学的中文教学，如果因了时代和社会要求的压力，忙不迭地去迎合之，以直接的从业能力取代中文传统教学内容，未免太急功近利了，那是很不对的做法。那样，大学之中文系，就成了“培训班”了。

但，倘大学的中文教学，只一味承袭从前的传统教学内容而一成不变，在今天，无论怎样说，也应视为对中文学子的不负责任。

总而言之，大学之中文教学，也首先存在一个“中文＋？”的问题。

我能告慰同学们的一点，那就是——几乎一切大学的中文系，都在思考、研究和实践着“中文＋？”。

这一点，对于一切从事大学中文教学的人来说，也首先是一个“知识附加”的要求。

正如我到了大学里，对自己，必须有一种中文知识系统化、全面化的“附加”要求。

诸位，最后我要说的是——尤其诸位中学着中文的同学，打起精神来！电视剧《西游记》的主题歌唱得好——“敢问路在何方，路在脚下……”

是的，路在我们脚下，路在教者脚下，路在你们脚下，路在学者脚下。

中文学科必须附加传统中文理念以外的什么。

让我们共同来为此努力！……

人生和它的意义

确实，我曾多次被问到——“人生有什么意义？”往往，“人生”之后还要加上“究竟”二字。

迄今为止，世上出版过许许多多解答许许多多问题的书籍，证明一直有许许多多的人思考着许许多多的问题。依我想来，在同样许许多多的“世界之最”中，“人生有什么意义”这一个问题，肯定是人的头脑中所产生的最古老、最难以简要回答明白的一个问题吧？而如此这般的一个问题，又简直可以算得上是一个“哥德巴赫猜想”或“相对论”一类的经典问题吧？

动物只有感觉；而人有感受。

动物只有思维；而人有思想。

动物的思维只局限于“现在时”；而人的思想往往由“现在时”推测向“将来时”。

我想，“人生有什么意义”这一个问题，从本质上说，是从“现在时”出发对“将来时”的一种叩问。是对自身命运的一种叩问。世界上只有人关心自身的命运问题。“命运”一词，意味着将来怎样。它绝不是一个仅仅反映“现在时”的词。

“人生有什么意义”这一个问题既与人的思想活动有关，那么我们查一查人类的思想史便会发现，原来人类早在几千年以前就希望自我解答“人生有什么意义”的问题了。古今中外，解答可谓千般百种，形形色色。似乎关于这一问题，早已无须再问，也早已无须再答了。可许许多多活在“现在时”的人却还是要一问再问，仿佛根本不曾被问过，也根本不管有谁解答过。

确实，我回答过这一问题。

每次的回答都不尽相同；每次的回答自己都不满意；有时听了的人似乎还挺满意，但是我十分清楚，最迟第二天他们又会不满意。

因为我自己也时常困惑，时常迷惘，时常怀疑，并时常觉出看自己人生的索然。

我想，“人生有什么意义”这一个问题，最初肯定源于人的头脑中的恐惧意识。人一次又一次地目睹从植物到动物甚而到无生命之物的由生到灭由坚到损由盛到衰由有到无，于是心生出惆怅；人一次又一次地眼见同类种种的死亡情形和与亲爱之人的生离死别，于是心生出生命无常人生苦短的感伤以及对死的本能恐惧——于是“人生有什么意义”的沮丧便油然产生。在古代，这体现于一种对于生命脆弱性的恐惧。“老汉活到六十八，好比路旁草一棵；过了今年秋八月，不知来年活不活。”从前，人活七十古来稀，旧戏唱本中老生们类似的念白，最能道出人的无奈之感。而古希腊的哲学家们，亦有认为人生“不过是场梦幻，生命不过是一茎芦苇”的悲观思想。

然而现代了的人类，已有较强的能力掌控生命的天然寿数了。并已有较高的理性接受生死之规律了。现代了的人类却仍往往会叩问“人生的意义”何在，归根结底还是源自于一种恐惧。这是不同于古人的一种恐惧。这是对所谓“人生质量”尝试过最初的追求而又屡遭挫折，于是竟以为终生无法实现的一种恐惧。这是几乎就要屈服于所谓“厄运”的摆布而打算听天由命时的一种恐惧。这种恐惧之中包含着理由难以获得公认而又程度很大的抱怨。是的，事情往往是这样，当谁长期不能摆脱“人生有什么意义”的纠缠时，谁也就往往真的会屈服于所谓“厄运”的摆布了；也就往往会真的听天由命了；也就往往会对人生持消极到了极点的态度了。而那种情况之下，人生在谁那儿，也就往往会由“有什么意义”的疑惑，快速变成了“没有意义”的结论。

对于马，民间有种经验是——“立则好医，卧则难救”。那意思是指——马连睡觉都习惯于站着，只要它自己不放弃生存的本能意识，它总是会忍受着病痛顽强地站立着不肯卧倒下去；而它一旦竟病得卧倒了，则证明它确实已病得不轻，也同时证明它本身生存的本能意识已被病痛大大地削弱了。而没有它本身生存本能意识的配合，良医良药也是难以治得好它的病的。所以兽医和马的主人，见马病得卧倒了，治好它的信心往往也大受影响。他们要做的第一件事，又往往是用布托、绳索、带子兜住马腹，将马吊得站立起来，如同武打片中吊起那些飞檐走壁的演员们那一种做法。为什么呢？给马以信心。使马明白，它还没病到根本站立不住的地步。靠了那一种做法，真的会使马明白什么吧？我相信是能的。因为我下乡时多次亲眼看到，病马一旦靠了那一种做法站立着了，它的双眼竟往往会一下子晶亮了起来。它往往会咴咴嘶叫起来。听来那确乎有些激动的意味，有些又开始自信了的意味。

一般而言，儿童和少年不太会问“人生有什么意义”的话，他们倒是很相信人生总归是有些意义的，专等他们长大了去体会。厄运反而不容易一下子将他们从心理上压垮，因为父母和一切爱他们的人，往往会在他们不完全知情时，就默默地替他们分担和承受了。老年人也不太会问“人生有什么意义”的话。问谁呢？对晚辈怎么问得出口呢？哪怕忍辱负重了一生，老年人也不太会问谁那么一句话。信佛的，只偶尔独自一人在内心里默默地问佛。并不希冀解答，仅仅是委屈和抱怨的一种倾诉而已。他们相信即使那么问了，佛品出了抱怨的意味，也是不会责怪他们的。反而，会理解于他们，体恤于他们。中年人是每每会问“人生有什么意义”的。相互问一句，或自说自话问自己一句。相互问时，回答显然多余。一切都似乎不言自明，于是相互获得某种心理的支持和安慰。自说自话问自己时，其实自己是完全知道着一种意义的。

上有老下有小的人生，对于大多数中年人来说都是有压力的人生。那压力常常使他们对人生的意义保持格外的清醒。人生的意义在他们那儿是有着另一种解释的——责任。

是的，责任即意义。是的，责任几乎成了大多数是寻常百姓的中年人之人生的最大意义。对上一辈的责任；对儿女的责任；对家庭的责任；总而言之，是子女又为子女，是父母又为父母，是兄弟姐妹又为兄弟姐妹的林林总总的责任和义务，使他们必得对单位对职业也具有铭记在心的责任和义务。

在岗位和职业竞争空前激烈的今天，后一种责任和义务，是尽到前几种责任和义务的保障。这一点无须任何人提醒和教诲，中年人一向明白得很，清楚得很。中年人问或者仅仅在内心里寻思“人生有什么意义”时，事实上往往等于是在重温他们的责任课程，而不是真的有所怀疑。人只有到了中年时，才恍然大悟，原来从小盼着快快长大好好地追求和体会一番的人生的意义，除了种种的责任和义务，留给自己的，即纯粹属于自己的另外的人生的意义，实在是并不太多了。他们老了以后，甚至会继续以所尽之责任和义务尽得究竟怎样，来掂量自己的人生意义。“究竟”二字，在他们那儿，也另有标准和尺度。中年人，尤其是寻常百姓的中年人，尤其是中国之寻常百姓的中年人，其“人生的意义”，至今，如此而已，凡此而已。

“人生有什么意义”这一句话，在某些青年那儿，特别在是独生子女的小青年们那儿问出口时，含义与大多数是他们父母的中年人是很不相同的。

其含义往往是——如果我不能这样；如果我不能那样；如果我实际的人生并不像我希望的那样；如果我希望的生活并不能服务于我的人生；如果我不快乐；如果我不满足；如果我爱的人却不爱我；如果爱我的人又爱上了别人；如果我奋斗了却以失败告终；如果我大大地付出了竟没有获得丰厚的回报；如果我忍辱负重了一番却仍竹篮打水一场空；如果……如果……那么人生对于我究竟还有什么意义？

他们哪里知道啊，对于他们的是中年人的父母，尤其是寻常百姓的中年人的父母，他们往往即是父母之人生的首要的、最大的、有时几乎是全部的意义。他们若是这样的，他们是父母之人生的意义；他们若是那样的，他们是父母之人生的意义；换言之，不论他们是怎样的，他们都是父母之人生的意义；而当他们倍觉人生没有意义时，他们还是父母之人生的意义；若他们奋斗成为所谓“成功者”了，他们的父母之人生的意义，于是似乎得到一种明证了；而他们若一生平凡着呢？尽管他们一生平凡着，他们仍是父母之人生的意义。普天下之中年人，很少像青年人一样，因了儿女之人生的平凡，而倍感自己们之人生的没意义。恰恰相反，他们越平凡，他们的平凡的父母，所意识到的责任便往往越大，越多……

由此我们得到一种结论，所谓“人生的意义”，它一向至少是由三部分组成的：一部分是纯粹自我的感受；一部分是爱自己和被自己所爱的人的感受；还有一部分是社会和更多有时甚至是千千万万别人的感受。

当一个青年听到一个他渴望娶其为妻的姑娘说“我愿意”时，他由此顿觉人生饱满着一切意义了，那么这是纯粹自我的感受。

“世上只有妈妈好，有妈的孩子是块宝”——这两句歌词，其实唱出的更是作为母亲的女人的一种人生意义。也许她自己的人生是充满苦涩的，但其绝对不可低估的人生之意义，宝贵地体现在她的孩子身上了。

爱迪生之人生的意义，体现在享受电灯、电话等发明成果的全世界人身上；林肯之人生的意义，体现在当时美国获得解放的黑奴们身上；曼德拉的人生意义体现于南非这个国家了；而俄罗斯人民，一定会将普京之人生的意义，大书特书在他们的历史上……

如果一个人只从纯粹自我一方面的感受去追求所谓人生的意义，并且以为唯有这样才会获得最多最大的意义，那么他或她到头来一定所得极少。最多，也仅能得到三分之一罢了。但倘若一个人的人生在纯粹自我方面的意义缺少甚多，尽管其人生作为的性质是很崇高的；那么在获得尊敬的同时，必然也引起同情。比如阿拉法特，无论巴勒斯坦在他活着的时候能否实现艰难的建国之梦，他的人生之大意义对于巴勒斯坦人都是明摆在那儿的。然而，我深深地同情这一位将自己的人生完完全全民族目标化了的政治老人……

权力、财富、地位，高贵得无与伦比的生活方式，这其中任何一种都不能单一地构成人生的意义。即使合并起来加于一身，对于人生之意义而言，也还是嫌少。

这就是为什么戴安娜王妃活得不像我们常人以为的那般幸福的原因。贫穷、平凡、没有机会受到高等教育、终生从事收入低微的职业，这其中任何一种都不能单一地造成对人生意义的彻底抵消。即使合并起来也还是不能。因为哪怕命运从一个人身上夺走了人生的意义，却难以完全夺走另外一部分，就是体现在爱我们也被我们所爱的人身上的那一部分。哪怕仅仅是相依为命的爱人，或一个失去了我们就会感到悲伤万分的孩子……

而这一种人生之意义，即使卑微，对于爱我们也被我们所爱的人而言，可谓大矣！

人生一切其他的意义，往往是在这一种最基本的意义上生长出来的。

好比甘蔗是由它自身的某一小段生长出来的……

关于真理与道理

各位同学：

前周课上，我们读了《书屋》的两篇文章。关于真理与道理，两篇文章观点相反。其一认为，真理之理才更真，因为绝大部分所谓真理是相对于自然科学而言，如 1+1 ＝ 2，水 + 摄氏 100 度 = 沸腾；我们还可以为其补充很多例子，如三角形两边之和大于第三边，如两点之间最短的线是直线……而人世间的道理，因带有显然的主观色彩，对错便莫衷一是，甚至往往极具欺骗性。与之相反的观点则认为，人世间的许多道理，虽然不能以科学的方法证明其对错，但却可以从人性的原则予以判断，比如救死扶伤，比如舍己为人，比如知恩图报；古往今来，人同此心，心同此理，遂成普世之理。这样的一些道理，早已成为共识，根本无须再经科学证明，自然也不具有欺骗性；倒是所谓真理，往往被形形色色的权威人物长期把持着解说权，逐渐沦为愚弄大众的舆论工具，正因为前边冠以“真”字，本质上却又是荒谬的，所以比普世道理具有更大的欺骗性。

同学们也就以上两种相反的观点纷纷表达了自己的看法，也同样莫衷一是。

下面我谈谈我的一些看法，算是参与讨论，仅供大家参考。

一、据我所知，“真理”一词，对于我们中国人，其实是舶来词。原词当出于宗教，指无须怀疑的要义，最初指上帝本人对人类的教诲。

二、真理一词后来被泛用了。对于人类，某些自然科学方面的认识成果，也是无须怀疑的，而且无须再证明。于是这些认识成果，同样被说成是“科学真理”。

三、求真是人类的天性，怀疑也是人类的天性。人类社会的秩序，需要靠某些共识来维系。共识就是大家所认为是对的，反之为不对的。所谓普世价值观、普世原则，其实也就是这样一些道理而已。普世并非百分百的意思，而是绝大多数的意思。使百分百的人类接受同一道理是根本不可能的。但有些道理，显然是接受的人越多越好。怎么才能使更多的人虔诚接受而不怀疑呢？除了将某些道理视为真理，似乎也再没有更好的方法。这便是“真理”一词从宗教中被借用到俗世中的目的。

四、但是现在，情况发生了变化，那就是——即使在自然科学界，“真理”一词也不常被使用了。因为，人类已经取得的认知自然世界的成果，其实用自然世界的真相来表述，显然比“真理”更为确切。何况，许多真相仍在被进一步探究，探究的动力依然是怀疑。而所谓“真理”，是不允许怀疑的。而不允许怀疑，是不符合科学精神的。

五、在一切社会学话题之中，“真理”一词更是极少被用到了。因为在人类社会中，某些普世的价值观念、普世的原则，历经文化的一再强调，已经被主流认可，人文地位相当稳定，进一步成了不可颠覆的共识。既然如此，那样一些道理，又何须偏要被说成是什么“真理”呢？比如人道主义。

六、当代人慎用“真理”一词，将从宗教中借用的这一词汇，又奉还给了宗教，意味着当代人对于自然科学界的“真”和社会现象中的“理”，持更加成熟也更加明智的态度了。科学真相比之于科学真理，表意更准确；普世共识比之于人间真理，说法也更恰如其分。今天，“真理”一词除了仍存在于宗教之中，再就是还存在于古典哲学中了。可以这样讲，真理和道理，哪一种理的真更多一些、骗更少一些——此争论，除了公开发生在两位中国知识分子之间，在别国知识分子之间，是不太会发生的。

七、那么，是否意味着两位中国知识分子闲极无聊，钻牛角尖呢？我觉得也不能这么认为。事实上我相当理解他们——在从前的中国，有太多的歪理，以“大道理”的强势话语资格，甚至干脆以“真理”的话语资格，堂而皇之地大行其道，不允许人们心存任何一点儿怀疑，要求人们必须绝对信奉。这一种过去时的现象，给两位中国当今的知识分子留下了太深的印象。那印象也许是直接的，也许是间接的。他们都试图以自己的文章，对今人做他们认为必要的提醒。我从中看出了两位中国知识分子的良苦用心。

八、我进而认为，表面看起来，他们的观点是那么对立，其实又是那么一致。一言真理才真，道理易有欺骗性；一言道理普世，于是为真，“真理”往往披着真的袈裟，却实属荒唐，怎么说又是“那么的一致”呢？

在从前的中国，歪理有时以“真理”的面目横行，有时也以“道理”的说教惑人。故一人鄙视那样的“真理”，一人嫌恶那样的“道理”，所鄙视的、所嫌恶的，其实都是实质上的歪理。

所以我说他们又是那么的一致。

究竟歪理伪装成真理的时候多，还是伪装成道理的时候多，这倒没有多大争执的必要了……